LA FLAMME ET LE PAPILLON

Aurélie Tramier, née à Aix-en-Provence en 1982, a poursuivi des études littéraires à Paris avant de se reconvertir dans le marketing. En 2017, elle autoédite son premier roman, *Vous reprendrez bien un petit chou ?* Elle publie ensuite *Peindre la pluie en couleurs*, *La Flamme et le Papillon* et *Bien-aimée* chez Marabout, dans la collection « La Belle Étoile ». En juin 2022, *La Flamme et le Papillon* remporte le Prix du roman des Amis de l'Académie d'Aix. Maman de trois garçons, elle habite Munich, où elle partage son temps entre l'écriture et son métier de consultante.

Paru au Livre de Poche :

PEINDRE LA PLUIE EN COULEURS

AURÉLIE TRAMIER

La Flamme et le Papillon

MARABOUT

ISBN : 978-2-253-93898-9 – 1re publication LGF

1

Jamais je n'aurais pensé croiser Elvire en boîte de nuit ! C'était une gentille vieille dame haute comme trois chouquettes et fine comme un sucre d'orge, je la servais tous les jours au café. Un joli berlingot tout doux et sucré, j'en avais des caries rien qu'à la regarder. Elle flirtait avec les quatre-vingts ans mais semblait tranquillement croquer sa vie à pleines dents. Alors, la retrouver au comptoir, raide comme un piquet sur son tabouret, je ne m'y attendais pas… J'ignorais alors que, dans la vie, tout bascule en un claquement de doigts.

Je ne sortais pourtant plus beaucoup. Mes premières années d'études avaient eu un joli goût de sel et de fête ! Je dansais, je trinquais, je m'amusais… J'en avais bien profité. Quand mes parents avaient quitté Aix pour Paris, j'avais beau avoir obtenu mon billet d'entrée pour la Sorbonne, j'avais préféré ma liberté. Je m'étais inscrite à la fac d'Aix et j'avais entamé des études de latin-grec. Mon père l'avait mal vécu (« Mais enfin, Paris IV, tu es folle, ça ne se refuse pas ! »), ma mère m'avait soutenue, comme toujours. J'avais gagné, j'étais libre. Évidemment, il me fallait un studio, un budget, papa n'allait quand même pas tout financer puisque, à Paris, j'aurais été logée. J'avais bien vite déniché un petit boulot pour arrondir mes fins de mois, j'allais prouver à mon père que j'y arriverais, sans lui et à ma façon… Et j'avais été embauchée au Lapin Blanc, un café extraordinaire blotti dans une ruelle, à l'odeur de cannelle et de café moulu, un endroit que j'adorais et qui me ressemblait. J'en avais franchi la porte un matin un peu par hasard et je m'y étais offert un cannelé. J'avais dévisagé les clients en silence, bientôt je les connaîtrais tous. Il y avait deux chapeautées qui sirotaient leur thé à longueur de journée, des octogénaires à la vieillesse pimpante qui avaient décidé de profiter de chaque minute de la vie en riant ; les sept juristes du cabinet d'en face et, parmi eux, Charles ; Blanche-Neige, une grande brune à la peau pâle, toujours très apprêtée et beaucoup trop pressée, sa mère impayable d'égoïsme, sa copine la rouquine et leur tripotée d'enfants. Et Elvire, que je surnommai vite Jolie Mamie, fidèle entre les fidèles, qui sudokotait, tricotait et papotait. Je la croyais brodée directement sur les coussins.

Au fil des ans, la cigale que j'étais avait cessé doucement de chanter. J'avais remisé mon goût pour la fête entre les pages de mes dictionnaires, pas question de me trouver trop dépourvue quand le CAPES serait en vue. 2018 sonnerait le glas de mes études, il était temps pour moi de devenir adulte. Je bûchais, lisais, assimilais, rêvais latin et grec, et gagnais quelques sous en travaillant au café. Une vraie petite fourmi.

Seule coquetterie à mon planning de nonne, je fréquentais depuis un an Charles, l'un des juristes d'en face. J'avais d'abord cru qu'il s'était pris de passion pour les muffins du Lapin Blanc. Il s'en empiffrait à toute heure. Il n'y avait que moi pour ne pas voir qu'il me draguait. Les deux zinzins chapeautées me l'avaient pourtant signalé, et Elvire riait sous cape dès qu'il pointait le nez. Avec mes jupes de bohémienne et mes cheveux au vent, je n'étais pas du genre à attirer les gueules d'ange à lunettes mais, de fil en aiguille, il s'était mis à me plaire. Son côté rangé me rassurait, tout comme sa mine rose et ses chemises bien blanches. Plus le temps passait, plus il m'attirait, mais j'aimais mieux vivre sans penser aux lendemains et surtout ne rien projeter. Mon concours approchait et je devais me concentrer.

Voilà. Ma vie bien sage d'étudiante zélée bascula lors de cette soirée où j'aperçus Jolie Mamie toute seule en boîte de nuit. Moi qui viens de jurer mes grands dieux que je ne sortais plus, eh bien si, juste une fois, une fois de trop. C'était à quelques semaines des écrits. Charles, me voyant au bord du surmenage, m'avait proposé de changer d'air. Ce n'était pas sérieux, non, mais on ne l'est pas quand on a vingt-quatre ans. Et encore moins quand on en a vingt-huit, comme Charles, qui m'avait bien caché son goût de la fête sous ses petites lunettes. Je me laissai entraîner. Dans cette boîte toute sombre où il m'avait emmenée, je dansais, il dansait, nous dansions l'un avec l'autre, l'un sans l'autre, nous riions comme des fous. Je me revois monter sur le podium et balancer les bras… et là, je l'ai vue. Elvire, seule, droite, hiératique, assise au bar, un verre à la main. Il ne lui manquait plus que son sudoku. Comme au café. Dans la lumière clignotante des stroboscopes, elle ne m'avait pas aperçue.

Elvire.

J'aimais papoter avec elle, j'aimais son odeur de grand-mère, son sourire bienveillant, ses joues roses et ses mains ridées. Elle était toujours d'une élégance folle dans ses robes noires bien droites. J'adorais ses expressions croustillantes, mélange de provençal, de mots chic et de joli argot. Elle était fascinée par ma vie d'étudiante et ne cessait de me questionner. Elle m'enviait. Dès qu'elle poussait la porte du café, ses yeux me cherchaient. Elle était la mamie toute rose et gentille comme un cœur que tout le monde rêve d'avoir, surtout moi qui n'avais jamais réussi à extorquer un mot aimable à ma propre grand-mère, une bonne dame obnubilée jusqu'à l'épuisement par ses œuvres de charité.

Du haut de son piédestal, Elvire guettait. J'avais beau avoir l'esprit embué par un verre de trop, je la surveillai du coin de l'œil ; je n'aurais pas aimé qu'elle se fasse agresser. Cette soirée commençait à avoir du piquant. D'un coup, elle se leva et se dirigea vers les toilettes. Mon cœur bondit. Sans même savoir pourquoi, je la suivis dans la foule. Perdue dans l'obscurité, elle entra chez les hommes. Je ris sous cape, c'était du Elvire tout craché. Pour mieux l'attendre, je commandai un spritz au comptoir. La boule à facettes m'éblouit et je fermai les yeux. Elvire sortit soudain des toilettes en s'excusant vivement, jurant, mais un peu tard, qu'on ne l'y prendrait plus. Je n'eus pas le temps de la rattraper, la pénombre l'engloutit et elle disparut.

Je haussai les épaules. Une mamie en boîte de nuit, la belle affaire ! Mon verre à la main, j'allais me remettre en quête de Charles quand un jeune homme sortit des toilettes en hurlant à qui voulait l'entendre qu'on lui avait « chouré sa thune ».

— C'est la vioque, putain ! Elle a fait semblant de se gourer de chiottes !

Quelle absurdité ! Le pauvre garçon devait avoir l'esprit vraiment embrouillé. Jolie Mamie détroussant un pauvre type ! Frêle comme une tige, cinquante kilos toute mouillée et surtout à son âge ! Je faillis m'étouffer de rire dans mon spritz, surtout quand le videur s'approcha de la « victime » pour la prier de baisser le ton.

Le gars rebroussa chemin, mais quand il passa à côté de moi, je l'entendis marmonner :

— Putain de merdier, je vais me faire défoncer. Si je la retrouve, je lui fais la peau.

— Alice, t'étais où, bon sang ?

Charles me cherchait d'un air excédé. Je préférai répondre en badinant.

— Nulle part, mon amour, j'étais là à t'attendre comme une âme en peine !

Du haut de mon tabouret, je passai mes bras autour de son cou. Il se détendit, commanda un dernier verre, et je lui racontai brièvement l'esclandre des toilettes.

— Mais si, Elvire, tu sais bien ! La petite dame

qui vient au café tous les matins avec son sudoku et son tricot !

— Et elle aurait fait les poches de ce type ? Tu te moques de moi ?

— Mais oui, bien sûr ! Pour se payer une barrette de shit… Tu verras qu'elle va la revendre aux deux zinzins chapeautées du Lapin Blanc ! Le gang des octos défoncées !

— Alice, tu as bu ?

Charles en pleura de rire. Je l'aimais tant dans ces instants-là ! Nous sommes rentrés par les ruelles, main dans la main, il faisait doux. L'hiver à Aix est un ravissement perpétuel. La tête me tournait. La soirée m'avait fait du bien, Charles me caressait la main, je me sentais sereine. D'un coup, il s'arrêta et m'embrassa.

— Alice, quand tu auras passé ton concours, viens vivre avec moi !

Mon cœur se figea. Jamais je n'y avais songé. Brusquement dégrisée, je bafouillai un « on verra ». Je vis bien qu'il était vexé. Il eut la délicatesse de ne rien dire mais il me laissa devant ma porte sans un mot. Ce n'était sans doute pas ce qu'il avait prévu.

Le lendemain, je me réveillai seule dans ma chambre morose. C'était bien fait. En même temps, était-ce ma faute si je n'avais jamais aimé m'engager ? Je ravalai mes soupirs et me remis au boulot. La récré était terminée.

2

Quand j'étais petite, j'adorais les marionnettes. Le gag de Guignol qui se fait bastonner par-derrière, ça marche à tous les coups. Ce que je n'avais pas compris, c'est que la vie est un polichinelle : elle marche toute seule jusqu'à ce qu'une main coupe un fil. Et là, tout s'effondre.

Le fil se coupa dix jours après cette soirée.

On était début mars, les écrits approchaient et j'avais demandé à ma patronne de réduire mes horaires. Comme toujours, elle avait accepté. Au Lapin Blanc, elle était ma Reine de Cœur, pas de celles qui coupent les têtes, mais de celles qui réconfortent et bichonnent. Je ne venais plus que deux ou trois fois par semaine pour ne pas courir le risque d'échouer. Mon père en aurait fait une jaunisse et j'avais vraiment envie d'en finir avec mes études.

J'avais beau travailler au café en pointillé, j'avais remarqué l'absence de Jolie Mamie. Cela faisait plusieurs jours qu'elle n'avait pas pointé le bout de son nez. Charles me l'avait confirmé, il passait tous les jours au Lapin Blanc chercher son sandwich. Le concours était imminent et mon angoisse allait croissant. Elvire me manquait. Elle aurait trouvé les mots pour me réconforter : « Allez, petiote, tu vas l'avoir ton concours, comme ça, les doigts dans le nez. Courage, ce n'est qu'un mauvais moment à passer. » Une petite tape sur la main aurait suffi à me requinquer. Dans mon ventre, c'était la révolution des entrailles. J'étais terrifiée. Et Charles qui avait eu cette idée folle de m'inviter à vivre chez lui… C'était plus que mon cœur n'en pouvait supporter.

Les clochettes de la porte retentirent.

— Bonjour Alice, vous allez bien ?

Je fus déçue en reconnaissant Blanche-Neige et la petite sirène, les deux mamans hyperactives du bureau d'en face, l'une graphiste, l'autre consultante en mode ou un machin du genre. Une rousse et une brune pétillantes qui passaient plusieurs fois par semaine, avec ou sans marmaille. Elles commandèrent un café et s'éclipsèrent en coup de vent.

— Alice, ma petiote !

Mon cœur se mit à battre au son de sa voix. Assourdie par le ronron de la machine à café, je ne l'avais pas entendue entrer.

— Elvire ! Enfin ! Mais où étiez-vous donc ?

Elle s'installa doucement et sortit son tricot.

— Un thé aux fruits rouges et un cannelé ?

Elle fit oui de la tête.

— C'est joli cette couleur rouge ! Vous tricotez pour qui ?

— Ah… Pour mes petits-enfants, murmura-t-elle d'un air absent.

— Dites-moi, Elvire, je voulais vous demander…

Son regard se plongea dans le mien, ma question s'évapora dans les volutes de son thé tant elle me sembla subitement incongrue. « Dites-moi, j'étais en boîte l'autre jour, je vous ai vue au comptoir, vous picoliez et un pauvre type vous a accusée de lui avoir volé son porte-monnaie. C'était vous ? » Elvire avait près de quatre-vingts ans… Ses mains fragiles tremblaient en tricotant. C'était absurde. Charles avait raison, j'avais dû boire un verre de trop.

— Oui, mon petit ?

Elle attendait, curieuse. Je me mis à bafouiller. Non, vraiment, c'était ridicule, on lui aurait donné le Bon Dieu sans confession. Le spritz, le travail, tout cela m'était monté à la tête. Elle me lança un regard de cocker, doux comme les oreilles du chien qu'elle amenait parfois.

— Ne vous en faites pas, rien d'important. Je me suis inquiétée pour vous, ce n'est pas dans vos habitudes de disparaître.

Elle me tapota gentiment la main.

— J'étais malade, je ne suis plus une jeunette, tu sais. Un rhume et c'est dix jours de lit !

Puis elle porta sa tasse à ses lèvres. Elle observa le coucou de Christine fixé au mur et soupira :

— Tiens, il s'est arrêté. C'est triste, il ne chantera plus.

L'horloge avait beau s'être figée, la clochette de la porte ne cessait de tinter. Les habitués entrèrent en file indienne, les passants, les gourmands et même un SDF à qui Elvire offrit une pâtisserie. « Je le connais ! Allez, de toute façon, on n'emporte pas son argent dans la tombe ! » Peu après 11 heures, nos deux chapeautées s'installèrent devant leur théière. Elles avaient failli être renversées par un scooter qui ne cessait de tourner dans le quartier et étaient passablement énervées. Elles s'en remirent en se lançant dans leurs festivités habituelles. Midi pointa le nez, je n'avais pas eu deux minutes pour souffler et encore moins pour discuter.

C'est à cet instant qu'Elvire se leva. Ma tête bourdonnait. Ridicule ou pas, je devais savoir : j'étais sûre de l'avoir vue. Au pire, que ferait-elle sinon en rire ? Je me précipitai.

— Elvire, laissez-moi vous aider à mettre votre manteau !

— Comme c'est gentil, ma chérie ! Et ton concours, ça va ?

— Ça approche, j'en suis malade. Je peux vous poser une question un peu étrange ?

J'avais baissé la voix. Elle me répondit doucement :

— Pardi, mais oui ! Aide-moi à traverser, je vais à l'église en face.

Elvire y était tout le temps fourrée pour prier, une vraie grenouille de bénitier. Pour ma part, je n'y avais jamais mis les pieds.

— Petite, si tu me cherches un jour, m'avait-elle dit une fois, tu sais où me trouver. Au pied du Delacroix, dans la chapelle latérale. Je m'y sens si bien !

— Merci Elvire, mais je vous trouve encore mieux

au café. Et pour moi, vous savez, je préfère réviser que prier. Ça me semble plus sûr.

Il faisait doux. Mon cœur tressautait à chaque pas, je ne savais même plus pourquoi.

— C'est beau, murmura-t-elle en contemplant la silhouette de l'église qui se dressait devant nous.

Elle me serra le bras et chuchota :

— Tu devrais y entrer, tu sais. C'est si bon de se sentir protégé ! Dans ma vie, Dieu m'a peu donné mais m'a beaucoup aidée. Et c'est déjà pas mal, tu ne crois pas ?

Je me souviens avoir levé le nez vers l'église en majesté. Saint-Jean-de-Malte, une merveille médiévale. Puis j'ai resserré mon étreinte sur le bras d'Elvire pour l'aider à traverser. Elle était légère comme un nuage et frêle comme une ficelle. Je contemplai ses petits pieds élégamment chaussés de bottines vernies à talons hauts. De gros glands dorés sautillaient au bout des lacets. Deviendrais-je une vieille dame aussi gracieuse ? J'avais toujours été inspirée par l'élégance de l'âge.

Perdues dans nos pensées, nous n'avons pas entendu le scooter arriver. Tout bascula en un battement de cils. Une main se tendit, attrapa violemment le sac d'Elvire et tira, tira, tandis qu'elle s'agrippait à sa bandoulière de toutes ses maigres forces. Je criais, elle tirait toujours, la bandoulière céda. Je ne cessais de hurler, incapable de bouger. Elvire fut rejetée contre un poteau qu'elle reçut en plein dos. Je me précipitai pour la prendre dans mes bras. Le scooter était loin.

Christine accourut, flanquée des deux chapeautées qui clopinaient sur leurs petites jambes. L'une d'elles, pendue à son téléphone, appelait les secours. Je tenais toujours Elvire et je pleurais, je paniquais, je bafouillais : « Ça va aller, Elvire, je vous le promets. »

Elvire planta ses yeux d'écureuil dans les miens, des yeux d'une douceur folle, qui n'avaient rien besoin de dire tant ils semblaient m'aimer. Puis elle murmura en me pressant le bras :

— Alice, ma petiote… Si seulement tu savais… Je t'aime tant… Merci d'avoir été là… pour moi… Ne… me laisse pas…

Son étreinte se desserra, ses yeux s'envolèrent vers une autre réalité. Mes larmes trempaient ses mains, je lui caressais les cheveux, je tremblais de tout mon corps, je hoquetais :

— Tenez bon, Elvire, tout va bien se passer, les pompiers vont arriver… Je suis là.

Mais elle était déjà partie, le dos brisé contre un poteau sans âme. Sa voix se fit écho lointain. Je dus m'approcher pour l'entendre.

— Tu es si belle, Aurore, si belle…

— Elvire, c'est Alice. Tout va bien se passer.

— Aurore, petiote, pourquoi m'as-tu abandonnée ?

— Alice, c'est Alice.

— Pardonne-lui, ma chérie, il ne sait pas… ce qu'il fait… Il est comme ça… Les autres non plus, Aurore… Il faut… tout pardonner… sinon… on ne vit pas… On…

Ses yeux se fermèrent. Ultime recours, je lui donnai une petite gifle sur la joue. Elle sursauta. J'aimais cette cliente, oui, ce n'était pas normal, ce n'était pas ce que l'on m'avait demandé, j'étais payée pour lui servir du thé, mais je l'aimais. Et je pleurais à chaudes larmes sur son épaule toute raide.

— Tenez bon, Elvire, je suis là, ne partez pas ! Mais aidez-nous, bon sang, aidez-nous !

Je hurlais, le cœur lacéré. Elle me sourit faiblement. Elle me regardait mais ne me voyait plus. « Aurore, Aurore… » Je n'avais jamais vu la mort et elle n'était pas comme je l'avais imaginée. Cette mort s'appelait Aurore, ni belle, ni laide, sans squelette ni faux, et même sans visage, c'est ce qui la rendait fourbe. Juste un prénom, Aurore, qui chantait d'une voix suave et attirait Elvire vers un ailleurs lointain en lui tendant la main.

— Non, Elvire, non !

Je plongeai mon regard dans ses yeux pleins de brume pour lui insuffler un dernier brin de vie. Mais Elvire était hypnotisée par la sirène qui l'entraînait vers elle.

Une ambulance hurla. Des pas autour de moi. Des voix. « Police ». Des larmes. Des cris. Des personnes qui couraient, parlaient. J'entendais mais je ne voyais plus. Ma tête avait rendu les armes. Des bras m'écartèrent doucement, mes mains refusaient de lâcher Elvire… Non… Non… Une voix murmura :

— Il y a encore une chance, laissez-nous la sauver.

Je m'écartai. Une main se posa sur mon épaule, un homme en bleu marine m'emmena doucement. Je sanglotais. Je vis Elvire partir sur un brancard, mes yeux s'agrippèrent aux glands dorés de ses souliers qui s'éloignèrent en silence.

— Venez, mademoiselle, ça va aller.

Dans le café, deux bras me saisirent, je les reconnus et m'y effondrai. Charles, alerté par le chahut, était descendu de son bureau en courant. Il me frotta le dos, m'embrassa les cheveux et m'aida à m'asseoir au fond, à la place habituelle des deux chapeautées qui s'étaient levées pour me la céder, pétrifiées, le téléphone toujours en main. Elles, au moins, avaient fait quelque chose de bien. Mes yeux vagabondaient d'un policier à l'autre. Il y avait trop de bruit, trop de monde. Christine m'apporta un café. On m'entoura, on prit ma tension, on me posa des questions. Dans un brouillard obscur, j'attrapai les mots « hôpital, choc, psychologue ». Hagarde, je relevai les yeux et fis non de la tête.

Elvire n'était plus là. Aurore et elle étaient parties main dans la main dans un grand camion rouge. Je ne savais où menait leur route, mais elles y allaient sans moi.

3

Je ne saurais dire combien de temps je restai ainsi à fixer la tasse de café qui fumait devant moi, entourée de bonnes gens qui ne cherchaient qu'à bien faire. Une minute ? Une heure ? Trois peut-être ? J'étais pétrifiée. L'agitation finit par retomber. Charles me tenait la main sans broncher. Je relevai enfin les yeux vers le coucou muet.

— Charles ?

— Oui, Alice ?

— Pourquoi tu ne l'as pas sauvée ?

Il me dévisagea, interloqué. Ma voix était plus blanche qu'une vallée sous la neige. Je ne trouvais même pas la force de le regarder. Je lui en voulais, à lui encore plus qu'aux autres. Il aurait dû être un héros et assommer l'homme au scooter d'un bon coup d'épée. Pourquoi ne l'avait-il pas fait ? Une jeune femme s'assit en face de moi. Remarquant son uniforme, j'eus tout de même la lucidité de ne pas l'envoyer paître. La police ? Pas crédible, on devait avoir le même âge, on n'allait tout de même pas confier une enquête à… ça ?

— Vous pensez que l'on peut discuter ? Comment vous sentez-vous ?

Elle plaisantait, n'est-ce pas ? Je la fixai, bouche ouverte, incapable de sortir un mot. Je m'étais transformée en poisson. Elle ne se démonta pas et reprit doucement :

— Comment vous appelez-vous, mademoiselle ?

— Alice… Alice Martin.

Elle me tendit d'un air maternel l'assiette de chouquettes apportée par Christine.

— Prenez-en une, cela vous aidera. Je sais que c'est très difficile mais on a besoin de comprendre ce qu'il s'est passé.

J'en attrapai une sans conviction. Je ne me souvenais pas bien, tout était si confus.

— Il s'est passé… Il s'est passé que l'on vivait tranquillement et que d'un coup on était mort.

Ma tête était sens dessus dessous comme une chambre d'enfant. Je savais à peine ce que je faisais là. Je me raccrochais à l'idée saugrenue que Charles aurait dû sauver Elvire et je lui en voulais terriblement… J'acceptai finalement de lâcher les misérables bribes qui me revenaient.

— Un scooter, il y a eu un scooter... Il tournait depuis longtemps en fait, les deux clientes là-bas ont failli être renversées. Un homme en noir. Un peu voûté… Ou une femme, après tout ? Un gros gant en cuir… Elvire a voulu retenir son sac. Un vieux sac sans intérêt. Et puis elle a été éjectée…

Je me remis à pleurer. Une silhouette noire sur un scooter noir, pas de quoi faire avancer l'enquête…

Charles prit le relais. J'entendis la jeune femme parler de choc, de repos, de silence. Il lui donna mes coordonnées. Les chapeautées, hébétées, passèrent aussi à la question. Elles avaient rangé leurs rires canailles au fond de leurs poches ; pour la première fois, elles ne festoyaient plus.

Dans le café, le silence nous ensevelit enfin. À croire que les mots aussi s'étaient fait la malle dans l'ambulance. L'après-midi était bien entamé. Je me levai. Charles me poursuivit :

— Attends, tu vas où comme ça ?

— À l'hôpital !

— Comment sais-tu qu'elle y est ?

Je ne reconnus pas mon rire cinglant, violent.

— Et où veux-tu qu'elle soit ? En boîte de nuit ? À Aix, il n'y a qu'un hôpital !

— Je te suis !

— Non !

Je me mis à courir, il me rattrapa. Bon sang, mais il ne pouvait pas me laisser tranquille, le prince charmant de pacotille ? Il n'en démordit pas. Sur le trajet, je ne cessais de marmonner fiévreusement : « Aurore, pourquoi m'as-tu abandonnée ? Putain mais c'est qui, cette Aurore de merde ? » La colère me rendait grossière.

L'hôpital nous ouvrit ses portes pour mieux nous engloutir. Après tout, c'était vrai : qui me disait qu'elle était là ? Aix n'est pas un village, il y a aussi des cliniques. Je me précipitai aux toilettes, je rendis la malheureuse chouquette qui n'avait rien demandé. Je n'avais plus la force de me relever mais il le fallait, pour Elvire, il fallait que je sache, que je la voie. Ils l'avaient sauvée, c'était sûr, non, c'était leur métier ? À la télé, les pompiers sauvent les gentils et les vilains chauffards vont croupir en prison. Je bus un peu d'eau et me souhaitai bon courage en me tapotant les joues.

Charles était déjà à l'accueil, dissimulant sous ses lunettes sa mine des jours de pluie. Derrière le comptoir, une fille téléphonait et nous fit comprendre que l'on ne nous dirait rien. « Secret médical, pas d'information, pas de la famille », toutes les excuses étaient bonnes pour nous laisser mariner. Je faillis rendre les quelques gouttes d'eau que je venais de boire mais je me retins. Cela n'aurait rien arrangé.

Soudain, je reconnus l'un des pompiers à la buvette de l'entrée. Ça semblait incroyable vu l'état dans lequel je me trouvais mais mon inconscient avait dû imprimer à jamais ce visage dans un coin de ma mémoire. Nos regards se croisèrent, il me reconnut, je me précipitai. Mes yeux le supplièrent. Il baissa les siens et fit non de la tête. En larmes, je m'affaissai sur une chaise que Charles m'avança au bon moment. Le pompier, son sandwich à la main, s'accroupit devant moi et me dit d'une voix douce :

— On n'a rien pu faire, vous savez… Quand on l'a emmenée, elle était déjà loin. Je suis désolé.

Et moi de bafouiller :

— Jolie Mamie…

— Je suis désolé pour votre grand-mère, croyez-moi, nous avons fait tout ce qui était possible… Vous devriez vous faire aider. Ici à l'hôpital, il y a une psychologue très gentille avec laquelle vous pouvez parler.

— Non.

— Je suis navré, répéta-t-il. Vraiment. Courage, mademoiselle.

Charles me laissa me calmer. Je marmonnais toujours :

— « Pourquoi m'as-tu abandonnée ? » Mais pourquoi elle a dit ça, bon sang !

— C'est dans les Évangiles, murmura-t-il. La dernière phrase de Jésus sur la croix. Elle était bigote, tu le disais toi-même. Cette phrase n'a aucun sens. Elle délirait, elle était sous le choc.

Il me frotta le dos doucement. Charles a toujours eu une patience d'ange, mais j'étais au bord du gouffre, je rêvais d'un Superman qui nous emmènerait loin de toute cette sordide histoire. Et il se contentait d'être Charles, présent, aimant, parfait, mais sans cape ni collants. À dire vrai, son jean lui allait bien mieux qu'une paire de leggings criards. Mais la colère me rendait bête.

— Tu en sais quoi, t'étais même pas là ! Une phrase de Jésus ? Parce que tu lis les Évangiles, peut-être ?

Je me levai, courus vers la sortie, et sautai dans un taxi qui attendait devant l'entrée. Il s'engouffra derrière moi. Je le repoussai :

— Laisse-moi !

Le bruit de la portière résonna comme un clap de fin.

4

J'étais sous le choc mais je voulais m'accrocher, coûte que coûte. Le lendemain à 8 heures, j'étais au Lapin Blanc. Christine en renversa son café du matin. Et je revins le lendemain et les jours d'après, en dépit de ses supplications : je devais me reposer, réviser mon CAPES, ce concours qui me pendait au nez. Je n'en démordis pas. C'était une question de survie. En restant sur les lieux du crime, j'allais finir par comprendre. Oui, je disais « crime », car j'en étais persuadée. Jolie Mamie, la boîte de nuit, le sale type qui avait juré de lui faire la peau, le scooter, tout se mélangeait dans mon imagination délirante. Elvire avait été assassinée et c'était au Lapin Blanc que j'allais pouvoir enquêter. J'aurais mieux fait de dormir une semaine et de me faire aider par un professionnel. C'était idiot.

Derrière la vitrine, je guettais sans relâche la rue, l'église, les gens : j'allais bien finir par trouver quelque chose. J'espérais surtout voir passer le voleur. Mais chercher un scooter noir dans une ville étudiante… Autant chercher une bille dans une piscine à boules.

Le soir, en repartant, je lorgnais furtivement Charles par la fenêtre de son bureau. Nos regards se croisèrent plusieurs fois. Un soir, il fit mine de coller un téléphone à son oreille, je coupai mon portable ostensiblement et lui tournai le dos. Quand j'y pense, j'ai été cruelle, mais j'avais perdu tout discernement.

Ma ténacité finit par payer. Au bout de quelques jours, je remarquai un attroupement sur la place de l'église. Comme dans un mauvais film, un corbillard se découpa à contre-jour, une longue boîte en fut extirpée et une poignée de personnes s'engouffra dans l'église. Je me précipitai sans prendre la peine d'enlever mon tablier.

L'église était belle à tomber par terre. Par ce matin lumineux, un rayon blond traversait les vitraux et caressait le chœur. Le cercueil était très sobre. C'était elle, j'en étais sûre, et cela ne pouvait être qu'ici et maintenant. Sans bruit, je m'assis au fond, dans un coin sombre. Il n'y avait quasiment personne. Un octogénaire raffiné, du moins d'après sa mise et son allure puisque je ne le voyais que de dos ; à ses côtés, une femme un peu plus jeune, la soixantaine sans doute, manifestement pas ravagée de chagrin puisqu'elle pianotait sur son portable. Dans la rangée de droite, une sorcière hirsute aux cheveux mi-longs, les épaules avachies dans un gilet bien gris qui aurait pu servir de serpillière. Quelques personnes clairsemées ici et là dans les allées comme de petits cailloux égarés. Et moi. Je m'étais attendue à une foule, ses enfants, ses petits-enfants qu'elle couvrait de tricots, tous portant un pull fait maison en hommage à mamie ! Mais non. Un homme sans âge allait et venait, rangeait, allumait les cierges et déplaçait les chaises tout en ronchonnant. À croire qu'il prenait à cœur de jouer un rôle stéréotypé. Ah oui, et il y avait un prêtre bien sûr, jeune, souriant, réchauffant de sa présence cette cérémonie toute maigre. Je posai la main sur mon cœur quand il prit la parole, j'allais enfin savoir si je déraillais complètement ou si j'avais eu une bonne intuition.

— Il y a des rencontres qui changent une vie, l'orientent et l'éclairent. Ma rencontre avec Elvire Lefèvre, il y a quelques années, a bouleversé la mienne. Lumineuse, généreuse, douce, elle ne songeait qu'à donner tout ce qu'elle avait. Je vois ici des têtes bien connues de la société Saint-Vincent-de-Paul qu'elle soutenait depuis des années. Elle était, vous le saviez, également très investie dans l'accueil des toxicomanes. Merci d'être venus l'accompagner.

C'était bien elle ! Mon cœur faillit lâcher. Je croyais connaître Elvire, mais qui était-elle en fait ? Mamie tricot ou pilier de bar ? Bienfaitrice au grand cœur ? Au vu de la maigre poignée de têtes blanches qui constituaient l'assemblée, je la trouvais d'un coup bien solitaire. Sa famille n'avait-elle pu se déplacer ? Je pensai à ma grand-mère Eugénie. Éprouverais-je de la tristesse lorsqu'elle me quitterait ? Serais-je absente comme les petits-enfants d'Elvire ? Une serveuse de café prendrait-elle ma place pour la pleurer mieux que je ne le ferais jamais ? Étrange vie : la mort d'une étrangère me ravageait alors que ma propre grand-mère ignorait tout de moi, son unique petite-fille. Elle adorait exhiber mes bonnes notes à son club de bridge ; sinon, elle n'avait d'yeux que pour les autres, les pauvres, les malades et les clodos. J'avais fini par lui tourner le dos.

La femme du premier rang se décrocha enfin de son téléphone en soupirant. Un peu de décence, merci. Manifestement, la cérémonie la faisait suer, elle aurait mieux fait de s'en dispenser. Aucun mort ne s'est jamais plaint du nombre d'absents à ses funérailles. Elle m'agaçait. Trop pomponnée, trop laquée, et je sentais de loin son parfum à plein nez.

Je laissai mes yeux vagabonder pour retenir mes larmes. Elvire aimait donc cet endroit. Et la chapelle au Delacroix, où était-elle ? Je me levai doucement. Le petit farfadet grincheux surgit aussitôt pour m'enguirlander.

— Silence, voyons, vous voyez bien qu'on enterre !

— Vraiment ? Je croyais qu'on mariait !

Il me jeta un regard si noir qu'il aurait pu me carboniser sur place. Je partis sur la pointe des pieds vers une alcôve éclairée. Le fameux Delacroix. Il était là. Un Christ en Croix époustouflant offert par un particulier, comme le mentionnait fièrement un petit panneau. Une pièce de maître ? Il y a vraiment des gens qui ont ça chez eux ? Ce visage, cette souffrance intolérable, cette soumission, ce mouvement des bras étirés vers le ciel, c'était si fascinant ! Tant de douleur pour un seul corps, cela me rappela malgré moi Elvire expirant dans mes bras. Mon souffle tourna court sous la violence de cette image. « Aurore, pourquoi m'as-tu abandonnée ? Aurore… Pardonne-lui, il ne sait pas ce qu'il fait. » J'y pensais sans cesse. Agenouillée sur le prie-Dieu, je restai là à m'abreuver de ce visage supplicié. Sa souffrance me rassurait, je n'étais pas seule. Je tendis la main et me brûlai volontairement à la flamme d'un cierge. Et je laissai ma peine, ma peur et mon angoisse ruisseler doucement à travers cette brûlure, et me libérer d'un chagrin dévorant. La voix douce du prêtre continuait de louer cette bonne fée qui m'avait choyée.

— Elvire parlait peu d'elle mais beaucoup aux autres. Elle avait l'art d'écouter sans jamais se confier. Nul doute qu'elle trouvera auprès du Seigneur la paix à laquelle elle aspirait.

À cet instant, le schtroumpf grognon revint clopiner derrière moi en maugréant :

— Eh bien, elle s'en tire bien celle-là, avec tous les hommages du père. « Elle trouvera auprès du Seigneur la paix à laquelle elle aspirait… » Tu parles !

Voilà. La cérémonie bouclée, les rares participants reçurent en pleine poire une volée d'orgue tonitruante. Le cercueil remonta lentement l'allée pour nous quitter à jamais. Je lui lançai un baiser. Elvire et moi, c'était donc fini, une belle histoire tendre dont je tournais la page, croyant alors en lire les derniers mots. J'aurais tout donné pour tordre le cou à l'ordure qui lui avait volé son sac sans âge et sa vie ridée.

Sur le parvis, le mois de mars m'éblouit. À sa fenêtre, Charles observait. Nos yeux se rencontrèrent ; il avait l'air désespéré. Je me détournai sans pitié.

— Vous êtes ?

Le vieux monsieur chic me tendait la main avec un sourire déroutant. J'ignorais qu'on pouvait être aussi beau à cet âge avancé. « Alice, ressaisis-toi, voyons, il pourrait être ton grand-père ! » Heureusement, la vue de la pimbêche au portable agrippée à son bras me fit l'effet d'une claque. Elle était vraiment trop grimée, le carnaval, c'était le mois dernier ! Je tendis la main au Dom Juan élégant, snobant ostensiblement la péronnelle à ses côtés.

— Alice. Je suis serveuse au café, là-bas, le Lapin Blanc. Elvire y venait tous les jours. Je… je l'aimais beaucoup, vous savez.

— Jean Lefèvre, son mari.

La femme pinça ses lèvres trop rouges avec un sifflement agacé. Il corrigea :

Son ex-mari.

Elvire avait été mariée ? En même temps, si elle avait des petits-enfants, j'aurais pu m'en douter.

— Je suis désolée. Toutes mes condoléances.

— Merci, c'est difficile… On a beau avoir divorcé il y a bien longtemps, je suis brisé. Quand on a tant partagé…

Il me faisait de la peine, cet homme chenu et digne. Il parvint à se contrôler de manière remarquable.

— Le jour de l'accident, ai-je repris, j'étais là. Elle est morte… presque dans mes bras.

Il releva la tête, me sourit poliment, murmura un « merci » et me tendit une carte de visite.

— Passez prendre un café, ça me fera plaisir. Vous pourrez me raconter cela.

— Merci. Courage à vous, à votre famille, à vos enfants aussi.

— Nos enfants ?

— Monsieur Lefèvre ?

Le prêtre avait surgi de nulle part, sans doute parce que les voies du Seigneur sont impénétrables.

— Monsieur Lefèvre, encore merci d'avoir pris le temps d'organiser cette petite cérémonie.

— C'était bien normal, en dépit de tout…

Au même moment, la sorcière hirsute au gilet défraîchi s'extirpa de l'église, les yeux rouges et le visage sec. Jean Lefèvre lui tendit la main. Elle l'esquiva avec une moue dédaigneuse et s'enfuit sans se retourner. Le sacristain, du haut des marches, haussa les épaules en bougonnant. Je ne pus m'empêcher de rire à l'idée que ces deux-là pourraient se marier. Un joli couple, sans aucun doute, dommage que la sorcière ait manifestement trop d'années au compteur. Sur cette charitable pensée, je pliai bagage. L'église était belle mais l'atmosphère pesante. Je retournai au café où mes chapeautées préférées se précipitèrent pour me questionner. Je m'excusai, j'attrapai mon sac et allai me coucher.

5

Aix-en-Provence
18 avril 2014

Ma Gigi,

Ça fait belle lurette qu'on a passé l'âge des petits noms, et je sais que tu détestes celui-ci. Je te vois faire ta tête des mauvais jours, ça me fait du bien rien que d'y penser, de me dire qu'on a été gamines et qu'on a existé. C'est à la pitchounette que tu as été que je veux parler. Quand on était petiotes, on savait encore s'écouter. À l'évidence, la Gigi que tu es devenue préférerait se faire crever un œil plutôt que de me laisser parler... Je t'écrirai donc, et tu seras assez gentille pour me lire sans trop me critiquer. J'écris mal, ma main escagassée a la tremblote, mais après tout, c'est bien normal, je ne suis plus qu'une vieille caboche, et toi aussi, sans vouloir t'offenser ! Une dame blanchie et éraflée qui cache mal ses chagrins derrière son fier dédain...

Ma Gigi, laisse-moi te raconter enfin mon histoire, la vraie, pas celle que les vipères qui volaient tout autour de nos têtes te sifflaient à l'oreille. Je voudrais me tailler une petite place, même tardive, dans ton cœur. L'autre jour, en te voyant plus sèche qu'une mue de cigale, toute frêle et emmitouflée sur la terrasse par vingt degrés, faisant de ton mieux pour oublier que j'étais là et appelant au secours dès que j'ouvrais la bouche, d'un coup, ça a fait tilt. Je me suis dit : « Mais Gigi ne sait pas qui je suis ni ce que j'ai vraiment vécu ! » Si tu as eu aussi peu d'amour pour moi, après tout, ce n'est pas ta faute. Mais rien n'empêche le soir de nos vies de devenir l'aurore de notre pardon. Aurore, un mot que j'aimais tant… Et puis, c'est étrange de te voir là-bas. Dans cette maison. À cet endroit. Tant de souvenirs ressurgissent !

Puisque tu ne veux rien entendre, je t'écrirai, Gigi, quoi qu'il m'en coûte, ce sera épuisant, mais ça me fera du bien. Et quand j'aurai fini, je t'enverrai ce carnet. Tu seras peut-être plus souriante avec le facteur qu'avec moi. Et comme on ne connaît ni le jour ni l'heure, je rangerai ce cahier dans une enveloppe à ton nom pour que, quoi qu'il arrive, il puisse te parvenir. Qui sait, tu l'ouvriras peut-être ? Les années ont passé, la douleur est restée, solidement arrimée aux non-dits et aux préjugés. J'ai besoin que tu saches, toi plus qu'une autre, puisque de toute façon il ne me reste que toi, pas vrai ? J'ai besoin que tu voies en moi celle que l'on a brisée. Toi comme les autres. Sans le savoir, sans le vouloir. Ce n'est pas ta faute, pardi.

Ma Gigi, ne fuis pas, je ne te parlerai ni de rancune ni de misère, ça n'intéresse personne, je te parlerai d'amour et de joie. Car un bonheur même fugace illumine une vie comme la queue d'une étoile. Il m'a fallu des années pour le comprendre, non parce que j'étais nigaude, même si vous me l'avez rabâché à tort pendant toutes ces années, mais parce que c'était trop dur à accepter.

Je suis née une seconde fois ce soir où j'ai poussé la porte de ma maison, ma valise à la main et mon cœur bien plié entre mon tricot, mon bouquet de roses fraîches et mes souvenirs pleins de poussière. Enfin j'ai su que j'étais libre. Ce matin-là – il y a quoi, dix ans peut-être ? –, j'ai refermé la porte de ma villa sur des années de regrets et de culpabilité. J'avais soixante-cinq ans et j'allais enfin vivre ! Mieux vaut tard que jamais. Le portail s'est rabattu en ricanant. Je m'en fichais pas mal, de toute façon, la vie entière n'a fait que se moquer de moi. Je n'avais rien, pas un sou en poche, pas de famille pour me soutenir, aucun amour pour panser mes blessures, mais j'étais ivre de liberté.

Je te laisse découvrir la suite une autre fois, ma main est déjà fatiguée. Si jamais la vie ne m'offrait pas la joie de finir ce carnet, sache que je t'ai bien aimée, envers et contre tout, et que je ne t'en veux pas. Il faut pardonner, tu sais, sans quoi on ne vit plus.

E.

6

C'est là que j'ai sombré.

En sortant de l'enterrement, je partis me coucher, sans un regard pour mes zinzins chapeautées qui auraient tant voulu me questionner, sans un signe pour Charles qui me dévisageait depuis son bureau. Je partis me coucher et je fis naufrage, moi qui n'avais jamais perdu pied… Sur le coup, je crus que je ne m'en remettrais jamais. J'étais comme Virginie, debout sur le bateau, et Charles sur le rivage me regardait sombrer sans pouvoir m'aider. Je refusai sa main tendue, j'effaçai ses messages sans les lire, je coupai mon portable. Je m'enfonçai sous la couette, mangeai des raviolis froids à même la boîte, tu parles d'une déchéance ! Je comptais les jours qui me séparaient du CAPES et j'élucubrais sur le sujet qui me mangerait toute crue. Ce serait un massacre. Tant de travail jeté aux orties, j'en restais pétrifiée sans trouver la force de me relever.

Au bout de quelques jours passés à hiberner, je vis ma mère débarquer, rongée d'inquiétude mais la voix rassurante, gentille, trop d'ailleurs, je ne voulais personne. Elle ne pouvait pas m'aider, je m'étais verrouillée dans ma propre obscurité. La nuit, dans mon sommeil, je revoyais Elvire. Son regard d'écureuil m'obsédait. Ma mère constata son impuissance et repartit sans bruit, comme une petite souris.

Les jours filaient, mes rêves de réussite rétrécissaient comme une peau de chagrin. Je rallumai mon téléphone. Trente textos de Charles que j'effaçai du pouce sans prendre la peine de les lire, quinze appels de mes parents, mon père qui aurait aimé me secouer comme un prunier, ma mère qui me suppliait de me relever, d'autres de Christine et de quelques copines et une dizaine d'un numéro inconnu. Une astuce de Charles pour me faire décrocher ? À dire vrai, je ne savais même plus pourquoi je lui en voulais. De ne pas être un superhéros ? Finalement, j'avais trouvé là une bonne excuse pour refuser sa proposition. Je me contentai d'appeler le commissariat. Il fallait rendre justice à Elvire et faire arrêter le scélérat. On me répondit sèchement qu'on recherchait le coupable mais qu'il n'y avait aucune suspicion d'assassinat. C'était un vol à la tire qui avait mal tourné, et surtout, je devais laisser la police faire son travail sans chercher à m'en mêler. Immédiatement, j'affublai la voix au bout du fil du visage crispé du sacristain. Je me mis à rire, c'était mieux comme ça. La voix raccrocha en soupirant qu'ils avaient bien d'autres chats à fouetter. J'hésitai à appeler la SPA pour sauver ces pauvres bêtes.

Un matin, quelqu'un toqua puis s'enfuit en cavalant. Le couloir était vide, deux roses blanches gisaient sur le palier. Chacune portait une lettre accrochée à la tige : la première était A, la seconde I. Comme si j'avais le temps de jouer au Scrabble ! Ce n'était pas signé mais j'avais mon idée. Charles n'était peut-être pas un héros en collants mais il était romantique. Je souris malgré moi, mis les roses dans un vase, ouvris les volets en grand. La lumière m'aveugla. J'allumai mon ordi et me remis au travail.

Ce petit manège dura toute la semaine qui précéda les épreuves du CAPES. Chaque matin, j'entendais les pas mais je restais tapie derrière la porte. Ce mystère me ravissait. Quand la cavalcade s'évanouissait dans l'escalier, je trouvais deux roses blanches sur mon palier, chacune munie d'une lettre, jusqu'à former AIE CONFIAN... Il ne manquait que les deux dernières. Charles était vraiment parfait, je ne le méritais pas, j'étais trop occupée à saborder des années de travail. Et lui trouvait tout simplement la force de m'aimer.

La veille du CAPES, les pas se firent entendre plus tôt que d'habitude. J'étais sous la douche, je me jetai sur mon peignoir pour me sécher. Une lettre se faufila sous ma porte. Je me précipitai pour ouvrir, le couloir était vide. Sur l'enveloppe, je reconnus l'écriture resserrée de Charles qui me souhaitait bonne chance, amoureusement, élégamment, sans rancune. Mes joues chauffèrent, c'était si bon de le sentir près de moi ! À cet instant, un jeune livreur surgit, deux roses en main et me les tendit. Je resserrai mon peignoir, gênée. D'où sortait-il, celui-là, puisque Charles était déjà passé ?

— Merci. Je suis perdue, est-ce vous qui m'avez livré toutes ces fleurs ?

— Oui. Vous avez aimé ?

— Bien sûr, mais d'où venez-vous ?

— Du fleuriste de l'avenue Pasteur.

Je ravalai un petit goût d'amertume. Ce n'était donc pas Charles. La lettre, oui, mais pas les roses.

— Puis-je vous demander qui vous envoie ?

— Ben ça, c'est la meilleure ! Vous n'en avez aucune idée ?

— Non, je croyais que c'était mon amoureux. Qui a passé cette commande ?

Le regard du jeune homme se perdit dans le vide.

— Attendez, si, ça me revient, cette histoire de roses… Deux petites vieilles un peu loufoques qui n'arrêtaient pas de glousser. Avec des grands chapeaux. C'était il y a une ou deux semaines, je pense. Elles voulaient vous envoyer des roses pour ces dates très précisément. Avec les lettres dans l'ordre et ce petit mot qu'elles avaient préparé.

J'arrachai fiévreusement la petite enveloppe attachée à l'une des fleurs du jour qui m'apportaient un C et un E.

Le secret, Alice,
c'est de ne jamais cesser d'y croire.
AIE CONFIANCE en toi !
Nous t'attendons au Lapin Blanc
pour fêter cela ensemble.
Éliane et Rosie

Eh bien, j'étais à mille lieues de penser à mes deux chapeautées ! Je me laissai retomber sur les petits matelas entassés qui me servaient de canapé, sidérée, le cœur frémissant devant tant d'attentions mais un peu flétri de déception. Après tout, Charles m'avait écrit, c'était déjà bien.

Et le CAPES arriva, et il passa, comme tout, parce que dans la vie, tout s'anéantit, tout périt et tout passe – ce n'est pas de moi, mais de Diderot, qui avait forcément raison. Tout passe et l'on trépasse, comme moi devant le sujet.

COMPOSITION FRANÇAISE

« L'œuvre d'art, et singulièrement l'œuvre littéraire, ne s'impose pas seulement comme un objet de jouissance ou de connaissance ; elle s'offre à l'esprit comme objet d'interrogation, d'enquête, de perplexité. »

Gaëtan Picon, *L'Écrivain et son ombre*, Gallimard, 1953.

Quelles réflexions vous inspirent ces propos de Gaëtan Picon ?

Rien…

Je fermai les yeux.

Je les rouvris.

Je ne voyais rien, rien d'autre que le Delacroix, les yeux d'Elvire et le voleur à la tire. J'eus beau tenter de me raccrocher au bouquet de roses de mes chapeautées au grand cœur et au sourire de Charles emballé dans une enveloppe, rien n'y fit. Mon esprit était resté crucifié auprès d'un tableau du Christ, au fond d'une église. *Objet de perplexité*, me criait le sujet. Je comprenais chaque mot mais pas la phrase entière. Paniquée, je me mis à commenter, analyser un Delacroix que le correcteur n'avait sans doute jamais vu de sa vie. Après tout, c'était une œuvre d'art, non ? Forcément, je me fourvoyais.

En version latine, je rejouai le *Titanic*. Les amours d'Hélène et de Pâris ? Fort bien, mais *quid* d'Alice et de Charles ? Le texte de grec me médusa. Je rendis ma copie avant l'heure et rentrai en courant pour hurler ma colère à mes murs amers.

— Elvire, je vous déteste ! Pourquoi m'avez-vous fait ça ? Pourquoi êtes-vous morte maintenant ? Vous ne pouviez pas attendre ? Vous étiez obligée de tout faire valser, ma vie, mes études, mes amours, mes rêves ?

Je saisis mon dictionnaire de latin et le jetai contre le mur. Il retomba lourdement, écrasant mes espoirs sous des kilos de mots. Jolie Mamie avait gâché ma vie et les fleurs dans leur vase avaient beau me sourire, cela ne changeait rien. Mon dictionnaire de grec suivit le même chemin. Et paf, dans le mur ! Et mon portable aussi, à l'instant où mon père essayait de m'appeler. Mais lui fut sauvé du massacre par des coussins affables. Ça explosa de tous côtés, un vrai feu d'artifice. Tout y passa, sauf les roses. Je ne pouvais pas. Mais je détestais Éliane et Rosie d'avoir cru en moi, je haïssais Charles d'être trop parfait, d'avoir un bon boulot et d'oser me draguer. Et il était où, d'ailleurs, bon à glisser des lettres sous la porte mais nulle part pour me consoler ? Et mes parents, loin, si loin, à croire qu'ils s'en fichaient quand les clientes du café, elles, trouvaient le temps de me bichonner ? Je ramassai enfin mon dictionnaire de latin, posai ma tête sur lui comme sur un doudou et me mis à pleurer.

Ce soir-là, alors que le courant m'emportait, Charles revint me jeter une bouée. Il toqua doucement, je lui ouvris. Il entra sans un mot. Je confiai ma misère à ses bras rassurants, il lui tordit le cou.

— Ça va aller, Alice, ça va aller.

— Mais tu ne comprends pas, hoquetai-je, c'était si important pour moi ! Je veux vivre, bosser, exister. Je ne veux pas être comme ma mère, à la maison toute la journée !

— Je sais, Alice.

Toute la nuit, il veilla sur mon chagrin. Je m'endormis en reniflant sur son épaule, sur mon orgueil et sur ma peine. Il eut la délicatesse de ne pas bouger, même si je devais ronfler comme un sonneur. On dit souvent que l'amour rend aveugle, moi je crois qu'il rend sourd.

En dépit des bras de Charles, je passai une nuit très agitée. Je rêvais que j'étais un tissu dans une machine à coudre. Quand j'étais enfant, ma mère cousait beaucoup. La marche inexorable de cette aiguille qui avançait en emprisonnant les plis me fascinait. Aucune fuite possible face à la grande faucheuse et à son unique dent. Je me voyais prise au piège de l'aiguille, je voulais partir mais rien n'y faisait, j'étais ferrée. Et Charles, sans rire ni juger, me réconfortait.

Le lendemain, mon portable me chanta que je devais me réveiller. Quelqu'un insistait pour me parler. Le soleil me semblait trop haut pour être honnête. Mon petit réveil, posé sur mon chevet, me murmura tout bas qu'il était 9 heures. Charles était parti travailler sur la pointe des pieds. Confuse et somnolente, je tendis la main pour décrocher.

— Mademoiselle Martin ?

— Oui.

— Maître Blanchard. Veuillez m'excuser si je vous dérange, je cherche à vous joindre depuis des jours.

— Je vous demande pardon ?

— Laissez-moi me présenter. Je suis le notaire de Mme Elvire Lefèvre. J'ai besoin de vous voir rapidement. C'est au sujet du testament.

— Vous êtes sûr de ne pas faire erreur ?

— J'en suis certain.

« Notairc » était pour moi un mot vide et étrange qui ne pouvait annoncer que des difficultés. Quant à « testament »…

Sur ma table de nuit, Charles avait griffonné sur une feuille :

Dors bien, ma chérie.
Aujourd'hui, agenda très chargé,
mais je t'invite à dîner ?

7

Je courus aussi vite que je pus. De toute façon, ce n'était pas comme si j'étais très occupée. Quand j'arrivai devant l'étude, la vitrine d'un glacier me renvoya mon reflet d'un air moqueur : une jupe longue à demi repassée et un tee-shirt vaguement assorti ? Était-ce une tenue pour un notaire ? Je haussai les épaules d'un air coupable. Je mâchonnais depuis la veille mon concours raté, le moindre pigeon crasseux piétinant dans la rue devenait une allégorie de mon avenir manqué, avais-je vraiment eu deux minutes pour penser à ma coiffure et à mes vêtements ?

Assise sur l'emblème doré du notaire, une petite dame en métal m'encouragea gentiment. Je pris une grande inspiration et entrai bravement. On me proposa un café, j'en demandai deux et m'installai dans la salle d'attente, très intimidée, une demi-fesse sur le siège de peur de me faire trop remarquer. Un notaire… Je n'en avais encore jamais rencontré. Sans doute un homme sombre et maigre échappé d'un roman de Balzac, le nez poilu et le visage mangé par d'énormes lunettes et d'abominables verrues, une sorte de vieillard acariâtre qui signait des papiers toute la journée, sa grande plume venant lui chatouiller le nez. Je ne connaissais pas de notaire, c'était bien un signe que cela n'intéressait personne.

Un homme sublime au sourire de pub de dentifrice me tendit la main. Ciel ! J'en renversai mon deuxième café.

— Mademoiselle Martin ? Je suis Maître Blanchard.

Je suivis son regard d'azur jusqu'au bout du couloir, je l'aurais suivi jusqu'au bout du monde s'il me l'avait demandé, je n'étais plus en état de penser. Son bureau était clair et lumineux. Le ciel nous jetait des œillades. Il me fit asseoir, j'avais bien besoin de reprendre mes esprits. Peut-être devais-je me reconvertir et commencer mon droit ? Au point où j'en étais…

— Eh bien, mademoiselle, on peut dire que j'ai eu tout le mal du monde à vous contacter.

— Mais pourquoi ?

— J'étais très embêté, vous comprenez. Mme Lefèvre nous avait bien sûr laissé vos coordonnées, mais il semble que vous en avez changé.

Je fis oui de la tête. Je n'avais aucune idée de ce dont il parlait, mais j'avais changé de numéro il y a quelques mois. Il eut pitié de mon air pétrifié.

— Un café ?

Le troisième depuis mon arrivée, ce serait parfait.

— Avec un peu de scotch dedans, s'il vous plaît.

— Je vous demande pardon ?

— Je plaisantais, veuillez m'excuser.

Je me mordis les lèvres, l'humour n'était pas de mise.

— Voilà. M. Lefèvre, l'ancien conjoint de Mme Lefèvre dont elle portait toujours le nom, m'a indiqué le café où vous travaillez. Vous vous êtes rencontrés, je crois ? J'ai fini par m'y rendre. La gérante n'a rien voulu entendre mais une cliente, une vieille dame avec un grand chapeau, a accepté de me donner vos coordonnées.

— Ah, mais pourquoi ? Je… j'ai déjà raconté à la police tout ce que je savais…

Son rire franc me sauva du ridicule.

— Je ne suis pas commissaire, je suis notaire ! J'ai tenté de vous appeler, en vain ! C'était à croire que vous aviez disparu.

— Presque. Je passais le CAPES.

— Bref, nous y voilà. Aimez-vous les chiens ?

— Je vous demande pardon ?

C'est à cet instant que je compris l'invraisemblable. Je revis Elvire, ses yeux doux et ce chien qu'elle amenait de temps en temps au café. Un tout petit toutou blanc à taches fauves qui ravissait les enfants des clients. Un Cavalier quelque chose, un nom terriblement pompeux pour une si petite bestiole. Les jumeaux de Christine en étaient accros, unique raison pour laquelle elle le tolérait si près de ses cannelés. Il était mignon tout plein avec son petit nez et ses grandes oreilles, mais enfin, c'était un chien…

Du fond de mon âme, je suppliai le ciel : « Pas le chien, s'il vous plaît, pas le chien, elle n'a pas pu me faire ça. » Je tentai d'amadouer le bel homme devant moi par un sourire que je voulais affirmé, mais qui était surtout très résigné.

— Aimez-vous les chiens ? C'est une question importante. L'année dernière, Mme Lefèvre a rédigé un testament en votre faveur.

— L'année dernière ? Mais pourquoi ? Ce n'est pas possible !

Ses sourcils s'arquèrent et il plongea le nez dans ses papiers.

— Vous ne vous y attendiez pas ? Depuis quand connaissez-vous Mme Lefèvre ?

Sous mes yeux effarés, le notaire se muait en boa qui m'hypnotisait et m'enserrait dans ses anneaux. Je me brûlai avec une lampée de café et repris le plus calmement possible :

— Eh bien, quelque temps déjà. On s'est rencontrées au Lapin Blanc où je travaille.

— Quand ?

— Il y a trois ans peut-être ? Je lisais à l'époque *Les Liaisons dangereuses* pour un module de fac, et elle adorait. Elle s'intéressait beaucoup à ce que j'étudiais. C'est plutôt rare, les gens me voient souvent comme serveuse de café *ad vitam æternam*. Et ce roman, elle semblait l'avoir lu des dizaines de fois…

Il rit de bon cœur. À croire qu'il me jouait une comédie et s'étonnait de me voir bernée à ce point. C'était une blague, n'est-ce pas ? On allait sortir la caméra cachée et tout le monde se moquerait de ma naïveté.

— C'est incroyable, vous saviez que son chien s'appelle Valmont ? C'est un personnage du roman, non ? Et pas des moindres !

Je préférai attendre la suite pour savoir si je devais vraiment rire rose ou jaune.

— Mme Lefèvre vous a donc tout laissé. Ou presque. Y compris son chien.

— Je ne comprends pas…

Il se leva pour ouvrir la fenêtre, le mistral me glaça le sang. Je marmonnai :

— Elle avait perdu la tête ou quoi ?

— Pour être honnête, M. et Mme Lefèvre ont toujours fait appel à nos services. Nous les connaissons bien ici. Personnellement, je n'ai rencontré notre cliente qu'assez tardivement, bien après leur divorce. Mais je vois défiler beaucoup de gens et je me pique d'avoir du flair. Je vous l'assure, à aucun moment il ne m'a semblé que Mme Lefèvre ait pu délirer. Même à un âge avancé, tout fonctionnait très bien chez elle. De toute façon, c'est le genre de choses dont nous nous assurons quand une personne lègue tous ses biens à quelqu'un d'autre que son conjoint ou son enfant.

— Et, à part le chien, y a-t-il autre chose ?

— Je ne vais pas vous mentir, ce testament ne fera pas de vous une femme riche. Mme Lefèvre était une vieille dame divorcée qui avait peu travaillé. Elle vivait très simplement. Elle a légué un peu d'argent à une association de lutte contre la toxicomanie. Le reste est pour vous. Nous parlons ici de quelques milliers d'euros qui ne représenteront plus grand-chose une fois les impôts rassasiés. Attendez-vous à une petite somme mais n'espérez pas acheter Buckingham. En revanche, tous ses effets personnels vous reviennent. Là encore, ce n'est pas Windsor, elle louait une chambrette au fond d'une ruelle. 43, rue de la Paix. Vous trouverez ici le contact de sa colocataire. Je préfère vous prévenir, la dame n'est pas commode. C'est elle qui garde le chien et elle n'aspire qu'à une chose : s'en débarrasser.

Mon cauchemar était finalement prémonitoire : j'étais devenue un tissu cousu à points serrés à la destinée d'Elvire. Mon esprit vagabondait comme un étalon fou. Elvire et ses yeux bruns tout pailletés de jaune, son chien-chien aux oreilles douces qui ne m'avait jamais intéressée. Valmont ? Quel sacrilège ! Elle enviait mes études, elle me rêvait libre et sans contrainte, forte d'un boulot stable, indépendante et affirmée. « Tout le contraire de ce que j'ai été », soupirait-elle parfois. Elle s'était même montrée dubitative quant à ma vie sentimentale. « Charles est un gentil garçon mais tu es si jeune ! Pourquoi t'enfermer ? Ne pas être libre ? » Et voilà qu'elle me laissait son chien ! Mais elle était dingue ! C'était ça, son idée de la liberté : un toutou plutôt qu'un homme ?

Une sonnerie me fit sursauter. Maître Blanchard éteignit son portable en s'excusant poliment.

— Je vous laisse digérer cela, vous êtes libre d'accepter ou de refuser. Le risque est néanmoins minime. Comme je vous l'ai indiqué, il n'y a ni dette ni trésor caché. Et bien sûr, nous nous occuperons de tout. Je suis juste surpris de vous voir si déboussolée. Vous ne vous y attendiez pas du tout ?

Mes lèvres se mirent à trembler.

— Elle est morte dans mes bras, vous savez… Quand elle a été renversée, j'étais là. C'était affreux…

Le notaire me tendit une boîte de Kleenex rose bonbon qui jurait un peu dans le décor.

— Merci.

— Ne vous en faites pas, les gens pleurent beaucoup ici. De tristesse, de déception, de rancune, de bonheur aussi. Entre les mariages et les enterrements, les notaires ne s'ennuient jamais. Et l'on ne voit pas que les bons côtés de l'humanité.

Son sourire désarmant me fit renifler de plus belle.

— C'est juste que je ne comprends pas...

Il eut la délicatesse de patienter jusqu'à ce que mon nez ait cessé de couler, puis il m'asséna le coup de grâce.

— Mme Lefèvre avait ajouté une lettre à son testament, une lettre pour vous. La voici. Cela vous éclairera peut-être. Naturellement, nous ne l'avons pas ouverte.

Il me tendit une enveloppe fermée.

Pour Alice Martin.

Elle me sembla terriblement lourde. Je levai la tête, les yeux du notaire me sondèrent avec douceur.

— Vous savez, les gens croient souvent emporter leurs secrets dans la tombe. Mais ils s'en échappent comme des feux follets. Il n'y a rien de plus volatil qu'un secret, et on n'est jamais à l'abri d'une belle histoire. C'est bien la première fois qu'un héritier me semble aussi stupéfié, mais après tout, pourquoi pas ? C'est digne d'un roman ! Je dois malheureusement vous laisser. Lisez ce courrier à tête reposée, détendez-vous, réfléchissez, faites-vous conseiller, vous n'avez aucune obligation d'accepter, même si, comme je vous l'indiquais, le risque est minime. Je vous rappelle très vite.

Et il me raccompagna en bas des escaliers. La vitrine du glacier me renvoya de nouveau mon reflet. J'étais maintenant hagarde, les yeux bouffis et gracieuse comme un chimpanzé. Elvire était toujours si parfaite, bien maquillée, bien peignée, jamais sans rouge à lèvres. Peut-être avait-elle simplement eu pitié de moi ?

Mes trois cafés ne m'avaient été d'aucun secours. J'entrai chez le glacier et m'offris un cornet, le plus gros s'il vous plaît. Trois boules coiffées de chantilly : un kilo de plus dans les fesses, deux kilos de plus au moral, c'est bien connu.

8

Mon cornet bien en main, je laissai mes jambes m'entraîner en douceur dans cette ville que je connaissais si bien. J'ai toujours aimé ces ruelles, la douceur ocre de la pierre, le soleil qui dissipe toutes les ombres et vainc tous les nuages, l'éclat du ciel et son bleu infini, profond à s'y noyer. Alors j'errai, le cœur dans mes poches crevées, sans but, sans question, glace en main, peur au ventre et lettre en poche. J'égrenais dans ma course des larmes que le soleil léchait, je n'avais ni paletot ni idéal, seulement moi, mes vêtements froissés et des milliers de questions que je semais pas à pas. Ma tête débordait. Je ne savais même pas qui appeler pour en parler. Charles évidemment. Rosie et Éliane ? Laquelle avait donné mon contact au notaire ? Et mes parents ? Ils me verraient déjà condamnée pour abus de faiblesse… Comment m'étais-je retrouvée héritière d'une vieille dame en détresse ? Et ma chère grand-mère de marmonner : « Je savais bien que cette enfant allait mal tourner. » Elvire n'avait-elle donc personne à qui léguer son bien ? Pourquoi moi ? Et pire, pouvait-on m'accuser de quoi que ce soit ?

Place des Quatre-Dauphins, je déchirai le bas de ma jupe en grimpant sur la fontaine pour caresser les marsouins de pierre. Ils étaient trop loin. J'enlevai mes ballerines, je retroussai ma jupe et j'entrai dans le bassin. La fraîcheur qui m'embrassa les mollets me donna envie de chanter. Ça faisait tellement de bien ! Je fermai les yeux et me mis à danser.

— Eh vous, là-bas, z'êtes fada ou quoi ?

La magie était rompue. Sur le trottoir d'en face, un homme me regardait, éberlué. Je souris en l'entendant grommeler que les jeunes n'étaient vraiment plus éduqués. Ce petit accès de folie m'avait requinquée, je me rechaussai et repartis guillerette, en évitant à tout prix de tourner les yeux vers Saint-Jean-de-Malte et son clocher. Le souvenir du Delacroix me crucifiait.

Je m'enfonçai dans la ville. Mes pieds vagabondaient au gré de mes pensées et je me fichais bien de savoir où j'allais. La grande bulle de colère et d'amertume qui me grignotait la tête était restée au fond de la fontaine, je me sentais légère. Place d'Albertas, une maman gonflait un ballon pour son enfant qui sautait de joie sur les pavés. Je poursuivis ma route dans ses éclats de rire. Bien malgré moi, mes pas me guidèrent jusqu'à la rue de la Paix…

C'était une venelle terne et sans intérêt, un semblant d'artère qui ne menait nulle part, à mille lieues de la rue hors de prix du Monopoly. Je m'y enfonçai. Coincées entre des immeubles bas et décatis se cachaient quelques petites maisons. Le 43 se devinait plus qu'il ne se voyait, tapi derrière une grille dévorée de grandes ronces. Pouvait-on seulement entrer ? Il y avait devant un minuscule jardin tout encombré, des rosiers, des crottes de chien à volonté et une petite porte d'entrée. Une odeur de soupe aux poireaux me taquina le nez. Je n'eus pas le courage de sonner. J'avais été assez secouée comme cela. Il était presque midi et le soleil commençait à peser. Je fuis pour me cacher à l'ombre d'un grand arbre. Depuis un banc, au Pavillon Vendôme, je saluai les deux colosses de pierre qui soutenaient de toute leur force un balcon. Ils semblaient écrasés par le poids de leurs responsabilités et je les comprenais. Mais ils me murmurèrent que je devais plonger : il n'y a que ceux qui ne font rien qui gardent des regrets.

Je froissai l'enveloppe. J'ouvris la lettre. L'écriture d'Elvire me caressa le visage. Elle était bien là, blottie dans chaque *a*, souriant dans tous les *i*, avec ses expressions, son sudoku et son tricot. J'entendis sa petite voix grave s'élever au moment où je commençai ma lecture.

Aix-en-Provence, mai 2017

Alice, ma petiote,

Le jour où tu liras cette lettre, je ne serai pas là pour tapoter ta main. C'est triste mais c'est comme ça, on vit, on meurt, on n'y peut rien. La nuit finit toujours par nous emporter. Si le ciel veut me combler une toute dernière fois, tu auras peut-être été là pour me donner du courage au moment du grand saut. Mourir au Lapin Blanc me rassurerait beaucoup, dans le café moulu du matin et son odeur qui ronronne. Chaque jour qui passe me vieillit et je serais heureuse de m'en aller en paix. Mais partir seule me fait peur.

Seule je le suis, depuis longtemps déjà. À force d'être seule, on se retrouve soi-même. C'est pas toujours joli joli, mais moi, ça m'a sauvée... Puis je t'ai rencontrée.

Alors, Alice, tu vas te dire, Elvire, elle perd un peu la binette ! Me donner tout ce qu'elle a ! Des clopinettes en plus ! Pardi, il faut bien les donner et j'ai pensé à toi ! Toi et moi, on s'aimait bien, moi en tout cas je t'aimais trop, mais mon cœur m'a toujours murmuré que tu m'appréciais. Dans le cas contraire, la mort me fera la délicatesse de partir sur ce mensonge. Ce qui compte est ce que l'on croit, n'est-ce pas ? Un peu comme avec Dieu ou le père Noël, parce que je sais que toi, Dieu, tu n'y crois pas.

Écoute, ma toute belle, je pense qu'en fait tu ne comprendras pas. Et pour tout te dire, ça m'est un peu égal, je n'aime pas expliquer. Des bonnes raisons, j'en ai des tas, des mauvaises aussi, et celles-là, je préfère que tu ne les saches pas. Je suis une vieille dame seule, je ne compte plus pour personne. Je t'aime et je te donne, c'est bête comme une limace et je me fiche de savoir à qui ça déplaira. Certains seront surpris. C'est qu'ils ne savent pas voir. Dans la vie, les gens sont soit aveugles soit fadas. Moi, j'étais les deux.

Voilà, tu n'as pas besoin de tout savoir et d'ailleurs, je n'y tiens pas. Je veux rester l'Elvire que tu connaissais, celle que tu as fait exister. Un jour, je suis entrée, je t'ai demandé un thé, tu m'as offert un sourire et tu m'as apaisée.

Et si jamais mon maigre pécule te permet de finir la fac sans te ruiner la santé comme tu le fais au café, alors je serai fière. Oh oui, vraiment ! Je n'ai pas fait d'études, tu sais ? Je ne crois pas t'en avoir jamais parlé, tu m'intimidais avec ta besace toute pleine de latin et de grec. Moi, à dix-sept ans, j'étais à la machine, le pied sur la pédale, je cousais, je cousais, j'avais des bouffigues plein les doigts et les yeux bordés d'anchois, mais je cousais pour oublier. J'aimerais voir ta bobine, là, maintenant, tu ne me crois pas, c'est ça ? Tu es ce que je rêvais d'avoir été. Alors tes études, j'y croyais pour deux, et si je peux aider, ce sera mon plaisir.

Il y a aussi autre chose, je dois bien te le dire, tu m'as toujours fait penser à Aurore, ma petite à moi. Alors je t'ai aimée, ça oui ! Je ne te l'ai jamais dit, ça n'a guère d'importance, l'amour ne se dit pas, il se prouve. Tu t'es occupée de moi quand personne ne me voyait, moi, la petite vieille toute cabossée. Tu m'as écoutée autour d'un café comme personne ne l'avait jamais fait. Je me réjouissais de venir et de me préparer parce que, auprès de toi, j'existais. Tu es une belle personne, Alice, et je suis heureuse de te laisser le petit rien que je possède. Dans ce rien, il y a quand même mon chien, mon confident, mon tout : Valmont, mon Cavalier King Charles. Je ne sais si tu aimes les chiens, mais Valmont est adorable et tu es une gentille fille. Je ne vois pas pourquoi cela ne marcherait pas entre vous. Prends-en soin, je t'en prie, ou trouve-lui une famille. Ne le répète pas, mais Dolores, ma colocataire, a le cœur bien trop sec pour aimer encore. Elle ne pourrait pas le garder.

Alors voilà, je ne vais pas t'enquiquiner trop longtemps, tu dois avoir du boulot, et puis, il faut le dire, ce n'est pas bien joyeux d'écrire ce genre de lettre. J'ai beau attendre mon étoile, je préfère quand même être ici plutôt que sous les pissenlits. Alice, mon petit, reste telle que tu es, passionnée, authentique, un chouïa effrontée, mais surtout, surtout, reste libre. Aime qui tu veux pourvu que tu sois toi et qu'il ne te change pas. Ne t'occupe pas de ce que les gens attendent de toi. N'écoute que ton cœur, et si des fois tu m'y gardes une petite place, je ne dirai pas non.

Allez, adiou, ma merveilleuse, je te quitte, on se retrouve demain devant une tasse de thé ou un café brûlant.

Je t'envoie des bécots,
Elvire

Plus bas, il y avait quelques lignes ajoutées au stylo à bille bleu. Elles valaient leur pesant d'or.

P-S : Je suis chez le notaire et je ne peux m'empêcher de rajouter une note avant de lui remettre cette lettre. Je ne sais pas si c'est cet homme que tu croiseras le jour où..., bref, tu comprends. Il a des yeux à faire valser les *petites culottes. Mais n'oublie jamais de regarder de l'autre côté du miroir. Je ne parle pas pour lui, je ne le connais que peu. Quoi qu'il en soit, il te rendra la visite agréable.*

Je t'embrasse.

Je restai longtemps sur le banc, caressée par un rayon de soleil, la lettre à la main. Après une déclaration pareille, je n'arrivais même plus à lui en vouloir. Elvire avait donc été couturière ? J'avais du mal à l'imaginer jeune derrière ses rides. Dansait-elle déjà toute la nuit ? Et ainsi donc, elle avait une fille ? Bon sang, qui était-elle ? Et il y avait le chien.

Le soleil battait son plein, les arbres valsaient dans les bras du mistral, les moineaux voletaient, les pies avaient revêtu leur tenue de soirée. La ville batifolait en toute indifférence. Mon estomac cria famine. Je m'approchai du bassin, les carpes vinrent me susurrer un « pop » discret en se faufilant entre les nuages et les nénuphars. J'aurais aimé être l'une d'elles, pour faire « pop » à mon tour et ne penser à rien. Un tour de bassin m'aurait suffi à effacer Elvire, ses yeux, le notaire, le CAPES et tous mes problèmes. Mon téléphone me rappela à la réalité. Charles voulait s'assurer que j'allais bien et me donner le nom du restaurant où nous retrouver le soir. Je n'eus pas la force de lui parler de ma folle matinée. Après avoir raccroché, je me contentai de lui envoyer un message elliptique.

RDV ce matin chez le notaire d'Elvire.
Beaucoup de choses à te dire.

9

Charles avait bossé comme un fou. On se retrouva assez tard à la terrasse de notre pizzeria préférée. Il faisait nuit et doux. J'avais pris soin de changer mes vêtements froissés et de glisser une fleur dans mes cheveux. Il avait troqué sa sempiternelle chemise blanche contre une bleu marine à revers fleuris.

— Quelle audace ! Ça te va bien !

Son classicisme aux antipodes de mon style me rassurait. Je commandai un Coca *light*, il voulait tout savoir sur le rendez-vous de la matinée et piaffait devant son demi. Il en resta comme deux ronds de flan.

— Tu veux dire qu'elle t'a tout laissé ?

Charles n'était pas juriste pour rien. Quoi qu'il arrive, il gardait les pieds sur la terre ferme quand je pagayais dans les étoiles. L'idée qu'une gentille petite mamie du café puisse tout me léguer juste parce que je lui plaisais lui semblait tout à fait incongrue.

— Cette dame n'avait donc aucune famille ?

— Je croyais mais je n'en ai plus aucune idée.

— C'est triste. Que vas-tu faire du chien ?

— Je préfère ne pas y penser.

Il pouffa.

— Tu n'aimes pas les chiens, non ? Ou alors tu as bien caché ton jeu !

Un bout de pain m'aida à faire passer mon anxiété. Charles me tendit la panière. J'éclatai de rire.

— Tu ne m'en veux plus ?

— De quoi ?

— De ne pas avoir été un superhéros ? Quand bien même j'aurais été là, je n'aurais rien pu faire pour sauver ton Elvire. Le gars est parti aussi vite qu'un éclair. Inutile de te dire qu'on a assez peu de chance de le retrouver.

— Tu aurais pu être créatif. Sauter sur son dos depuis le troisième étage, lui ligoter les bras avec ta ceinture ! Ou tirer à l'arc sur ses roues, les crever et le bloquer sur place. Tu vois, il y avait plein de possibilités, tu es trop terre à terre en fait.

Je noyai mon regard moqueur dans mon Coca et attaquai mon citron à coups de paille, une mort atroce pour un agrume. Un homme passa avec un panier de roses. Dix ans qu'il voguait de table en table sans jamais se lasser, à cacher une vie entière de misère derrière son sempiternel sourire. Comme Jolie Mamie ? Quand j'étais petite, avec mes parents, on le voyait déjà derrière sa grosse barbe noire. Je lui fis signe de la main.

— Une rose, s'il vous plaît.

Je la tendis à Charles.

— Pour toutes celles que tu m'as envoyées avant mon concours. Elles m'ont fait tellement de bien !

— Mais je ne t'ai pas envoyé de roses !

— Je sais, mais je l'ai cru et c'est l'essentiel. C'est

l'intention que tu donnes à une fleur qui est importante, non ? J'ai compris à la fin qu'elles étaient d'Éliane et Rosie, les deux chapeautées du café. Deux roses par jour pour écrire « Aie confiance ». Mais pendant une semaine, ces roses m'ont parlé de toi. Et cela m'a fait du bien de savoir que tu étais près de moi. Alors à mon tour de t'en offrir une, et tu remercieras Éliane et Rosie de ma part !

Charles se piqua en sortant la fleur du papier transparent. Son doigt se mit à saigner, je lui tendis un Kleenex. Un enfant s'approcha du vendeur pour demander une rose pour sa maman. Il ne savait pas qu'il fallait payer. Devant ses larmes prêtes à déborder, Charles lui tendit discrètement une pièce de deux euros en mettant son doigt sur sa bouche. Le visage rayonnant et la fleur bien en main, le petit courut offrir son trophée à sa mère. Un serveur surgit comme un farfadet.

— Dites donc, vous deux, vous n'avez pas laissé beaucoup de chance à la panière ! Vous allez pas gaspiller la pizza au moins après ça ! Et la *calzone*, c'est pour qui, pour la demoiselle ?

J'attendis que le serveur s'éclipse. Une idée me rongeait la tête.

— Charles, cet accident, je n'y crois pas.

Il fronça les sourcils d'un air dubitatif.

— Ce n'était pas un accident, j'en suis sûre. Elvire… Elvire a été assassinée.

— Alice, enfin ! J'ai appelé mon ami commissaire, l'affaire est en cours, le coupable est toujours dans la nature, mais en aucun cas, on ne soupçonne un homicide volontaire. Des vols à l'arraché qui se terminent mal, il y en a à la pelle.

— J'étais sûre que tu dirais cela, mais souviens-toi, la fois où je l'ai vue en boîte ! La police n'y était pas, ils ne peuvent pas savoir ! Rappelle ton copain et parle-lui de ça !

— Ne me dis pas que tu y crois vraiment ! Je ne sais pas ce qu'ils avaient mis dans ton spritz, mais tu ne cessais de glousser. Et si tu t'étais vue danser ! Si la suite n'avait pas été aussi tragique, on en rirait aujourd'hui.

Dépitée, je lui lançai une petite boule de pain sur le nez. Le serveur me roula des yeux énormes. Charles pouffa. Je repris sèchement :

— Je suis certaine que c'était elle. J'étais un peu éméchée, c'est vrai, mais pas au point d'halluciner.

— Tu me connais, je ne crois que ce que je vois.

— C'était elle, et le gars qui est sorti des toilettes après hurlait qu'elle lui avait volé son portefeuille, ou son argent tout au moins.

Charles poussa ses lunettes au bout de son nez, prit un air à la Sherlock Holmes et se mit à faire semblant de prendre des notes dans un carnet fictif.

— Très bien. Admettons. Ta gentille mamie est un pickpocket en goguette. Et ensuite ?

— Il a dit que s'il la retrouvait, il lui ferait la peau.

— Je note : « Je lui ferai la peau. » Et donc tu en déduis qu'il l'a suivie, séquestrée pendant des jours puisqu'on ne la voyait plus au café, même si elle a prétendu avoir été enrhumée, et qu'il l'a écrasée sans pitié sur le passage clouté. Tout ça pour lui faire payer son larcin, bien sûr.

— Voilà.

— Hum… Tu lis trop, je crois. C'est le problème des littéraires.

Il me regarda fixement. Je finis par baisser les yeux et bafouillai :

— Séquestrée, tu y vas fort, mais il l'a peut-être renversée et ça a dérapé. Rien ne prouve qu'il ne l'ait pas fait, en tout cas. Pour reprendre le sac ?

— Hum, c'est un peu faible comme argument. Devant le juge, ça ne passera pas.

Charles avait l'air de bien s'amuser, ce qui eut le don de m'irriter. On parlait quand même de la mort d'Elvire ! En même temps, je devais crever cet abcès qui m'étouffait depuis des semaines. Il repoussa d'un doigt ses lunettes tout en haut de son nez et réunit ses deux mains l'une contre l'autre. On aurait dit un psy hilare face à un patient lui jurant avoir vu passer un éléphant.

— En tant que juriste, je me dois de n'écarter aucune piste. Revenons-en à cette soirée. Quels seraient donc, d'après toi, les motifs de ce vol ? Elvire avait-elle besoin d'argent ?

— Je ne vois pas Elvire voler de l'argent. Elle donnait tout ce qu'elle pouvait.

— Je ne vois pas Elvire voler tout court, si tu veux mon avis.

Je ne pus m'empêcher de rire. Quitte à être absurde, autant aller jusqu'au bout.

— Peut-être volait-elle pour les pauvres ? Elle a légué des sous à une association d'aide aux toxicomanes. Une sorte de « Mamie des Bois » ? Ce serait bien son genre. Qui sait ce que l'on va découvrir dans son appartement ? Faut que tu voies la maison ! Elvire avait le cœur sur la main, elle donnait tout le temps et à tout le monde, les clochards se mettaient en orbite dès qu'elle entrait au café, ça rendait Christine dingue, mais Elvire s'en fichait : « Alice, mon petit, pourrais-tu porter un cannelé au monsieur ? C'est sur ma note. »

— Eh bien, c'est probant, je suis convaincu. Quoi d'autre ?

À cet instant précis, je crois que mon bon sens prit la poudre d'escampette. Je fus submergée par les idées les plus farfelues.

— Peut-être... peut-être qu'elle se droguait ? Qu'elle était accro à l'héroïne ou une saleté du genre ? Ça expliquerait pourquoi elle était toujours à côté de la plaque. Ou elle volait du shit en soirée pour le revendre ensuite ? Il y a eu un film comme ça, la mamie dealer, personne ne la soupçonnait !

— C'est cela, oui, répondit-il, la bouche pincée.

Mon téléphone sonna, je lui coupai le sifflet. Mon père avait essayé de m'appeler à plusieurs reprises, mais je n'avais pas envie de lui parler. La discussion m'animait. Je montrai en silence une dame respectable à côté de nous, tête blanche comme neige, chignon serré, tailleur parfaitement repassé.

— Et pourquoi pas ? Regarde cette dame, là, avec sa tête d'ange. On lui donnerait le Bon Dieu sans confession. Eh bien imagine, un gang de grands-mères qui sillonne la ville. Insoupçonnable ! Cette dame, dis-je en baissant la voix, on l'appelle « *la nonna* ». Elle a l'air douce, aimable, gentille mais n'en crois rien, elle dirige la mafia du troisième âge. Son but : détrousser les dealers, brûler toute leur came et préserver les jeunes de ces horribles substances. Elles ont toutes un flingue dans leur sac, bien caché entre leur sudoku et leur tricot. Et tu ne devineras jamais qui était à la tête de cette mafia avant cette gentille dame ? Je te le donne en mille…

— Elvire !

Les yeux de Charles s'étaient agrandis. Subjugué par mon histoire rocambolesque, il se mit à renifler mon verre pour s'assurer qu'il n'était pas drogué, puis il explosa de rire, tant et tant que moi aussi et qu'on en pleurait tous les deux en imaginant Jolie Mamie faisant régner la justice dans la ville, la nuit. Le serveur nous demanda sèchement de nous calmer un peu : « Il y a des clients, ici, jeunes gens. » Pour le pourboire, il repasserait. Mon téléphone s'énerva une nouvelle fois. Mon père toujours. Non merci.

— Alors maintenant, qu'est-ce que je fais ?

J'étais perdue. Je venais d'hériter d'une vieille bonne fée potentiellement dézinguée, et je ne savais par où commencer.

— Logiquement, il faut contacter la dame qui vivait avec elle. Pour aller visiter, c'est un premier pas.

— Pour tout t'avouer, je n'en meurs pas d'envie. Ça veut dire que j'accepte ce testament loufoque. J'ai besoin de comprendre : qui était-elle ? Et cette Aurore, sa fille, où est-elle ?

— Il y a bien quelqu'un qui la connaissait et qui

pourrait t'aider, elle n'était pas seule au monde, quand même !

— J'ai rencontré son ex-mari à son enterrement. Il m'a laissé sa carte et m'a invitée à venir prendre un café.

— Eh bien, c'est une bonne idée. Appelle-le. Parle-lui des dernières paroles d'Elvire, de votre relation, de cette Aurore. Il t'éclairera sûrement.

À la fin du repas, Charles me tendit une paire de clés et son sourire le plus radieux.

— Je les ai faites pour toi. Ma proposition tient toujours.

Je m'étouffai dans mon décaféiné.

— Charles, je... C'est très gentil, ça me touche beaucoup...

Mon enthousiasme n'était pas palpable. Je ne tendis même pas la main. Il cacha rapidement sa déception derrière ses lunettes et fit disparaître le trousseau dans sa poche.

— Je croyais qu'on était rabibochés.

— Charles, je t'aime, mais... c'est trop. Tout ça. Elvire, le CAPES, les clés, c'est trop pour moi. Je ne peux pas. Pas maintenant. J'ai besoin de temps.

— Je comprends. Tu as toujours eu besoin de temps. Mais ne le laisse pas s'échapper... Enfin, tu sais où les trouver, elles t'attendent.

Je me passionnai subitement pour le chien couché sous la table voisine. Il me prit la main.

— J'ai vingt-huit ans, Alice. Tu es plus jeune, mais c'est normal de vouloir s'engager, non ? Je suis fou de toi, de ton esprit, de ton humour, de ton style, de tes cheveux, de tout. Toi et moi, on n'a rien à voir, mais c'est ce qui me plaît. Et on rit tant ! J'ai un salaire, un appartement assez grand pour deux, ça fait un an que l'on est ensemble. Qu'attendons-nous ? Je sais que tu es terrifiée à l'idée de perdre ta liberté, mais tu as vraiment peur de moi ?

Je fuis son regard désespérément.

— Charles, je suis étudiante, j'ai raté mon concours, je n'ai pas de métier.

— Ce n'est pas encore sûr.

— Je sais ce que j'ai écrit dans mes copies. Je veux un boulot d'abord ! Je ne veux pas finir à la maison, derrière les barreaux, un enfant dans chaque bras. Ce n'est pas pour moi.

Il soupira en reposant ma main. Je me mordis les joues. Je ne voulais pas le perdre mais je n'étais pas prête. J'avais vingt-quatre ans. Je doutais de tout, tout le temps, et de moi en premier. Charles était incroyablement patient et je lui en faisais voir de toutes les couleurs. Comme toujours, il trouva une parade pour grimer sa déception sous un joli maquillage.

— Et si on allait danser pour nous vider la tête ?

— OK, mais je choisis l'endroit !

Il coupa d'un coup sec la tige de sa rose et la glissa dans mes cheveux.

— On fait comme ça. On y va ?

10

Je n'avais pas choisi la boîte par hasard. Charles avait accepté ma proposition sans poser de questions. Je m'attendais à un commentaire, mais non, il rongeait son frein. J'avais ma petite idée. Charles se moquait de mes idées loufoques ? Tant pis, j'étais décidée à enquêter. Si Elvire trempait dans une histoire ahurissante de drogue, je devais en avoir le cœur net. Je n'allais pas accepter un héritage douteux sans rien savoir. Avait-elle vraiment été assassinée ? Cette idée me donnait le vertige. J'étais une vraie poule mouillée mais c'était plus fort que moi. Je devais retourner dans la boîte où j'avais vu Elvire.

Ce soir-là, la chance me sourit. À notre arrivée, Charles se fit joyeusement happer par des collègues en goguette. Ils avaient l'air frais comme des poissons avariés et riaient dès qu'ils ouvraient la bouche. Je fis mine de danser avec eux un moment. J'ai toujours aimé la musique et les basses martelaient un rythme régulier comme un battement de cœur. Mon corps se détendait, porté par les *boum boum* bienfaisants. Charles noyait son amertume dans un rire trop profond et un gin tonic passablement corsé. Quand je le vis bien ancré dans son groupe d'amis, je m'éclipsai. Cette danse m'avait rafraîchi les idées, c'était le moment de chercher à en savoir davantage.

Au bar central, une *barmaid* scintillait comme une boule à facettes dans son bustier pailleté. Elle s'appelait Brigitte.

— Brigitte ?

— Oui, je sais, on fait ce qu'on peut, pas vrai ? Mes parents étaient dingues de Bardot, ils n'ont pas pensé à tout ce que j'allais me coller en classe à mon âge avec un prénom pareil... Tu vois ce que ça donne, ma belle, quarante-trois ans et en boîte tous les soirs !

— Vous travaillez ici depuis longtemps ?

Elle rit aux éclats.

— Je suis la patronne. Ici, c'est ma vie. Quinze ans que j'y suis, un vrai oiseau de nuit ! Rassure-toi, je ne suis pas au comptoir tous les jours.

La musique était assourdissante et j'avais du mal à l'entendre, mais l'occasion était trop belle. Elle me tendait une belle pomme rouge et je comptais bien y croquer sans penser à l'après. Je crevais d'envie de savoir. Je commandai un spritz pour me donner de l'audace et me rapprochai du comptoir pour mieux discuter.

— Fantastique, vous allez sans doute pouvoir me renseigner ! La dernière fois que je suis venue, il y avait sur ce siège une vieille dame qui buvait un cocktail. Ça m'a un peu étonnée. Elle vient souvent ?

Brigitte ne sembla pas surprise pour deux sous. Son rire cristallin résonna de nouveau contre les verres.

— Elvire ! Oui, bien sûr, c'est une institution chez nous ! Une jolie vieille dame tirée à quatre épingles, toujours droite comme un i sur son siège au comptoir. Tu parles comme elle passe inaperçue ! Non, sans blague, les gens ne la remarquent pas tant que ça, c'est bien le pire, à croire qu'ils sont tous bourrés comme des coings avant même d'arriver !

C'était donc bien elle. Les basses bourdonnaient dans mes oreilles au rythme de mes tympans. *Boum boum.* Brigitte reprit :

— D'ailleurs, ça fait un bout de temps qu'on ne l'a pas vue.

Boum boum. Était-ce ma poitrine ou la musique ? Je pris ma respiration et annonçai le plus doucement possible :

— Elle est décédée. Je suis désolée. Elle a été renversée par un scooter.

Brigitte lâcha le verre de spritz qu'elle me tendait. Il se brisa sur le comptoir. Elle se coupa l'index en tentant d'en rassembler les morceaux. Sa main tremblait, son visage s'était figé.

— Oh merde… Et on a retrouvé le connard qui a fait ça ?

Je fis non de la tête. Elle me regarda, l'air vraiment ému.

— On l'aimait bien ici, vous savez.

— J'imagine bien. Je suis serveuse dans un café qu'elle fréquentait. Je sais ce que vous ressentez.

Elle s'excusa un instant. Je la vis sortir une trousse de secours, désinfecter puis bander son doigt. Les larmes aux yeux, elle me prépara un second verre.

— Brigitte, je peux vous poser une question ? Avez-vous la moindre idée de ce qu'elle cherchait ici ? J'imagine qu'elle ne venait pas pour danser !

Brigitte haussa les épaules en nettoyant les restes de mon spritz sur le comptoir. Finalement, les vies étaient aussi faciles à briser qu'un verre. Il suffisait d'une seconde. L'alcool et les lumières du stroboscope me tournaient la tête, et le *boum boum* m'obsédait.

— J'en sais rien. La première fois qu'elle a débarqué, Gérard, notre videur, était un peu sur le cul. Je lui ai dit de laisser tomber et qu'on verrait bien. J'aime pas trop mettre les gens dehors, vous comprenez. Et après tout, une petite vieille... Qu'est-ce qu'elle pouvait faire ? On pensait plus à notre réputation, on ne peut pas se permettre de devenir un salon de thé. Si les jeunes se mettent à croiser leurs grands-mères ici, y a plus qu'à glisser la clé sous le paillasson.

— Et... que s'est-il passé ?

Boum boum. Les basses. Mon cœur. Je me faisais violence pour ne pas l'interrompre. Tout palpitait en moi et autour de moi, la lumière clignotait de plus en plus vite. Je priais pour que Charles ne vînt pas nous interrompre, mais, du coin de l'œil, je le vis toujours coincé dans un éclat de rire avec ses amis. Brigitte fit signe à un jeune homme de la rejoindre au comptoir pour servir les clients et s'accouda en face de moi. Je sentis son odeur capiteuse de tabac, de gingembre et de nuit.

— Rien... Il ne s'est rien passé... Elle venait de temps en temps et restait raide comme un piquet sur son tabouret avec un cocktail sans alcool. On n'a jamais su ce qu'elle venait chercher, mais comme elle n'embêtait personne... Qu'est-ce que je pouvais lui dire ? Les gens, maintenant, ils font des procès pour tout, alors je préférais accepter la vieille plutôt qu'elle aille se plaindre et que je me retrouve avec les avocats aux fesses. Vous voyez, dans les boîtes, on a assez de chats à fouetter pour pas s'en rajouter, entre les flics, les dealers, les petites frappes et les gamins qui ont les mains baladeuses aux toilettes. On n'imagine pas ce que les gens sont capables de faire ! Et puis, comme je vous disais, elle était transparente comme une vitre. Dans le noir, la petite dame d'un mètre soixante, fallait lui mettre le nez dessus pour l'apercevoir. Elle dansait pas, elle se saoulait pas, alors... Les clients devaient penser qu'elle était de la maison, ma mère peut-être, et personne n'a jamais rien dit. Incroyable quand on y pense !

— Vous ne lui avez jamais demandé pourquoi elle venait ?

— Si, bien sûr ! Elle m'a répondu qu'elle était de la brigade des Stups. Sans blague ! J'ai pas redemandé, moi, j'aime pas fourrer le nez dans ce qui ne me regarde pas. J'ai déjà assez de bazar à gérer comme ça.

Brigitte écrasa furtivement une larme que le stroboscope trahit d'un éclat insolent. Son bustier s'embrasa de mille feux. Je baissai les yeux.

— Pardon, je pleure, la fatigue, l'émotion, les hormones, je sais pas ! Elle faisait partie du décor, c'était un peu notre coccinelle. On la gardait comme un porte-bonheur. En plus, elle nous rendait service, des fois. Elle passait son temps à aller faire pipi, et quand il se passait des choses pas nettes par là-bas, elle venait nous le dire. C'était bien pratique, parce que j'ai une réputation à tenir, les gars qui pelotent les filles et oublient de leur demander leur avis, j'en veux pas chez moi ! On envoyait Gérard et on n'en parlait plus. Et ceux-là, la fois d'après, on les reconnaît et on leur ferme la porte au nez.

À cet instant passa un gros bras que Brigitte harponna.

— Gérard, c'est trop triste, notre petite mamie... Elle est morte.

Le cerbère en eut les larmes aux yeux. Ce n'est pas tous les jours qu'on voit une armoire à glace pleurer, j'en eus le cœur retourné. C'était tout Elvire : on l'aimait. Il s'assit à côté de moi. Sa voix était chaude et rocailleuse, une voix à deux paquets par jour qui faisait swinguer l'accent marseillais.

— Pétard, elle est morte ? Vous êtes de la famille ?

Je fis non de la tête. Je ne voulais pas le couper si jamais il se lançait, je repris une gorgée de spritz. Je ne sais pas ce qui me faisait le plus tourner la tête mais ça commençait à tanguer sérieusement là-haut. Je le laissai reprendre après un silence éloquent. Son accent chantait au rythme de la musique.

— Ça alors, c'est triste. Elle était mignonne, hein... Elle voyait pas à un mètre mais elle n'avait pas son pareil pour traquer les sales gosses aux toilettes. Elle était pas née de la dernière pluie, pas vrai Brigitte ? Elle va nous manquer, et puis, c'est pas demain qu'on va la remplacer. Trente ans de videur, une seule mamie... C'est sûr, elle va nous manquer.

Il secouait la tête d'un air affligé. Je brûlais d'en

savoir plus, j'ai toujours eu la patience d'un chien enragé. J'étais médusée : une petite vieille se pointait régulièrement pour siroter un cocktail sans alcool au milieu de la nuit, passait son temps aux toilettes, et personne ne se posait de questions. Et tous de s'exclamer : « Comme elle est mignonne ! » Non mais ils se croyaient en plein *Magicien d'Oz* ! Je déroulai le fil.

— La dernière fois que je suis venue, un gars l'a accusée de lui avoir volé son portefeuille. Vous y croyez ?

Gérard se tapa sur les cuisses.

— Y en a qui ont la caboche qui déraille ! La vieille, elle était haute comme deux pommes et costaude comme un asticot. Mon grand-père aurait pu la jeter dans le Vieux-Port au bout d'un hameçon ! Vous l'auriez vue tirer la thune d'un mariole, toute seule dans les cabèches ? Faudrait vraiment être couillon ! J'étais pas là ce soir-là, le collègue m'en a parlé, c'était le petit nouveau, l'a pas su me dire qui c'était, mais on s'est pissé dessus. Le gars était fêlé ou beurré comme une biscotte ! En trente ans de métier, je peux vous jurer que des gars givrés comme des sapins de Noël, j'en ai vu des camions, mais des gros gaillards qui se font tirer leur pognon par une vieille, jamais de la vie ! Il avait franchement trop taquiné le pastis, celui-là !

Le gros ventre de Gérard tressautait de joie au rythme des *boum boum*. Puis le videur se releva pour regagner son poste, tout en répétant : « Y a des fadas, j'te jure ! Allez, assez rigolé, faut retourner bosser. »

Je remerciai Brigitte et m'esquivai, direction les toilettes des dames. J'avais la nausée. Le lieu était sale et nauséabond mais vaguement protégé de la musique assommante. Je m'enfermai avec soulagement dans l'une des deux cabines.

À cet instant, la porte couina, la musique s'engouffra et deux voix avec elle. Un homme et une femme. Je restai muette, osant à peine respirer. Je n'avais plus l'esprit très clair et j'étais terrorisée sans même savoir pourquoi. Un spritz n'aurait jamais dû me mettre dans cet état, mais les dernières semaines m'avaient poussée à bout. En retenant mon souffle, je parvins à dérober quelques bribes de conversation.

— Celui-ci est pas mal, tu verras. T'as jamais essayé, je crois ?

— Non. C'est combien ?

J'en eus la chair de poule. Le gars vendait sa came au nez et à la barbe de Gérard. Le videur avait beau rouler des mécaniques, il se faisait berner. Je restai pétrifiée, l'oreille collée à la porte pour ne pas en perdre une miette.

La fille paya, la porte grinça une fois, puis deux. Je me précipitai dehors. Et là, dans la pénombre de la salle, je le vis passer. Lui. Le temps se figea. *Boum boum.* Il planta son regard sur moi puis fit volte-face. C'était lui, j'en étais sûre, lui qui avait accusé Elvire de l'avoir volé. Lui qui l'avait peut-être renversée… Qu'était-elle venue faire dans cette histoire ? Et quel prix avait-elle payé pour cela, ma pauvre mamie-mêle-tout ? Les basses se renvoyaient la balle en riant contre mes tympans. Je me frayai tant bien que mal un passage dans la foule qui dansait, mais il se faufilait comme une anguille. Je devais le suivre coûte que coûte. À cet instant, une machine à fumée cracha son brouillard. Les gens criaient de joie, la fête, la fête, on fait la fête. La brume se dissipa brusquement. Je l'avais perdu.

On m'agrippa par le bras.

— Alice, je t'ai cherchée partout, viens avec nous !

Charles était trop hilare pour être honnête. Il n'était pas complètement paf mais bien éméché quand même. Il me prit dans ses bras en se tortillant pour m'entraîner dans la danse. Je ravalai ma colère et passai mes bras autour de son cou. J'avais quand même avancé, j'avais la certitude que je n'étais pas folle, ce soulagement m'autorisait à me déhancher. Les basses faisaient *boum boum*, mon cœur faisait *boum boum*, celui de Charles aussi, je le sentais contre le mien au rythme de nos hanches qui se déchaînaient. Nous avons *boumboumé* ensemble dans un état second et, dans les bouffées de fumée qui nous enrobaient, mes échecs, ma peur du lendemain et mes angoisses s'évaporèrent doucement. On dansa toute la nuit sans pouvoir s'arrêter, on rit à en pleurer, on ne savait plus pourquoi, on se retrouvait et ça me torturait. Je l'aimais. Je l'aimais plus que tout mais je ne parvenais pas à franchir le pas de l'aimer pour de bon, chez lui, pour un peu plus que ça.

À 4 heures, nous étions devant la porte de l'immeuble de Charles. Il m'invita à monter : « Une nuit, ça ira, ce n'est pas trop pour toi ? » J'étais perdue, grisée, enivrée, terrifiée. J'étais au bord d'un précipice, un petit Charles auréolé me tendait les bras en criant : « Vas-y, jette-toi à l'eau, tu ne le regretteras pas ! » Une Elvire rouge et cornue me susurrait de ne pas sacrifier une once de ma liberté. Le sourire de Charles remisa Elvire au placard. Il me tendit la main, je lui offris la mienne. Dans ses bras rassurants, j'éprouvai soudain la certitude que plus rien ne pourrait m'arriver. Je m'abstins néanmoins de lui raconter les événements de la soirée, il aurait roulé de gros yeux. Je m'endormis dans ses bras comme un bébé.

11

Je m'éveillai dans les bras d'un Charles encore tout endormi. Le week-end, il cultivait l'art de la grasse matinée : je l'enviais. Cette douceur m'avait requinquée, je m'habillai furtivement et descendis acheter des croissants. Le soleil d'avril me recoiffa un peu pour me saluer : « Alice, Alice, il est temps de reprendre ta vie en main ! » Le mistral me lécha les joues comme un petit chien, me murmurant que rien n'était perdu. « Tant que les résultats n'ont pas été publiés, tu dois garder espoir ! » Ma vie devait cesser de fuir entre mes mains.

Aix, le matin, est toujours un régal, la ville bruisse de tous côtés, pétille d'odeurs et de couleurs : un ravissement des sens. Charles habitait un nid suspendu en haut d'un immeuble ocre. On y montait par un vieil escalier, on surplombait la ville qui chantait à nos pieds, on se brûlait au soleil sur le balcon miniature. Dire que j'avais refusé d'en accepter les clés, il fallait que je sois idiote. Mais je n'y arrivais pas…

Je parcourus les rues pour apaiser le tumulte de mes pensées. Place Richelme, le marché fleurait bon la lavande et les tomates. Je poussai la porte de ma boulangerie préférée pour nous offrir deux brioches longues au goût de mon enfance. Quand j'étais petite, ma mère m'en apportait souvent une après ma leçon de solfège au conservatoire ; ce cours était un tel supplice qu'il méritait une douceur pour me requinquer. Je pleurais sur ma médiocrité tant les notes se mêlaient dans mon oreille en une joyeuse cacophonie. Seule la perspective de ma brioche m'avait fait tenir trois ans. Puis j'avais définitivement mis la clé de *sol* sous le paillasson. Mieux valait danser.

Mon portable m'extirpa de ma douce flânerie. Mon père. Il fallait bien que je décroche un jour. Ma mère avait bien dû l'informer que les choses avaient dérapé.

— Alice ! Enfin, tu réponds ! Je t'ai laissé un message, tu l'as écouté ?

— Non. Excuse-moi, j'ai été très occupée.

— Tout va bien pour toi ?

J'en restai baba. Ma vie avait volé en éclats sous l'effet d'un tsunami au doux regard d'Elvire, j'avais touché le fond mieux qu'un plongeur olympique. *Alice, 24 ans, médaille d'or du saut de l'ange au péril de sa vie, on applaudit bien fort !* J'avais planté mon concours, hérité d'une cliente plus ou moins bien connue, reçu une paire de clés en direction du bonheur, l'avais refusée et traquais un dealer spécialisé en vieilles dames écrasées. Et mon père me demandait : « Tout va bien pour toi ? » Pragmatique, distant, factuel : va faire un footing, Alice, ne te laisse pas aller, dans la vie il n'y a que ceux qui ne savent pas nager qui se noient. En même temps, je ne pouvais pas vraiment le blâmer, je ne lui racontais rien.

— Ça va, papa, on fait comme on peut.

— Maman m'a dit pour le CAPES. Tu es déçue mais rien n'est joué, ne baisse pas les bras ! Si c'était dur pour toi, ça l'était aussi pour les autres, tu imagines bien. Prépare tes oraux et va faire un footing pour te vider l'esprit.

Je m'étouffai dans ma brioche. Les oraux ? Comme si j'avais une chance !

— Ah oui, bonne idée. Et vous ?

— Moyen. J'ai fait un aller-retour sur Aix hier. Je t'ai appelée mais tu étais injoignable. J'ai dû rentrer à Paris, j'avais trop de rendez-vous, mais ta grand-mère ne va pas bien.

— Ah ?

Après Elvire, Eugénie. Décidément, le club du troisième âge ne me laissait aucun répit. Je me sentais usée jusqu'à la corde mais, par décence, je devais manifester un soupçon de compassion. Ma grand-mère ne s'intéressait que peu à moi, son unique petite-fille ; ses états d'âme ne me faisaient ni chaud ni froid. Elle était en permanence survoltée, agitée par un souci maniaque de perfection sociale, et elle était abonnée aux urgences psychiatriques. J'avais fini par lui tourner le dos.

Au bout du fil, mon père ruminait son anxiété.

— Ta grand-mère est de nouveau hospitalisée, elle est à bout. Syndrome d'épuisement.

Je l'aurais parié, le troisième en dix ans…

— Encore ?

— Écoute, ma chérie, j'ai bien conscience que ta grand-mère est loin d'être une mamie gâteau et que vos relations se contentent d'être cordiales. Mais prends soin d'elle, s'il te plaît, tu es la seule à pouvoir le faire. Elle a été envoyée à La Vallière, la même maison de repos qu'il y a quatre ans, tu te souviens ? Hier, elle était au plus bas, elle ne cessait de pleurer qu'elle n'allait pas y arriver, qu'elle avait trop de bonnets à tricoter pour je ne sais quel motif… Elle doit couper quelques jours avec son entourage. Mais ensuite, passe la voir, je t'en prie. Fais ça pour moi.

Mon père ne m'avait jamais rien demandé. J'aurais dû être émue par l'amour d'un grand enfant pour sa petite maman, mais j'étais bien trop perdue dans mes propres problèmes. J'imaginais ma grand-mère, ses aiguilles à la main, pleurant à l'idée de tous les bonnets qu'elle s'était engagée à livrer, moi, un livre de grec sous le bras, dévidant la chronique de mon échec programmé… On allait faire une fine équipe, Eugénie me fouettant le dos de sa pelote pour m'exhorter à réussir : « Allez, Alice, révise, tu ne peux quand même pas rater, que dirait-on de toi ? »

Mon père reprit, pour lui-même plus que pour moi :

— Toutes ces associations commencent à me sortir par les yeux. Quel besoin a-t-elle de se mettre la barre si haut ?

Je promis tout ce qu'il voulait et raccrochai en soupirant.

Là-haut dans son donjon, Charles m'attendait tout sourire, une tasse de café à la main.

— Alors cette promenade matinale ?

— Fantastique, ma grand-mère est à l'HP, il ne manquait plus que ça ! Et devine qui doit aller la consoler ?

— Ta grand-mère ? Je ne savais même pas qu'elle était ici.

Je haussai les épaules.

— On ne se voit jamais. Même pour Noël, elle n'a pas le temps. « Pas aujourd'hui, mon sucre d'orge, on m'attend pour la soupe populaire. Je dirige l'équipe, tu comprends, ils ont besoin de moi… Ne passe pas, mon ange, je vois les dames de l'hôpital, celles qui racontent des histoires, mais oui, tu sais, je suis secrétaire générale. Et on ne peut pas laisser des enfants malades tout seuls pour Noël ! »

— Mais c'est une belle qualité, non ?

— Sauf quand cela apporte plus de souci que de réconfort. Ma grand-mère ne sait pas s'arrêter. C'est la troisième fois qu'elle craque, et après on est parti pour l'HP pendant des semaines.

— À ce point ?

— Non, c'est une « maison de repos », une jolie bastide avec un grand jardin, quelques personnes un peu cinglées mais jamais bien méchantes qui sont là pour se… ressourcer. Un truc chic, tu vois, pour mémés au citron trop pressé. C'est comme cela qu'il faut dire. De toute façon, ma grand-mère ne supporterait pas que l'on dise HP.

Charles tenta vainement de noyer son sourire dans son marc de café. Il posa sa tasse et vint m'enlacer.

— Je peux t'accompagner, j'adore les personnes âgées.

— Pas question. Tu n'as encore jamais rencontré mes parents, je ne vais pas te présenter à ma grand-mère.

— Tant pis. Le moins que l'on puisse dire, c'est qu'on ne s'ennuie pas. Et demain, il se passera quoi ?

— Tu as encore une grand-mère, toi ?

J'étais prise de curiosité. À quoi ressemblait une mamie, une vraie, une de celles qui portent gros ventre et chignon ? Entre Elvire et Eugénie, mes repères étaient brouillés. Cela dit, Elvire n'avait-elle pas légué elle aussi de l'argent à des toxicos ? Je soupirais en les imaginant toutes les deux batifoler autour d'un thé comme Éliane et Rosie.

Un éclair de tendresse traversa les yeux de Charles. Je l'attrapai virtuellement dans mon filet à papillons pour le ranger dans une boîte à moments bleus.

— Elles sont décédées. Elles étaient comme on peut l'espérer. Les bonbons, les gâteaux, la télé quand les parents avaient le dos tourné, couvrant mes sorties d'ado quitte à mentir comme des arracheuses de dents. Il n'y en avait pas une pour racheter l'autre, à croire qu'elles se liguaient pour nous autoriser tout ce qui rendrait chèvre mes parents.

Il en riait tout seul. Je sentis une pointe de jalousie. Je n'avais guère connu ma grand-mère maternelle et Eugénie me laissait de marbre.

— Quand iras-tu la voir ?

— On verra bien. Pas cette semaine, elle doit rester au calme et ça tombe bien. J'ai assez de choses en suspens. Le notaire, l'héritage, les oraux.

— Les oraux ?

— Je m'y remets, c'est décidé. Je ne vais pas laisser filer le moindre espoir de réussite.

Son doigt effleura ma joue.

— Et pour le reste, tu en es où ?

— J'appelle aujourd'hui l'ex-mari d'Elvire, je prends rendez-vous et j'avise.

Ce reste dont il voulait parler avait plutôt une forme de clé, mais peu m'importait, j'avais besoin d'avancer. Jean Lefèvre m'invita à passer un soir de la semaine. Sa voix se voulait chaleureuse et rassurante, cet homme m'éclairerait. D'ici là, je comptais bien reprendre mon tablier au café et mes quartiers à la BU. Christine en sauta de joie au bout du fil. Charles me couvait du regard, heureux de me voir rebondir comme une balle un peu folle. Je décidai de taire les événements de la veille. Il aurait trouvé que je m'obstinais. Il aurait eu tort.

12

C'est à croire que le Lapin Blanc m'attendait. Comme il m'avait manqué ! En poussant la porte, je m'enivrai de l'odeur des cannelés. Mes chapeautées préférées n'étaient pas encore là, j'avais hâte de pouvoir les remercier. J'aimais leur folie douce. Elles étaient impayables et venaient de me le prouver. Éliane arborait par tous les temps une palette de chapeaux hauts de forme un peu mous. Rosie nouait sur sa tête une sorte de gros bandeau qui la faisait ressembler à un lièvre. Leur routine était réglée comme du papier à musique. Elles entraient sur le coup de 11 heures, commandaient leur thé vert à l'amande et au miel, et c'était parti. Et de philosopher, cancaner, chanter, danser, ployer comme deux grandes lianes à chaque gloussement.

— La vie est une fête, Alice, surtout quand elle se couche !

— Et puis, si le monde n'a aucun sens, autant lui en inventer un ! Ce sera toujours ça de pris !

Leur présence blondissait les cannelés et réchauffait les cœurs. Elles étaient les âmes folles qu'il me fallait pour me requinquer.

En ce début de matinée, le Lapin Blanc glougloutait au rythme de la machine à café. Une odeur de grains moulus me chatouillait les narines. J'ouvris la caisse, nettoyai les tables basses, préparai la vitrine, arrangeai le décor, les coussins fleuris, les petites chaises vichy. Çà et là, Christine, notre chère Reine de Cœur qui coupait les tartes bien mieux que les têtes, avait placé quelques jeux de cartes pour inviter les clients à rester. Cette déco rétro et désordonnée, c'était tout ce que j'aimais. Une vieille cuisinière servait de support à la caisse. Au plafond, des poutres brunes d'où tombaient des lampes fabriquées de toutes pièces avec des objets de cuisine : une théière en cuivre, un pot à lait en étain, un broc rouge à pois blancs, un samovar en métal vermillon, le tout suspendu par des fils roses. Là, des pommes bien rouges dans un plat en métal bleu. Au fond, une vieille table de couture avec sa machine noire surmontée d'un miroir un peu déglingué. Depuis que le gros chat tigré était décédé, je n'avais plus de collègue matinal pour me sourire à mon arrivée. Mon cœur se serra brusquement en pensant au chien d'Elvire. Valmont pourrait-il être accueilli ici ?

Les grelots tintèrent, Christine entra et ne cacha pas sa joie de me voir de retour. Entre ses jumeaux et son boulot, elle n'avait jamais une minute. Elle avait eu la délicatesse de ne rien dire, mais mon absence lui avait pesé. Elle sortit les grands verres de couleur, prépara une limonade à la framboise et servit tous les clients qui pointaient le bout du nez. « Trinquons, Alice est de retour ! »

Pour être honnête, j'avais hésité à remettre le tablier. S'il me restait une chance minuscule de ne pas être collée, pourquoi perdre mon temps ici ? Mais j'avais besoin d'une bulle de chaleur, de rires, de sourires, je voulais entendre des cris autour de moi pour me sentir vivre. En fin de matinée, mes chapeautées préférées entrèrent, talonnées par Julia, la grande brune toujours débordée. Je me précipitai pour les remercier, elles me prirent les mains sans un mot et se mirent à glousser comme si de rien n'était. Charles descendit lui aussi pour commander un café, puis repartit travailler.

Et puis il y eut ce silence. Un étudiant s'installa à la place d'Elvire et tout le monde se mit à le grignoter des yeux. Le malheureux se tortillait sur sa chaise, sentant bien que la terre avait cessé de tourner pour mieux l'observer. Sa présence ne masquait pas l'absence et l'absente nous manquait. Christine entrechoquait les tasses en les rangeant derrière le comptoir. Le coucou sonna, elle l'avait réparé. Éliane et Rosie, à l'ombre de leurs souvenirs en fleurs, se mirent doucement à évoquer le passé. « Parce que le passé, c'est quand même une grande partie de ce qu'il nous reste… » La voix de Rosie était ridée comme une pomme blette, celle d'Éliane réconfortante comme un bonbon, je ne m'en étais jamais rendu compte. Je n'avais jamais pris le temps de les écouter vraiment, persuadée qu'elles ne débitaient que de joyeuses insanités.

— Ah ! Elvire nous manquera. Son tricot, ses

sudokus. Et son chien, savez-vous ce que va devenir son chien ?

Je n'eus pas le courage de leur indiquer la réponse. De toute façon, elles n'en attendaient pas. Elles étaient comme ça, perdues dans un monde merveilleux et leurs pensées toquées.

— C'était un sacré bout de vieille dame, elle était haute en couleur.

— Et elle est partie avec panache ! Je l'envie, ma Rosie, moi aussi, je préférerais mourir ici plutôt qu'agoniser à l'hospice.

— Crois-tu ? Elle était bien solitaire. Elle passait sa journée à tricoter pour ses petits-enfants, mais au final, elle a trouvé moyen de s'en aller toute seule.

— Mais non, ma Rosie, elle est partie libre ! Quand on se bat pour ce en quoi l'on croit, on finit toujours seule… Elvire aimait sa liberté.

Le Chapelier fou saisit la main du Lièvre de Mars. Je m'immisçai dans la conversation.

— Mais pour quoi se battait-elle ? J'ignorais que vous la connaissiez si bien.

Rosie secoua son bandeau à gros nœud.

— Pas bien, mon petit, pas bien, mais entre vieilles dames, on se comprend mieux. Elle s'était battue pour sa liberté. Elle était divorcée, comme moi. Éliane est veuve, c'est différent. À l'époque, il fallait du courage pour plier bagage, ce n'était pas rien, on s'en prenait plein la figure, pas comme vous les petites jeunes, qui changez de copain comme de soutien-gorge. Se battre pour ta liberté, ça implique que tu l'as perdue…

J'en restai bouche bée. À force de voir mes deux

petites vieilles glousser comme des oies, j'en avais oublié qu'elles aussi avaient eu une vie.

Un moineau vint se cogner contre la vitrine et nous fit sursauter.

— Et cette fois, Alice, où tu étudiais Victor Hugo, tu t'en souviens ? Comment s'appelait ce poème qui lui avait tant plu ?

— *Demain, dès l'aube.*

— Elle t'avait demandé une feuille pour le recopier.

Elvire surgit devant moi. Elle écrivait le poème sous ma dictée d'une main fébrile et appliquée. De petites lettres vieillottes dansaient maladroitement sur la feuille.

Demain, dès l'aube, à l'heure où blanchit la campagne,
Je partirai.

Elle disait le connaître mais l'avoir oublié. « C'est si loin, tu sais, si loin. » Elvire aimait beaucoup les livres, j'avais été surprise d'apprendre qu'elle n'avait pas fait d'études. Elle s'appliquait comme un enfant sur ses devoirs.

Je ne regarderai ni l'or du soir qui tombe,
Ni les voiles au loin descendant vers Harfleur,
Et, quand j'arriverai, je mettrai sur ta tombe
Un bouquet de houx vert et de bruyère en fleur.

Une larme avait envoyé valser son « fleur » malhabile. J'avais tamponné doucement la page avec une serviette en papier pour sauver le bouquet de mots qu'elle venait de copier.

— C'est beau, c'est si beau… Et toi, Alice, viendras-tu me porter un bouquet de houx vert et de bruyère en fleur ?

J'avais esquivé, je n'ai jamais aimé la mort et encore moins en parler. J'avais vaguement fait oui de la tête, elle avait plié sa feuille dans son sac à main et était repartie sur ses talons aiguilles.

La voix acidulée d'Éliane me ramena à la réalité. Elvire était partie, je n'avais pas déposé de houx sur sa tombe. Je me trouvais lâche, elle me l'avait pourtant demandé. Mais je fuyais, comme toujours, je détestais les cimetières. Et son Aurore, l'avait-elle fait ? Était-elle venue ? « Aurore, Aurore, pourquoi m'as-tu abandonnée ? » Mon cœur se contracta. Sans doute Aurore ne pouvait-elle pas déposer de bouquet sur la tombe de sa mère, mais plutôt Elvire sur celle de sa fille ? J'avais hâte de rencontrer Jean Lefèvre.

Le coucou nous extirpa de nouveau de notre torpeur. L'étudiant libéra enfin le siège d'Elvire et emporta son souvenir dans son ombre. Je clignai des yeux. Le soleil montait. La porte s'ouvrit violemment. Le sacristain de l'église entra cahin-caha en grommelant que la poignée était trop dure à abaisser.

13

Il y a des gens qui givrent tout sur leur passage. Ce petit être aux sourcils en accent circonflexe en faisait incontestablement partie. Il dégageait une froideur polaire. J'aurais juré voir des stalactites lui tomber du nez.

— Tiens, voilà le sacristain, murmura le Chapelier fou d'un air dégoûté.

— Sacristain, tête de chien, pouffa son acolyte enturbanné.

Je faillis en tomber la tête la première dans les pâtisseries. Ce n'était plus un café mais une cour de récré.

L'homme trottina vers le comptoir.

— Un sandwich, mademoiselle. Faut qu'il soit bon, c'est pour le père Olivier. Déjà qu'il n'aura pas le temps de déjeuner convenablement…

— Bonjour.

Il planta deux yeux trop clairs dans les miens, cherchant un souvenir qui ne revenait pas. J'emballai le sandwich et passai à la caisse. Son regard s'éclaira.

— Vous étiez à l'enterrement de la vieille, non ?

— Vous voulez dire d'Elvire Lefèvre, je présume ?

La moutarde me montait au nez. J'aurais bien ajouté

un peu de piment et de poivre dans son déjeuner, si seulement il avait été pour lui. Il en aurait recraché ses jurons dès la première bouchée.

— C'est ça. La vieille folle, que je disais.

— Je vous demande pardon ?

Autour de nous, le temps s'était emberlificoté dans les fils roses des lampes. Seul le coucou continuait son tic-tac. Les chapeautées dévisageaient le petit homme, pantoises, la tasse suspendue au bout du doigt et la colère au bout des lèvres. J'entendis une voix fluette murmurer : « La vieille, la vieille, elle était plus jeune que nous. Il se prend pour un jeunot ou quoi ? » Christine faisait mine de boucler sa comptabilité mais restait aux aguets, à mâchonner son crayon.

L'homme sembla fier de son petit effet. Non, il n'était pas bossu et ne se frotta pas les mains en grimaçant, mais il semblait tout droit échappé d'un roman de Hugo. Avec force gestes théâtraux, il se lança dans une tirade à voix basse, pour mieux dire l'indicible sans risquer d'être entendu. Parce que si les voies du Seigneur sont impénétrables, ses oreilles, en revanche, sont extrêmement poreuses.

— C'était une hérétique, une impie… Une impie repentie mais une impie quand même. Quel saint homme, le père Olivier, de l'avoir acceptée à ses côtés ! Ah, ça oui, pour jouer les saintes-nitouches, elle était douée… Elle l'a bien eu, le père, mais moi, je la connaissais d'avant, du temps de l'autre curé. On ne me la fait pas à moi, les airs de dame caté, les petites robes noires, les veuves éplorées, je peux vous dire que j'en ai vu passer, et c'est pas toujours joli-joli. Sauf qu'elle, elle n'était même pas veuve.

Nous retenions notre souffle. Je jetai un œil sur la place pour m'assurer qu'on n'y construisait pas de bûcher. L'assistance écoutait, médusée par le regard de la gorgone aux yeux verts et sa voix aux relents médiévaux.

— Avant, reprit-il en se signant, la sainte-nitouche, elle venait tous les jours ruminer sa colère dans l'église, je le jure, elle entrait, elle s'asseyait sur un banc et injuriait le Seigneur, elle pleurait, elle disait des horreurs telles que j'irais brûler en enfer rien qu'à les répéter. Je suis même sûr de l'avoir vu cracher. Elle ne criait pas, elle marmonnait, mais moi, je me cachais derrière une colonne et je l'entendais. Ça me turlupinait tout ça, je voulais savoir ce qu'elle fichait là… « C'est ta faute, qu'elle disait, tu m'as tout enlevé, je te déteste ! » Oui, elle a dit ça ! Et aussi que Dieu l'avait brisée. Tu parles, c'est le prie-Dieu qu'elle allait foutre en l'air à force de taper dessus ! Elle se mettait toujours au même endroit, dans la chapelle à droite, celle du Delacroix. Enfin lui, à l'époque, il n'y était pas, sinon elle aurait été capable de me l'abîmer. Vous imaginez ? Enfin, non, c'est pas vrai, quand le Delacroix est arrivé, elle s'est calmée. C'est aussi le moment où on a eu le père Olivier.

Le petit homme était Sganarelle et nous étions chez Molière, n'est-ce pas ? Le rideau allait tomber, nous l'applaudirions bien fort et le remercierions. Ce père Olivier devait être un bien saint homme pour le tolérer. Et se laver aux antiseptiques pour ne pas être contaminé par toute cette mesquinerie.

Rosie fut la première à rompre le silence.

— Mon cher, arrêtez donc le vin de messe, ça ne vous réussit pas. Regardez-moi, ça fait bien longtemps que je ne bois plus que de l'eau et je me porte comme un charme. Je n'ai pas la tête qui déraille… On ne peut pas en dire autant de tout le monde.

Il haussa les épaules d'un air dédaigneux.

— Croyez ce que vous voulez, qu'est-ce que ça peut me faire ? Je sais ce que j'ai vu ! Et le pire, c'est que son petit manège a duré des années ! Et puis, le père Olivier est arrivé, il convertirait le diable en personne ! Et d'ailleurs, c'est ce qu'il a fait. Il l'a exorcisée, pour de vrai ! Cette femme portait le mal en elle. Y a des jours, ni vu ni connu, je lui balançais de l'eau bénite, sait-on jamais que ça pouvait marcher, mais rien n'y faisait. Avec le père Olivier, c'est allé tout de suite. Je l'ai vu lui parler, il lui a pris la main. Elle a beaucoup pleuré mais elle ne criait plus. Et elle a changé. Elle venait tous les jours se coller comme un arapède au pied du Delacroix, il y a de braves gens, je vous jure, donner un Delacroix, on n'a pas idée d'avoir ça chez soi, mais là, elle priait pour de bon, parfois elle pleurait un peu, mais la plupart du temps, elle souriait. Je voulais pas écouter, mais comme j'étais là, je l'ai entendue une ou deux fois appeler une « Aurore ». Et le père Olivier, de la voir rassérénée, il en a profité. Quand il a vu tous les tricots que son sac vomissait, il l'a encouragée à bosser, pardi ! Et elle a tricoté, la bonne dame, pour Saint-Vincent-de-Paul, pour les filles-mères d'Irlande, pour les orphelins du Bénin, que sais-je encore !

Pour le coup, Rosie en eut le souffle coupé.

— Mais enfin, qu'est-ce que c'est que cette histoire ? Elle tricotait pour ses petits-enfants !

Les sourcils se remirent en accent circonflexe. Le bout d'homme éclata de rire.

— Avec ce qu'elle a tricoté, je vous jure qu'elle aurait rhabillé les Esquimaux du monde entier ! Ça fait combien d'années qu'elle tricote des layettes pour ses petits-enfants ? Des layettes taille trois mois ? Elle est bien bonne ! À l'âge qu'ils doivent avoir, ses petits-enfants, la layette, ils ne la passent même plus à l'orteil !

Toutes ces mamies tricots… J'étais assez perplexe. Était-ce un atavisme de l'âge ? À soixante ans, hop hop, ni une ni deux, on se mettait à tricoter ?

L'homme chassa une mouche de la main et attrapa le sandwich.

— Et les toxicos, elle adorait les toxicos ! Rien que ça, c'est louche, ce sont les pires ! À table, faut les servir, ni bonjour, ni au revoir, ni merci, à croire qu'ils sont nés dans une scringue et qu'on ne les a pas élevés. C'est le père Olivier qui a tout organisé ; avant il n'y avait rien, et maintenant, regardez tout ce qu'on fait ! Pourvu qu'il y ait de bonnes âmes désireuses de nous aider…

Il plissa ses yeux de faucon et dévisagea les chapeautées d'un air entendu.

— … plutôt que de musarder, maugréa-t-il.

Et il sortit. Aucun scooter ne vint le renverser, comme quoi la vie peut être injuste. Mon esprit était de toute façon reparti vers Elvire, des semaines plus tôt, ce jour où elle m'avait parlé pour la dernière fois. « Petite, si tu me cherches un jour, tu sais où me trouver. Au pied du Delacroix. » Et puis elle avait prononcé cette phrase sibylline : « Dans ma vie, Dieu m'a peu donné mais m'a beaucoup aidée. Et c'est déjà pas mal, tu ne crois pas ? » Tout s'entortillait comme un tricot mal fait. Elvire, Eugénie, les layettes, les bonnets, le dealer, le chien. Je n'y comprenais plus rien.

Cette nuit-là, je fis un rêve étrange. Je révisais mon CAPES au pied du Delacroix quand soudain surgissait du tableau une hydre à neuf têtes, chacune portant un visage différent d'Elvire : souriante, grimaçante, droguée, mourante, voleuse… Je me saisissais d'une épée tendue par la statue d'un saint Georges aux yeux verts, mais j'ignorais quelle tête je devais couper en premier. J'étais terrorisée.

14

La villa de Jean Lefèvre portait pompeusement le nom de *Giverny*.

— Il y en a qui ne se mouchent pas du pied, remarqua Charles.

La dame qui avait passé la cérémonie des obsèques à pianoter sur son portable nous ouvrit le portail.

— Bonjour, je suis Pénélope, la femme de Jean. Il a eu un imprévu mais il revient dans quelques instants.

Histoire de nous clouer le bec, la maison nous prouva qu'elle portait délicieusement son nom. Le jardin était un rêve. Le printemps le couvrait de fleurs, la pelouse était d'humeur maniaque et ne tolérait aucun brin plus haut que l'autre mais tout autour, les fleurs minaudaient dans un joli parfum de liberté. Une brise légère valsait avec les corolles. Une petite mare verte entourée de deux saules rendait discrètement hommage à Monet. C'était d'une douceur admirable. Charles, si prompt à la critique, ne put cacher son admiration.

— C'est magnifique ! Quelles sont ces fleurs, les blanches avec le cœur rouge ?

Le rire clair et léger de Pénélope me surprit, aux antipodes de l'image que j'avais gardée de cette femme trop laquée.

— Des narcisses !

Charles était subjugué.

— Elles ont un petit côté angoissant, lâcha-t-il. Avec ce rouge, elles sont vraiment fascinantes. Et celles-ci ?

— Encore des narcisses mais différents. Des « Rip Van Winkle ».

— Vraiment ? Je n'aurais pas cru. Ils sont ébouriffés comme des lions.

— Ce sont les fleurs préférées de Jean. Vous aimez ?

— Elles sont sublimes.

— Sublimes mais toxiques, comme beaucoup.

— C'est vous qui vous occupez de tout cela ?

— Oui. Jean n'est pas un as du jardinage, et entre nous, il n'est plus tout jeune. En revanche, il est pointilleux, il aime que les choses soient agréables à regarder, et il faut bien que quelqu'un s'y mette. Je me suis prise de passion pour les fleurs après notre mariage, quand j'ai arrêté de travailler.

— Vous faisiez quoi ?

— J'étais esthéticienne, j'ai toujours eu le goût du beau. Et même si Jean ne met pas la main à la pâte, il a des idées très précises ! Il est la tête et moi les jambes, dit-elle en riant. Je ne suis pas une grande créative.

L'idée d'être les jambes de mon mari me fit pousser des boutons. Je m'abstins de tout commentaire.

En nous guidant vers la maison, Pénélope ramassa une broderie abandonnée sur une table en fer forgé.

— Je crois que je n'y arriverai jamais. J'ai l'impression d'y être depuis dix ans, mais rien n'y fait, ça n'avance pas. Je fais tant d'erreurs que je passe mon temps à défaire ce que j'ai fait la veille.

La maison était encore plus admirable que le jardin. Elvire avait-elle vécu ici ? Les murs bleu canard étaient recouverts de miroirs de toutes tailles. Le soleil couchant y allumait des reflets rouge sang. Ils scintillaient comme une pluie d'étoiles.

— Jean dirige, dirigeait plutôt, une entreprise de miroiterie. Il la tenait de son père, mais avec l'âge, il a dû s'en séparer. Il y va souvent pour donner quelques conseils. C'est comme une drogue, il a du mal à décrocher, c'est difficile de passer du statut de chef d'entreprise à celui de retraité. Les gens n'ont plus cette étincelle d'admiration dans les yeux quand ils vous parlent. Jean ne parvient pas à s'en passer.

Quelques portraits en noir et blanc rompaient la monotonie de cette galerie des Glaces. Je m'approchai : Jean à vingt ans, Jean à quarante ans, Jean qui rit, Jean radieux même sous les rides. Son regard clair fixait sans peur l'objectif. Déjà à l'enterrement, cet homme m'avait subjuguée. Beau comme Jean d'Ormesson au soir de sa vie, il rayonnait. Je cherchai vainement des portraits d'Elvire, d'Aurore ou de Pénélope. Cette dernière répondit à ma question muette comme si elle passait un examen.

— Jean adore les séances photo. Moi, ce n'est pas mon truc. Je ne me sens pas à l'aise et je ne suis pas très photogénique. Il se moque souvent de moi tant j'ai l'air guindé face à l'objectif. Regardez-le, il irradie, on dirait qu'il a fait ça toute sa vie. Il est comme ça, vous savez.

Cette femme m'horripilait. Elle était pourtant encore jeune, soixante, soixante-cinq ans, toujours belle, fine et très soignée. Elle aurait largement pu s'autoriser la fantaisie d'un portrait.

Des roues crissèrent sur les graviers. Un petit scooter noir se garait.

— Jean !

Pénélope se recoiffa machinalement devant un miroir rond. Charles ne put s'empêcher de me murmurer à l'oreille :

— Eh bien, il est en forme pour son âge !

Mon cœur se chiffonna à la vue du scooter. Je chassai mes pensées et collai un sourire sur mon visage. Jean entra, nous salua et s'arrêta une minute devant une psyché pour arranger ses cheveux aplatis par le casque. Je saisis au vol sa moue satisfaite.

— Quel plaisir de vous recevoir ! Les boissons ne sont pas prêtes ?

Pénélope se précipita en cuisine en s'excusant.

— Alors, jeune fille, dites-moi tout ! J'ai compris que vous étiez là, ce jour où…

Il écarta un insecte invisible de sa main.

— Bref, vous voyez…

Je fis de mon mieux pour ne pas me laisser submerger par mes émotions. C'eût été incorrect, sans doute souffrait-il aussi du départ d'Elvire. Tout un pan de sa vie qu'on enterre, ce n'est jamais facile. Charles me tenait la main et la pressait doucement pour m'encourager. Jean m'écouta avec mansuétude, tout en ne cessant de m'interrompre pour s'assurer que le service des boissons serait le plus élégant possible. Nous n'avions pourtant pas soif. Pénélope s'activait, coupait des citrons, servait des limonades, cueillait de la menthe du jardin. Mon récit s'acheva quand les boissons arrivèrent en tintant.

— Et donc, elle vous a tout laissé ?

Jean était songeur. Je frétillais sur ma chaise, passablement gênée.

— Je suis désolée, je ne voulais déposséder personne…

Son rire me rassura sur ses possibles intentions de me faire un procès. Pénélope y ajouta un éclat cristallin.

— Hi hi, pour ce qu'il y a, ne vous en faites pas.

Jean lui jeta un regard plein de reproches.

— Voyons, Pénélope, un peu de retenue ! Elvire n'avait plus grand-chose, il est vrai. Sans la rente que je lui versais, elle aurait fini sous les ponts. Mais je n'allais pas la laisser dans la misère, tout de même. Par ailleurs, elle était brouillée avec toute sa famille, je vois mal qui elle aurait pu faire hériter. Elle avait coupé les ponts avec son frère depuis des années. Quant à sa sœur, c'est comme si elle n'avait jamais existé.

— Ah… J'ignorais. Je ne suis pas encore allée chez elle.

— Eh bien, prévenez-moi quand vous irez. Je serai ravi de vous aider à faire le tri. Il ne doit y avoir que des vieilleries et de la paperasse inutile. C'est une charge bien ingrate qu'elle vous a laissée et j'en suis terriblement navré. Je vous donnerai volontiers un coup de main, cela ira plus vite et sera moins pénible.

— Fantastique ! Ce week-end peut-être ? Il y a de toute façon le chien à récupérer.

— Ah, le chien…

Je goûtai ma limonade. Elle était légèrement amère et incroyablement fraîche, c'était exquis. Charles relança.

— Vous étiez divorcés depuis longtemps ?

— Une vingtaine d'années, intervint Pénélope, enfin installée dans un crapaud à fleurs.

— Mais non, douze ou treize ans ! Elle est partie à soixante-cinq ans.

Le ton était abrupt. Charles fronça les sourcils, Pénélope se tut, son regard courut se réfugier dans les narcisses du jardin. Je levai les yeux vers Jean. Il n'avait manifestement pas pensé à mal. Il poursuivit :

— Elvire était une femme compliquée. Un matin, elle est partie. Elle a pris ses affaires et elle est partie…

— Sans raison ?

J'étais estomaquée. Part-on de but en blanc à soixante-cinq ans, sans argent ni avenir ?

— Quand on sait tout ce que Jean avait fait pour elle, c'est vraiment incroyable !

— Voyons Pénélope, tu en as tiré un bon parti ! Vous savez, les jeunes, quand on a passé quarante ans ensemble, il y a toujours des raisons. Une vie entière de malentendus qui s'accumulent… Quand je l'ai rencontrée, elle était maroquinière dans un atelier. Elle avait vingt-cinq ans et la beauté du diable. C'était à une soirée d'amis et elle avait chanté *Carmen*.

Il se mit à chantonner d'une voix toujours pleine :

Près des remparts de Séville,
chez mon ami Lillas Pastia…

— Elle ne chantait pas *Carmen* en fait, elle était Carmen. Il fallait voir les hommes lui tourner autour comme des mouches. Elle était fascinante. Une femme comme ça… Et quand elle s'est mise à se déhancher dans sa robe rouge ! Elle était à tomber.

Mon amoureux,
Il est au diable,
Je l'ai mis à la porte hier !

Il resta un moment silencieux à caresser ses souvenirs, un sourire lointain sur les lèvres. J'ignorais qu'Elvire chantait. J'avais du mal à faire le lien entre cette femme fatale et ma petite dame haute comme trois pommes juchée sur ses talons.

— J'étais fasciné. Subjugué. Et le pire, c'est qu'Elvire n'était pas le personnage qu'elle jouait. Pas du tout. Elle était Catherinette, comme on disait.

— Catherinette ?

— C'est ainsi que l'on surnommait les jeunes femmes qui n'étaient pas mariées à vingt-cinq ans ! Dans la maroquinerie, c'est une vraie tradition. À l'atelier, ils l'avaient affublée d'un énorme chapeau fait maison. Dans la foulée, elle m'a rencontré. Elle était de ces personnes qui doutent tellement d'elles qu'elles ne tentent jamais rien. Elvire était la seule de sa famille à n'avoir pas fait d'études. Pas parce qu'elle était moins intelligente, non, mais elle était paralysée par la peur. Il faut dire que dans sa famille, ils en tenaient une sacrée couche. Moi, quand je l'ai entendue, quand je l'ai vue, j'ai été électrisé. Comme tous. Mais si je n'avais pas fait un pas vers elle, jamais elle n'aurait osé m'aborder.

Le soleil tombant semblait jaillir directement du mur de miroirs. C'était beau et déroutant. Jean reprit dans un soupir :

— C'était une petite fierté d'avoir été l'unique homme qu'elle ait jamais choisi.

Pénélope se tortillait sur sa chaise dans une jalousie puérile envers une vieille dame disparue.

— Tu as quand même déplacé des montagnes pour elle, tes parents ne voulaient pas entendre parler de ce mariage !

— Pour eux, il était exclu que j'épouse une fille sans éducation. On avait un rang à tenir ! Mon père arguait qu'il me fallait une jeune femme cultivée pour m'accompagner à mes dîners d'affaires. Mais elle l'était ! De toute façon, j'étais aussi indomptable qu'un mustang, rien ne pouvait m'arrêter. J'étais fou d'elle. Mon père a bien failli me déshériter, mais rien ne m'aurait empêché de lui passer la bague au doigt, pas même ma mégère de belle-mère ! Il a fini par céder, pour le bien de son entreprise surtout. Et puis, la famille d'Elvire faisait partie des notables. Mes parents l'ont toujours prise pour une paresseuse qui n'avait voulu se donner aucune peine, mais ce n'était pas le cas. Je peux vous dire qu'elle était très fine. De toute façon, elle a vite arrêté de travailler. Je lui ai beaucoup donné, vous savez. Près de moi, elle a repris confiance, elle est sortie de sa chrysalide.

Un chat tigré traversa le jardin à la poursuite d'un papillon. Il bondit pour l'attraper et retomba sur le gazon. Pénélope l'appela, il vint se rouler sur ses genoux en ronronnant.

— Tu lui as tout donné, et elle, ce qu'elle en a fait…

— Je t'en prie, un peu d'indulgence… Si elle n'était pas partie, tu ne serais pas ici. Tu épilerais des maillots au lieu de bichonner tes narcisses adorés.

— Oh, tu sais, quand on s'est rencontrés, cela faisait bien longtemps que je n'épilais plus de maillots, je dirigeais trois instituts !

— Je ne crois pas que ce soit intéressant pour nos invités.

Elle baissa le nez et embrassa son chat pour se donner une contenance. Il soupira, puis reprit d'une voix calme et douce :

— Je voulais offrir à Elvire la vie qu'elle méritait. Je lui ai proposé de quitter son travail à l'atelier. J'étais chef d'entreprise, on pouvait se le permettre et, socialement, c'était bien mieux. Je ne pouvais pas présenter ma femme comme une ouvrière. Mais ça n'a pas suffi. Elle s'est enfoncée, elle avait été trop blessée. Elle était si fragile, ça l'étouffait.

Jean nous lança un sourire d'homme brisé mais digne dans l'adversité. Son silence en disait long sur ses propres démons. Il me fit de la peine. Ses yeux bleus se noyèrent dans sa limonade amère. Charles ne nous laissa guère le temps de rêvasser.

— Elle s'est enfoncée ?

— Elle était dépressive, lança Pénélope d'une voix acide comme la boisson qu'elle nous avait préparée.

— Vraiment ?

Je ne pus m'empêcher de m'étonner. Elvire me semblait toujours si joyeuse. Jean balaya d'une main la nouvelle attaque de son épouse.

— Enfin, ma chérie, comment peux-tu dire cela ? Tu sais ce que nous avons vécu… Disons qu'elle avait des périodes où elle touchait le fond, et que ces périodes sont devenues de plus en plus fréquentes. Dans mes fonctions, cela en devenait gênant. Elle refusait de m'accompagner à des dîners importants. J'ai cru que notre fille la ferait remonter, mais non. Elvire ne trouvait plus la force de s'occuper d'elle. Sa famille l'exhortait à se relever, mais elle s'enfonçait, encore et toujours… Et la vie qui passe n'a rien arrangé.

Pénélope lui saisit la main pour la caresser furtivement. Jean ne cilla pas mais ses lèvres se mirent à trembler. Je demandai, le cœur battant :

— Votre fille, c'était Aurore ?

Le silence s'abattit brusquement sur nous. Jean posa sur moi un regard de noyé ; sa pensée semblait retenue prisonnière dans une contrée lointaine.

— Elle vous a parlé d'elle ?

— Non, bafouillai-je, non, jamais, mais le jour de sa mort, elle ne cessait de l'appeler.

— Ah ? Et que disait-elle exactement ?

— Une phrase un peu étrange : « Aurore, pardonne-lui, il ne sait pas ce qu'il fait. Il faut tout pardonner… »

— Pardonner à qui ? coupa Pénélope avec un rire sec, elle était gonflée dis donc !

Charles, sentant la tension monter, changea opportunément de sujet.

— Et vos petits-enfants, les voyait-elle toujours ?

Jean et Pénélope nous dévisagèrent sans un mot. Jean reposa son verre dont les glaçons s'agitaient trop puis toussota doucement. Pénélope foudroya Charles du regard.

— Enfin, voyons, de quoi parlez-vous ?

Dans le silence pesant qui vint nous enlacer, dans le regard perdu de Jean, dans les corolles joyeuses qui valsaient dans le soleil couchant, je vis Elvire et son poème de Hugo. Le bouquet de bruyère en fleur. Le poète à sa fille. Elvire à la sienne. Le sacristain avait raison, les petites layettes n'étaient pas pour sa famille. La gêne de Jean valait toutes les réponses du monde et c'était la mauvaise, celle que je ne voulais pas entendre. Charles, confus, s'excusa poliment :

— Je suis navré. Au café, elle disait tricoter pour ses petits-enfants.

Jean, dans un pâle sourire, écrasa une larme minuscule au coin de son œil.

— J'ignorais que c'est ce qu'elle disait… Je vous prie de m'excuser.

Il s'esquiva. Pénélope nous fit signe de nous lever. J'eus le cœur brisé pour ce vieil homme qui sortait pour ne pas montrer qu'il pleurait.

— C'est trop dur pour lui, vous comprenez. Parler d'Aurore. Il ne peut plus… Mais il a pardonné, c'est un homme bon. Il a pardonné à Elvire toutes ses défaillances. Et dire qu'elle est partie ! Après tout ce qu'il avait fait ! J'ai récupéré un homme en mille morceaux. Je lui dois tout, mais il me doit beaucoup aussi.

— Vraiment ?

— Oh oui, si vous saviez. J'avais assez bien réussi, j'avais ouvert un premier institut de beauté, puis un deuxième, un troisième, mais je me suis retrouvée veuve du jour au lendemain avec beaucoup de dettes. Mon boulot, c'était ma catharsis, je m'y suis noyée, j'étais au bout du rouleau mais Jean m'a repêchée. Dans ses yeux, j'existais. Il m'a sortie de cette spirale infernale. Je crois bien qu'il était le seul à pouvoir le faire. Après notre mariage, j'ai tout vendu. Elvire aussi lui devait tout, et bien plus encore, mais elle est partie sans se rendre compte de rien. Comme on dit, j'en ai tiré parti. Le malheur des unes fait le bonheur des autres.

Pénélope secoua la tête frénétiquement, projetant une forte odeur de laque dans nos narines. Depuis le jardin, je vis Jean revenir au salon et contempler son reflet dans son mur de miroirs. Pour se donner une contenance, il les redressait, vérifiait leur alignement. Il en retourna quelques-uns comme pour s'assurer que rien ne se cachait derrière. Puis il se sourit. Quel cran ! Pénélope tira discrètement une carte de visite de sa veste et me la glissa dans la main.

— Si vous voulez revenir, appelez-moi d'abord. C'est très difficile pour Jean de raviver ses souvenirs, il vaut mieux que je puisse le préparer.

Elle nous raccompagna jusqu'au portail et le referma sur nous. Depuis la maison, une voix de femme s'éleva, sombre et pure. Jean avait convoqué Carmen et la bohémienne chantait pour lui à tue-tête en dansant langoureusement avec ses souvenirs. Je frissonnai en glissant ma main dans celle de Charles.

— Merci de m'avoir accompagnée.

— Si un jour je me mets à te parler comme cela, j'espère que tu réagiras, dit-il.

— De quoi parles-tu ?

— De la manière dont il rabaisse sa femme.

— Mais non ! C'est elle qui se rabaisse sans cesse. Elle n'est qu'une sotte enfarinée. Lui est un vieil homme brisé. Il me fait de la peine.

Charles soupira.

— Je ne suis pas autant sous le charme que toi. Je pense que cette femme cache beaucoup de choses sous sa couche de fond de teint.

Nous avons écouté la cantatrice jusqu'à ce que l'air soit terminé. Et nous sommes rentrés.

15

Notre visite à Jean Lefèvre avait attisé ma curiosité. Jolie Mamie occupait toutes mes pensées ; j'en oubliais ma propre grand-mère qui croupissait dans sa déprime. Le lendemain, alors que je prenais mes quartiers à la bibliothèque pour bachoter un oral incertain, mon répondeur me livra un message. Une voix peu amène me sommait de préciser quand je viendrais trier les affaires d'Elvire. Dolores, la fameuse colocataire. « Y a pas grand-chose mais faudrait avancer, vous voyez, parce que moi, à un moment donné, faudra bien que je reloue… Et puis, y a le chien, peux plus le garder, celui-là. »

Valmont ! Lui aussi, je l'avais oublié. Et le notaire, devais-je lui dire que j'acceptais ? Je fus incapable de me concentrer. Charles, que j'avais rejoint pour le dîner, me rassura. Le lendemain, je rappelai Maître Blanchard, puis Dolores pour prendre rendez-vous chez Elvire le dimanche suivant. Contre l'avis de Charles, j'en informai Jean ; il proposa de nouveau de nous aider et j'acceptai bien volontiers.

Et c'est ainsi que nous nous sommes retrouvés au 43, rue de la Paix. Jean nous attendait devant, sur son scooter noir. Le souvenir d'Elvire me fit frissonner en dépit d'un soleil réconfortant. Charles était jovial.

— Mais vous ne craignez pas d'avoir un accident ?

— À mon âge, jeune homme, le scooter n'est pas plus dangereux que la marche ! Et puis, ai-je vraiment envie de devenir centenaire ?

Le portail était toujours encombré de ronces, à croire que Dolores hibernait depuis cent ans. Charles finit par dégainer un couteau suisse et tailla quelques branches prises dans les gonds. La courette n'était qu'un bouge nauséabond, Dolores ne s'occupant manifestement ni du chien ni des petites choses qu'il laissait. Jean se boucha le nez d'un air dégoûté. Quelques rosiers en pots, alignés contre le mur de l'entrée, pointaient rageusement leurs épines vers le ciel, aucune fleur n'ayant eu le courage de montrer ne serait-ce que le bout d'un pétale dans cette ambiance hostile.

On sonna. La porte couina. Dolores apparut, longue, maigre, toute de gris vêtue, un châle râpé sur les épaules, tenant une grande pelle en métal qu'elle nous jeta presque au visage.

— Pour le cas où vous voudriez nettoyer les saletés du chien.

Je reconnus tout de suite la sorcière de l'enterrement et son gilet serpillière. Charles, sans un mot, s'empara de la pelle et la posa dans un coin. Jean tendit la main. Dolores esquiva, planta son regard gris dans le mien et marmonna tout bas avec un regard torve :

— Et lui, il fait quoi ici ?

— Il vient m'aider à faire le tri.

— Ben voyons...

Ses lèvres s'ourlèrent d'une moue dédaigneuse, ses narines s'arrondirent comme celles d'un cheval en colère. Droit dans ses bottes, il lui tendit la main une seconde fois.

— Voyons, Dolores, pour Elvire, oublions le passé !

— Justement, pour Elvire, ne l'oublions pas.

Elle lui tourna le dos et nous invita à entrer. Une boule de poils blancs et fauves se jeta sur nous.

— V'là l'chien. Valmont, qu'il s'appelle. Faut le reprendre, peut pas rester là. C'était un accord entre Elvire et moi. OK pour le chien mais j'm'en occupe pas. Pas le temps.

— Ah, bien, bafouillai-je.

Charles me frotta l'épaule comme pour dire : « Ne t'inquiète pas, on va trouver une solution. » Le chien se dandinait tout autour de nous en battant de la queue. Il me donnait une scoliose rien qu'à le regarder. Il se mit debout et me lécha les mains. C'est vrai qu'il était craquant avec ses oreilles folles qui s'agitaient tout le temps. Il était la Belle de Walt Disney et Dolores son clochard... Quand Elvire l'emmenait au café, il dormait tout le temps. Je ne lui avais jamais prêté la moindre attention, bien loin de m'imaginer qu'un jour il me reviendrait. Le chien n'en pouvait plus de nous faire la fête, il n'avait sans doute vu personne depuis la mort de sa maîtresse. Jean se pencha aussi pour lui offrir une caresse.

— Prenez-le si vous le voulez !

— Pénélope est allergique, sinon je l'aurais bien gardé.

Dolores toussa.

— Ben tiens, manquerait plus qu'ça ! Elvire s'en retournerait dans sa tombe. Bon, venez voir par là, c'est qu'y a des choses à faire, faut pas chômer.

La maison était sordide. Quel contraste par rapport à la villa de Jean ! Après les fastes de Giverny et Monet, *Le Père Goriot* et la pension Vauquer… Elvire avait-elle vraiment renoncé à tout pour s'enterrer dans ce trou ? Le salon agrippé à l'entrée était minimaliste : deux fauteuils sans âge et une petite table, une énorme télé comme on n'en faisait plus et un poste de radio qui avait fait la guerre. Dans le couloir, une horloge sonnait l'ennui et, tout au bout, la chambre d'Elvire faisait grise mine. Une odeur de pipi de chien nous tordit le nez, Charles se précipita pour aérer. Ce pauvre Valmont avait dû rester là à errer comme une âme en peine sans que personne pense à lui faire franchir la grille. Jean entra en haussant les épaules. À peine s'était-il éloigné que Dolores me saisit par le bras et glapit tout bas :

— Le laissez pas fouiner ! Faudrait pas qu'il chaparde. Vous auriez dû m'demander, j'vous aurais dit de pas l'amener.

C'était grotesque. Qu'y avait-il à dérober, à part de la misère ? Tout sentait la vieille dame, avec une mention spéciale pour le papier peint ivoire à grandes fleurs orange. Rien à voir avec l'Elvire exquise que je connaissais et ses robes bien coupées. La décoration me donnait la nausée mais l'espace était propret et très ordonné, si l'on faisait abstraction de l'odeur pestilentielle. Le lit était fait au cordeau et recouvert d'un carré de patchwork à motifs bariolés qui me fit l'effet d'une cuillère de moutarde dans l'œil. Je détournai les yeux. Une machine à coudre dormait sur une table près de la fenêtre. Des bobines étaient soigneusement rangées dans une boîte. Au pied de la table, une grande panière débordait de pelotes et d'aiguilles à tricoter. C'était un peu fouillis et joliment joyeux, un peu de mon Elvire dans cette chambre qui n'avait rien d'elle.

Jean soupira bruyamment.

— Après m'avoir quitté, elle a sombré. Elle n'avait plus rien, comme vous voyez. Les meubles n'étaient même pas à elle, ce sont ceux des parents de Dolores, ce n'est pas du tout ce qu'elle aurait choisi, bien entendu, Elvire avait du goût. Je voulais l'aider, je l'ai appelée plusieurs fois mais elle a tout refusé. Son seul revenu était la rente que je lui versais.

— Et elle a vécu ici toutes ces années ?

— Oui. Et elle ne m'a jamais pardonné d'avoir refait ma vie.

J'étais abasourdie. Charles, d'abord pétrifié devant l'ampleur de la tâche, se retroussa les manches.

— Alice, je crois qu'il va falloir jeter. Beaucoup jeter.

— Je suis là pour vous aider, renchérit Jean d'un ton rassurant. Je commence par les papiers, c'est sans doute le plus compliqué pour vous. Je connais la situation d'Elvire, je saurai trier rapidement.

Il sortit un grand sac plastique de sa sacoche en cuir et s'attaqua vaillamment au bureau.

J'étais fascinée par cette nouvelle Elvire que je découvrais. Je m'approchai des pêle-mêle en liège qui décoraient les murs fleuris. Les photos nous donnaient à voir une vie souriante. Une jeune femme d'une beauté stupéfiante me fixait avec tendresse.

— Elle était merveilleuse, n'est-ce pas ? murmura Jean en passant.

J'acquiesçai. À côté d'elle, je me trouvais la grâce d'un cafard. On avait beau me dire que j'étais jolie, je ne le voyais pas. Une photo de mariage écornée mordait ce portrait par le haut. Un couple parfait, idyllique, Jean et son regard bleu, Elvire et son charme hors du commun, si belle dans sa robe en dentelles, et lui charismatique dans sa queue-de-pie. Des mariés de conte de fées. Elle tenait bien serré un bouquet de narcisses. Tout autour d'eux, les invités tendaient des petits miroirs vers le soleil pour en réfléchir les rayons, clin d'œil à Jean et à sa société, sans doute. Même sur la photo, on les voyait scintiller de mille feux. Juste à côté, Elvire souriait dans son atelier, vêtue d'une blouse. Encore ici, une table était dressée pour un dîner en amoureux. Là, Elvire chantait dans une robe de soirée. Elle irradiait. Entre Jean et elle, je ne sais lequel était le plus fascinant. J'étais captivée.

Et puis je l'ai trouvée… Aurore. J'ai murmuré son nom, Jean fit mine de ne pas entendre, mais c'était elle, j'en étais certaine. Ici un minuscule bébé rose qu'Elvire tenait dans ses bras, ivre d'amour et de fierté. Une adorable petite fille aux boucles blondes se mit à gambader sur les clichés puis se métamorphosa en une jeune fille sublime. Belle comme sa mère avec les yeux lapis de son père.

Jean me fit sursauter en refermant un premier sac.

— Et d'un, direction la poubelle !

Je m'excusai de rêvasser pendant que Charles et lui trimaient. Dehors, j'entendis un éclat de voix, Dolores s'époumonant : « Ne jetez rien, ce n'est pas à vous ! » Jean lui rétorquant : « Vous avez raison, c'est pour la poubelle ! » Dolores nous sommait de vider mais nous empêchait de jeter. Je haussai les épaules, j'étais heureuse que Jean soit venu nous aider.

J'ouvris la penderie, l'odeur d'Elvire s'en échappa. Enfin je la retrouvais, elle, son parfum délicat de fleur et de poudre, ses robes noires et ses petits souliers ! Elle en avait des tas, bien plus que moi, et tous à talons hauts ! J'ouvris une boîte sur une étagère : elle débordait de rouges à lèvres. Mon Dieu, mais il y en avait des dizaines !

— C'était un toc, m'expliqua Jean. Elle les achetait de manière compulsive, jamais elle ne serait sortie sans.

— Mais pourquoi ?

— Elle se mettait toujours une pression d'enfer ! Je lui disais bien que je l'aimais pour elle-même, mais elle était obnubilée par l'idée qu'il fallait être parfaite…

— Et que faut-il faire de tout cela ?

— Les utiliser ou les jeter !

J'en avais mal au cœur. Il y en avait pour une fortune, et je reconnaissais un Dior ou un Chanel dans le lot. Je ne les aurais emportés pour rien au monde, mais de là à les mettre à la poubelle… Je refermai la boîte. J'étais d'une inefficacité redoutable. J'attrapai une valise déglinguée et me mis à y plier les petites robes noires. Une association caritative en ferait ses choux gras. Pendant ce temps, Charles avait trié un grand sac de médicaments périmés et de vieux produits de beauté.

— Eh bien, on peut dire qu'elle était coquette. Je n'en ai jamais vu une telle quantité !

— Belle, a répondu Jean, elle voulait être belle.

Dolores, qui était revenue nous espionner, mit une claque sur les fesses de Valmont qui, ni vu ni connu, se soulageait sur le pied du lit. Il partit la queue entre les jambes et vint se réfugier dans ma longue jupe. Il faut dire que si personne ne le sortait, il était difficile de le blâmer !

J'avais tout de même un peu avancé. La valise se remplissait, et la penderie finit par me révéler ses secrets. Derrière les robes se cachaient un carton et une valisette en métal. Le cœur battant, je la saisis. Et si c'était une mallette de drogue ? J'ouvris, un foulard multicolore s'en échappa, bientôt suivi par un chapeau claque, des dés et une baguette. J'éclatai de rire.

— Ça alors, une mallette de magicien !

Jean s'approcha.

— Ah, la magie, c'était sa marotte depuis qu'elle était toute petite. Ça l'avait toujours fascinée. Il faut dire qu'elle était très douée ! Elle connaissait tout un tas de tours de passe-passe assez bluffants. Et puis, elle était d'une incroyable agilité !

Il rit en évoquant ses souvenirs.

— Ses doigts bougeaient à toute vitesse, elle pouvait vous en mettre plein la vue sans même que vous ayez vu sa main bouger. Elle m'a toujours raconté que, quand elle était petite, elle chapardait dans les poches de sa belle-mère les bonbons qu'on lui interdisait de manger, et dont sa petite sœur ne cessait de s'empiffrer. Elvire savait rendre justice.

Charles me lança un regard qui en disait long. La *nonna*, le gang des mamies mafieuses… Non, ce ne pouvait pas être vrai… Pendant ce temps, Dolores vint passer l'aspirateur dans le couloir pour mieux nous espionner et nous casser les pieds. Je mis de côté la mallette, je voulais la garder. Elle était comme une boîte de Pandore que je venais d'ouvrir, me jetant en plein visage une nouvelle facette d'Elvire.

Je saisis le carton au fond de l'armoire. Il était fermé proprement mais pas encore scotché. Elvire avait écrit une étiquette de son écriture malhabile :

Saint-Vincent-de-Paul

Mes mains plongèrent dans une vingtaine de petits tricots de laine de toutes les couleurs, fins, délicats, des merveilles de vêtements, à l'évidence pas destinés à ses petits-enfants. Pourquoi avait-elle menti ? Avait-elle eu peur de notre pitié ? Je mis le carton de côté pour l'emporter chez moi. Autant le faire parvenir à son destinataire, tant de travail le méritait. J'en garderais quelques-uns en souvenir, qui sait, cela pourrait un jour me servir et j'en serais heureuse.

À cet instant, Jean me tendit un classeur.

— Ce sont des relevés fiscaux. Il faut les garder. Des dons à des associations sur les dernières années. Vous pourriez en avoir besoin.

Je jetai un œil sur la liasse épaisse de documents.

— Tout ça !

— Oui, je vous l'ai dit, Elvire avait des tocs. Il fallait aider, toujours aider, quitte à se ruiner. Elle donnait, donnait et ce n'était jamais assez !

Derrière moi, Dolores, qui avait troqué son aspirateur contre une serpillière moins bruyante pour mieux écouter aux portes, maugréa :

— Des tocs ? Ben voyons… Pour faire du bien aux autres, plutôt, elle avait le cœur sur la main.

Jean et Dolores se toisèrent en silence. Je les trouvais navrants. À quatre-vingts ans, en être encore là ! Pour peu, j'aurais entendu une musique de western siffler autour de mes oreilles – celle qui précède un duel. Je ne pus m'empêcher de rire. Jean ne cilla pas, Dolores plissa les yeux puis le fusilla du regard. Charles caressa Valmont qui se remit à frétiller. Je fis voler en éclats ce silence ridicule.

Bien, je vais m'occuper de la table de nuit.

Quelques livres et un cahier s'y empilaient. La sélection me sembla hétéroclite : *Les Liaisons dangereuses*, *L'Étrange Cas du Dr Jekyll et de Mr Hyde*, et *Les Contemplations*.

— Elvire ne lisait jamais, affirma Jean, ce n'était pas son truc.

— Vous êtes sûr ? Au café, elle avait toujours un livre dans son sac.

— Vraiment ?

Dans le carnet, Elvire avait recopié des poésies et des phrases qu'elle aimait. J'y retrouvai bien sûr *Demain, dès l'aube*. Je m'emparai des *Liaisons dangereuses*. Le roman s'ouvrit spontanément à une page marquée à force d'être lue, la fameuse lettre de rupture adressée par Valmont à la présidente de Tourvel. Infecte, ignoble, perverse, un régal de littérature à faire frissonner les prudes. Je ne pus m'empêcher de lire à voix haute pour mieux m'en délecter : « Adieu, mon Ange, je t'ai prise avec plaisir, je te quitte sans regret : je te reviendrai peut-être. Ainsi va le monde. Ce n'est pas ma faute. »

— Et dire qu'Elvire a appelé son chien Valmont !

— Encore une de ses fixettes, lâcha Jean platement en fermant un deuxième sac-poubelle bourré de paperasse. Pour le coup, celui-ci, j'en suis sûr, elle l'a lu dix fois. Ça m'avait inquiété ! Eh bien, quel bazar, rien n'avait été trié depuis des années. Je jette là des papiers de sécu et des relevés de compte vieux comme Mathusalem, rien de bien intéressant…

— Merci infiniment de prendre ce temps pour nous.

— C'est bien normal, ce n'est vraiment pas à vous de faire cela, mais c'est du Elvire tout craché, soupira-t-il. Léguer son bien à la serveuse de son café dans un élan de générosité, sans penser à toutes les vieilleries qu'elle laisse à trier et au travail que cela représente… C'est très gentil, mais on ne peut pas dire que cela soit vraiment réfléchi.

Il me montra le sac grand ouvert qui vomissait des

logos de la Sécu et du Crédit Mutuel. Dans le couloir, j'entendis Dolores marmonner :

— C'est tout de même ben gentil, faut remettre les choses du bon côté. C'est pas malheureux quand même d'avoir pas les yeux en face des trous à ce point !

Et le manège reprit : Jean sortit avec le sac, Dolores vint rouspéter dans mes oreilles que « les papiers, ils étaient pas au monsieur et que je ferais mieux d'y jeter un œil. Peut-être bien qu'y en a qui sont importants quand même ».

— Écoutez, madame, c'est terriblement gentil de vouloir nous aider, mais je crois tout de même que ces papiers-là ne sont plus importants, ils ont tous plus de dix ans. Nous faisons au plus vite pour débarrasser cette chambre, comme vous nous l'avez demandé.

Et je la plantai là, ronchonnant dans les oreilles de son balai :

— Faudra pas revenir se plaindre après si y a des choses qui manquent… Bon, faut que je m'en aille. Vous finissez ou vous partez ?

Charles me regarda, manifestement désespéré par l'ampleur du chantier. Nos estomacs criaient famine.

— Nous allons déjeuner, je crois.

— Et vous revenez quand ? Y a encore beaucoup de boulot.

— Je sais, mais nous travaillons en semaine. Je vous rappelle très vite.

Dolores soupira bruyamment.

— Mais vous prenez le chien, hein ? Et puis la prochaine fois, revenez sans lui, ajouta-t-elle en montrant Jean du menton. On sera plus tranquilles pour causer.

Je rassemblai mes affaires sans oser la contredire. S'il y avait bien une chose dont je n'avais pas envie, c'était de prendre un thé en sa compagnie. Dehors, Jean avait comprimé tant bien que mal l'un des sacs dans le petit coffre du scooter et sanglé du mieux possible le second sur l'arrière de la selle. Il enfila son casque noir.

— La poubelle est pleine à craquer, à croire que les éboueurs ne passent pas. Je jetterai ça chez moi. Allez, les jeunes, je vous laisse. Bon courage pour la suite, et n'hésitez pas à m'appeler.

Nous l'avons regardé disparaître au coin de la rue.

— Eh bien, heureusement qu'il était là ! Charles, je te souhaite de vieillir aussi bien.

— Parce que tu comptes toujours être avec moi à ce moment-là ?

Dolores bougonna un au revoir du bout de ses lèvres sèches et nous claqua la porte au nez. On alla déposer quelques cartons dans la voiture de Charles, puis on s'installa en terrasse. Le chien semblait en extase. Je le comprenais : une seule matinée dans cette obscurité et j'avais le sentiment d'étouffer.

16

Au restaurant, Charles montra un petit air renfrogné.

— Tu es vraiment sous le charme de ce vieillard ?

Je me délectai de le voir jaloux. Je pris un ton détaché pour mieux l'asticoter.

— Oui, il est vraiment charmant, même à son âge. Élégant, poli, tout ce que j'aime. Et ses yeux, je comprends Elvire ! Mais bon, ce n'est pas demain qu'un homme comme ça s'intéressera à une fille comme moi.

Il me regarda d'un air furibond. Je lui lançai un clin d'œil, on partit d'un grand rire. C'était vital après ces quelques heures passées dans l'atmosphère délétère de la sorcière. Comment Elvire avait-elle pu ? Le chien roupillait à mes pieds, ronflant à qui mieux mieux dans la joie d'une présence retrouvée. J'évitais de le regarder pour ne pas m'angoisser.

— Je comprends mieux pourquoi elle passait ses journées au café !

Quand je remis mon gilet, une photo s'échappa de ma poche et tomba sur la table en tourbillonnant. Charles la retourna :

— Qui est-ce ?

J'aurais préféré qu'il ne la vît pas.

— C'est Aurore, enfin je crois. Je l'ai prise dans un tiroir. Il y en avait tout un paquet. Si ce n'est pas elle, je ne vois pas qui cela peut être. Je n'ai pas osé demander à Jean : inutile de retourner le couteau dans la plaie.

Charles se perdit dans la contemplation du joli minois de l'adolescente.

— C'est amusant, elle te ressemble.

— Tu plaisantes, n'est-ce pas ? Elle est beaucoup plus belle que moi !

Je ne voyais absolument aucun lien entre cet adorable visage et le mien, mais je ne pus m'empêcher de me sentir flattée.

— Alice, tu es trop dure ! En tout cas, elle était affreusement maigre ! Je te préfère comme tu es. Pourquoi as-tu gardé cette photo ?

Je me mis à lorgner le bout de mes pieds d'un air coupable.

— Charles, j'ai un besoin immense de comprendre qui Elvire était. J'ai besoin de comprendre pour oublier tout ça. Dans la mesure du possible, avec un chien en laisse accroché à mon bras.

— Eh bien, c'est très simple. Tu vides cette chambre sans y passer des mois, parce que je te connais, tu vas fuir et repousser le plus possible ; tu déchires toutes ces photos, tu donnes le chien et tu tournes la page. Tu cesses de tournicoter autour de Jean, de Valmont, d'Aurore ou de Dolores, et tu verras que tout ira mieux.

— Charles, tu ne comprends pas ? Elvire est morte dans mes bras... Ce n'est pas si simple, on n'oublie pas ces choses-là en un claquement de doigts. Ce regard…

— Je sais tout cela, Alice, mais tu es la seule à pouvoir effacer ces pensées. Et tu le dois. Pour toi, pour nous…

Charles avait toujours les pieds sur terre. Tout semblait simple, il suffisait d'y mettre un peu de bonne volonté. J'aurais aimé être comme lui. Il me prit doucement le visage.

— Alice, ne cherche pas à tout comprendre. Elvire elle-même te l'a écrit : on se fiche du passé. Elle t'aimait, elle t'a laissé ce qu'elle avait parce qu'elle était généreuse, fantasque et surtout très seule. C'est un cadeau empoisonné, et il n'y a rien de plus à en tirer. Les disputes entre Jean et Elvire ne t'apporteront pas grand-chose, pas plus que la guéguerre sénile entre Jean et Dolores. Ne laisse pas le passé d'une autre obscurcir notre avenir. Il nous appartient, dès demain si tu veux, et je peux te dire qu'il est autrement plus lumineux que cet appartement sinistre… Et je n'aime pas ce Jean.

— Tu es jaloux !

Je n'avais rien trouvé de mieux à répondre pour masquer mon désarroi. J'étais un peu sonnée : il avait réussi à dire tant en si peu de mots ! Sa foi inconditionnelle dans notre histoire quand j'en doutais à chaque instant, sa simplicité qui lui permettait d'avancer, mes nœuds au cerveau qui me paralysaient… Je regardais derrière quand lui scrutait l'horizon.

Notre déjeuner était terminé. Je pris son bras pour m'y blottir tout en marchant. Le chien tournait joyeusement autour de nous, et ne cessait de s'emberlificoter dans nos jambes, manquant souvent de nous faire basculer ou nous enserrant l'un et l'autre dans sa laisse. Charles haussa les épaules et rit en nous libérant.

— Quand je pense que ce pauvre toutou a vécu seul avec Dolores ! Il y a de quoi être traumatisé.

— Cette femme est une harpie. À côté d'elle, ma grand-mère est un enfant de chœur.

— J'ai hâte de la rencontrer, alors. Tu es allée la voir ?

— Oups…

Je me mordis les lèvres. Cela faisait des jours que mon père m'avait alertée, j'avais désormais le droit d'aller lui rendre visite et cela m'était complètement sorti de l'esprit… *Pfuitt*… Inutile de dire que je n'en trépignais pas d'envie.

Un scooter passa à toute vitesse, manquant de peu le chien qui se précipitait sur la chaussée. Charles le retint au dernier moment et insulta le chauffard qui était déjà trop loin pour s'en apercevoir.

— Manquerait plus qu'il se fasse écraser !

— Oui… En même temps, je ne sais pas trop que faire de lui.

— Tu es atroce ! Il est tellement craquant. Si je n'étais pas enfermé au bureau toute la journée, je le garderais !

Il se pencha sur Valmont et lui parla avec une voix de canard que je ne lui connaissais pas :

— Pauvre petit chien orphelin… Si en plus un méchant scooter veut te faire du mal ! Qui sait, c'était peut-être Jean ?

Il éclata de rire. Un souffle d'air glacé remonta ma colonne vertébrale. Je restai paralysée d'effroi, la bouche ouverte, je devais être jolie comme un merlan frit. Charles me secoua le bras gentiment.

— Alice, c'était une plaisanterie. De mauvais goût, certes, je suis désolé.

Je le dévisageai sans un mot. Mais oui, comment n'y avais-je pas pensé ? Charles continuait à me secouer le bras.

— Alice, Jean a plus de quatre-vingts ans. C'était une mauvaise blague et je n'ai pas pensé une seule seconde que tu mordrais à cet hameçon grotesque... Je te le répète, même si tu refuses obstinément de l'entendre, Elvire n'a pas été assassinée. Et puis, il y a deux minutes, tu portais cet homme aux nues, réfléchis sérieusement...

Le ver était dans le fruit. Je souris poliment. Mon esprit torturé s'était mis en route. Après les élucubrations autour de la *nonna*, l'idée d'un accident planifié de sang-froid par un vieil homme fragile ne me semblait guère tirée par les cheveux. Pas plus que celle d'une petite vieille faisant les poches des caïds en boîte de nuit. Ou d'une gentille bigote venant cracher dans les bénitiers. Charles, sans le savoir, venait de donner un coup de pied dans ce qu'il me restait de bon sens et de l'exploser en mille morceaux. Il ne me restait plus qu'à reconstruire le puzzle pièce à pièce.

Nous avons poursuivi notre promenade serrés l'un contre l'autre, nous arrêtant de temps en temps pour dérouler la laisse du chien qui nous emprisonnait. Sur une petite place nichée dans une ruelle, un accordéoniste contait fleurette à un rayon de soleil. Je me laissai porter par sa musique et son odeur d'antan.

Je ne sais pourquoi j'allais danser
À Saint-Jean, au musette,
Mais il m'a suffi d'un seul baiser
Pour que mon cœur soit prisonnier.

Charles m'entraîna dans une valse. Mes angoisses s'envolèrent à tire-d'aile au rythme de ses pas. Je blottis ma tête dans son cou, les gens pouvaient bien nous regarder, je m'en fichais. Le chien faisait de son mieux pour nous éviter. Je me laissai emporter par l'illusion d'une vie simple et douce comme un printemps aixois.

Car l'on croit toujours aux doux mots d'amour
Quand ils sont dits avec les yeux...

Ma tête faisait la ronde, nous nous sommes arrêtés tout essoufflés, étroitement enlacés, le cœur palpitant, le chien toujours attaché au poignet. Charles me regardait sans rien dire, mais dans ses yeux je voyais un grand trousseau de clés. Je tournai la tête et j'aperçus Christine qui nous faisait signe depuis le comptoir d'un glacier. C'est le charme des petites villes de toujours rencontrer quelqu'un. Ma patronne, tout sourire, offrait une glace à ses jumeaux. Les deux têtes rousses se jetèrent sur mon compagnon à quatre pattes et le couvrirent de bisous.

— Oh, maman, maman, c'est celui qui venait au café, tu as vu comme il est mignon !

Christine me jeta un regard interrogateur.

— C'est bien le chien d'Elvire, ai-je soupiré. Elle me l'a légué par testament…

Les enfants coururent sur la place avec Valmont, criant de joie et s'arrêtant de temps à autre pour lui faire des mamours. Leurs rires rebondissaient comme des balles sur les pavés. Le chien leur léchait le visage, tant pour combler son mal d'amour que pour les débarbouiller de leur glace au chocolat. Son pelage fauve se mêlait à leurs tignasses orange, si bien qu'on ne savait plus très bien ce qui était à qui. En les voyant jouer dans les rayons de lumière, je me suis dit que le bonheur était vraiment cette petite chose que l'on grignote assis par terre au soleil. Ce n'est pas de moi, c'est de Giraudoux, une réminiscence de mes longues années d'études qui risquaient fort de ne mener à rien. La faute à Elvire, bien sûr... Je me raccrochai à la voix rauque et chaude de l'accordéoniste pour ne plus y songer.

J'étais folle de croire au bonheur,
Et de vouloir garder son cœur.

Christine était sous le charme. Je lui lançai mon regard le plus suppliant.

— Oh non, bafouilla-t-elle, j'ai assez de soucis à gérer comme cela !

Charles m'encouragea d'un coup de coude. Je ne détournai pas le regard. Elle observa ses deux têtes rousses qui batifolaient sur la place puis se perdit dans la contemplation de ses souliers.

— Bon, OK, je le garde au café la journée en

semaine, tu le récupères le soir et le week-end. Ça te va ? Il remplacera le chat sur mes coussins et on a toujours la courette pour le faire sortir. Mais ce n'est pas une solution à long terme, promets-le-moi !

Je souris, je l'aurais serrée dans mes bras si j'avais osé. Le Lapin Blanc avait vraiment une Reine des Cœurs.

Le soleil brillait haut. Il fait toujours grand beau avant une tempête. La lumière aveuglante masque l'ombre qui monte…

17

Ma Gigi,

Je reprends mon récit au hasard, il est bien décousu. J'ai décidé de le laisser filer au gré du vent et de ma plume.

Sais-tu ce que c'est d'avoir le cœur brisé, explosé en mille morceaux au point de ne jamais pouvoir le recoller ? Aurore était ma vie, ma raison d'être, mon tout. Alors, quand elle... L'écrire m'est toujours impossible... J'avais tant besoin d'aide, je savais que je ne pouvais pas compter sur vous, mais c'est à ce moment que vous m'avez abandonnée. Pour de bon. J'étais à terre et vous m'avez achevée. Je n'étais pour vous qu'une bécasse même pas capable de s'occuper de sa propre fille. J'étais coupable aux yeux de tous et surtout des miens, parce que la folie des autres finit par aveugler tout le monde. Alors, je sais qu'entre toi et moi, il y a eu du rififi, mais à cette époque, j'aurais donné mon âme contre un de tes regards et toutes mes jolies robes contre une main tendue. Je te souhaite de ne jamais vivre ce que j'ai vécu.

La souffrance n'a jamais été pingre avec moi. Toute ma vie, j'avais beau la mettre à la porte, elle revenait par la fenêtre. J'étais haute comme trois pommes quand ma mère est morte. J'ai cru que jamais, jamais, je ne pourrais souffrir autant. Je ne pouvais pas imaginer pire, tu comprends, être orpheline à quatre ans ! Et Claude qui gardait la tête haute ! Je me suis toujours turlupinée pour savoir comment il faisait. Puis Blanche est arrivée et j'ai cru qu'elle pourrait m'aimer. Et tu es née et j'ai compris que je m'étais fourrée le doigt dans l'œil. Si Blanche parvenait à avoir des sentiments pour quelqu'un d'autre qu'elle, ce serait toi et rien que toi.

J'ai croqué la pomme rouge et les bribes d'attention qu'elle m'a tendues, mieux valait s'endormir dans l'espérance d'un ciel moins gris. Et le prince charmant est venu me sauver, comme dans les contes de fées. Tu sais, ma Gigi, quand le coup de foudre te frappe en pleine misère, tu t'y accroches de toutes tes forces. Cet homme m'a fait perdre la raison. Je ne sais pas si avec ton Auguste tu as connu la passion avec un grand P, celle qui fait exploser les caboches trop fragiles et ébranle les têtes les plus solides. Mon petit doigt me dit qu'entre vous, c'était plutôt très sage, à l'image de ton existence bien léchée, mais sans bruit ni sentiment. J'aurai au moins la consolation d'avoir goûté à ça, l'amour qui palpite et qui crucifie. Il y a eu des mois d'un bonheur si violent qu'ils ne pouvaient faire naître qu'une vie de malheur... Plus clair est ton jour, plus sombre sera ta nuit.

Jean était sublime. Solaire. Magnétique. Mais surtout Jean me trouvait sublime, solaire et magnétique. Intelligente même. Non, je n'étais pas cette cendrillon simplette qui se jette dans les bras du premier venu. C'est bien plus compliqué. Je me suis sentie honorée, comme n'importe quelle pauvre âme qui aurait grandi sans amour. J'existais dans ses yeux et pour la première fois. Jean me renvoyait sa lumière et j'y ai plongé. Crois-moi, ce n'était pas de la sottise ! Il était beau comme un dieu et je voyais dans ton regard une jalousie qui décuplait mon désir. Moi qui avais toujours envié l'attention que ta mère te portait, les bonbons qu'elle t'offrait, tes jolies petites robes et tes nattes si bien faites !

Je sais bien ce que tout le monde a dit quand on s'est mariés trop vite... Les mauvaises langues n'avaient qu'à moitié tort, j'étais enceinte mais j'ai fait une fausse couche bien avant de passer devant l'autel. Sauf que je n'aurais laissé filer cette chance de fuir pour rien au monde. Avec un si bel homme au bras, et drôle en plus, si tu savais ! Il me comprenait et il m'adorait. Je ne voyais pas que, avec moi à son bras, il brillait encore plus.

Ma vie n'a été qu'une éclipse de soleil : l'ombre m'a dévorée dès que la lumière naissait. J'ai cru dur comme fer que mon amour pour Aurore serait plus fort que tout. Il n'y a pas de mot pour un parent qui perd son enfant… Quand les mots font silence, ils en disent long sur la réalité. Et je me suis dès lors vêtue de noir, car le noir, ma Gigi, comme la douleur, ne se délave ni ne se tache. Tu n'as jamais souffert, comment le saurais-tu ?

Ma petiote, ma main me lance, je dois finir. Quand je suis venue te voir l'autre soir, tu m'as fait de la peine. Le destin m'a fait ployer comme un jonc mais ne m'a pas brisée. Ta vie terne t'a éreintée. Je voudrais t'aider, oui, du fond du cœur je voudrais te dire de te laisser aller. Je serai là pour t'épauler. Comme quand on était gamines et que je te protégeais des grandes bêtasses dans la cour de récré. Si tu savais le nombre de cheveux que j'ai tirés pour toi ! Mais tu ne m'écoutes pas. Je reviendrai te voir, parce que même si ton cœur ne ressent rien pour moi, au fond du mien, il y a une flammèche qui brûle encore pour toi. Et je ne l'explique pas.

Elvire

18

L'endroit dormait sournoisement comme un dragon prêt à se réveiller. Un portail aristocratique, des platanes majestueux qui offraient aux visiteurs la grâce de leurs branches, une grosse bastide déguisée en maison de vacances, tout respirait la paix. Un peu impressionnée, j'entrai, entraînée malgré moi par un Valmont guilleret. J'avais pris soin de téléphoner et l'on m'avait assuré que, compte tenu de la météo favorable, je pourrais retrouver ma grand-mère sur la terrasse avec le chien. L'endroit n'avait rien d'un hôpital psychiatrique. On parlait poliment de maison de repos pour personnes fatiguées désireuses de retrouver leur sérénité. Je priai donc mon cœur de cesser de palpiter.

Contre toute attente, le site était étonnamment apaisant, comme si ses remparts ocre rejetaient tous les soucis dehors. Aix n'était qu'à quelques minutes, mais la maison tournait le dos à la ville pour mieux ouvrir l'esprit au calme et à la méditation. Le paysage coupait le souffle. Les vignes s'étiraient à perte de vue et recouvraient la terre d'un velours milleraies ondulé. Les feuilles bruissaient dans le vent. Je me souvenais vaguement de l'endroit, ma grand-mère était déjà venue là il y a quelques années. Épuisement, surmenage, les mêmes causes produisant les mêmes effets, la boucle était bouclée. Je me laissai promener par Valmont avant de m'annoncer.

Un temps pour moi, vraiment pour moi, cela faisait bien longtemps que cela n'était pas arrivé. J'avais bûché toute la journée, ce matin au café, cet après-midi à la BU, j'avais la tête farcie et je devais décompresser. Valmont m'entraîna dans une contre-allée, la truffe frémissante, à la poursuite d'un lézard vert. Paniquée, la malheureuse bestiole se jeta la tête la première dans un fourré. Qu'importe, le chien reprit sa traque, je le suivis en riant. De bosquet en bosquet, nous sommes arrivés dans une jolie alcôve de feuilles verdoyantes. Comme quoi les pas perdus mènent toujours quelque part.

Dans cette chapelle végétale, un homme sans âge priait à genoux devant une statue d'argile qui ne me sembla pas très catholique. Je me rapprochai. La grosse barbe, le chapeau, la canne : aucun doute, c'était Cézanne, à Aix, on le croise partout. L'homme, le vrai, sursauta à notre arrivée, le chien vint lui léchouiller les mains, il se retourna. Tête blanche et barbe drue, traits fripés, regard perdu, il semblait sortir d'un livre de contes. Il me sourit, se releva péniblement puis lâcha d'un ton inspiré, le doigt en l'air comme s'il prêchait :

— La distance, jeune fille, garde toujours la distance.

Je m'excusai platement et m'approchai pour reprendre le chien. Le vieux mage me dévisagea avec curiosité.

— Je suis désolée si le chien vous a dérangé. Nous ne savions pas que vous étiez là.

Son rire fut étouffé par la voûte de branchages. Soudain, il fit un pas en avant et me gifla. Je reculai, estomaquée. Il avait fait cela doucement, je n'avais pas eu mal, mais quand même ! Il s'esclaffa et se lança dans une tirade décousue qui sentait le tabac froid.

— Le chien ne me gêne pas, c'est toi qui es trop près ! Garde toujours tes distances, sinon les autres te blessent ! C'est ça, la vraie sagesse ! Tiens, regarde, prends cette ficelle, elle fait un mètre. Place-la toujours entre toi et les autres, tu seras à l'abri.

Et il sortit de sa poche une grande ficelle dont il coupa un bout à l'aide d'un canif.

— Voilà… Là, c'est bien… Tu vois, gamine, aujourd'hui, je t'offre la clairvoyance. Y a rien de plus précieux, crois-en mon expérience. Les fous ne sont pas ceux que l'on croit, et les plus dangereux se cachent souvent sous un sourire radieux. Alors, petite, dans la vie, garde tes distances, tiens-le-toi pour dit…

Et le prophète s'évanouit dans la verdure. Je crois qu'il avait en effet bien besoin de repos. Je ris malgré moi tout en caressant ma joue encore rouge de surprise. Je m'assis sur le banc et laissai ma pensée dessiner le contour de Cézanne. Derrière le peintre s'étirait un très vieux mur de pierres qui ne menait à rien mais faisait bien des efforts pour protéger l'artiste des vents du Midi. Des taches blanches bouchaient les interstices. Je m'approchai. Entre chaque pierre était glissé un petit rouleau de papier. Il y en avait des dizaines, des centaines même. On se serait cru dans un sanctuaire. L'un d'eux était tombé, je le ramassai et le dépliai fébrilement.

Quand je serai sorti,
je rêve de retrouver mon Émilie.
Voir Venise et revivre...
Antoine, mai 2016

Je remis précieusement le papier dans une fente, il ne fallait pas qu'il s'envole. Je tendis furtivement la main vers un autre avec l'impression de trahir un secret.

Sortir d'ici, croire en moi,
marcher la tête haute,
être fière et vivre libre !
Vanessa, décembre 2008

Un mur de prières et de rêves pour âmes en rémission, c'était triste, doux et nostalgique. Mon cœur tremblait autant que ma main, qui s'insinua malgré moi dans une nouvelle fente. Le rouleau était très jauni.

Accepter ta mort, mon enfant,
et vivre malgré tout,
pour que ton souvenir demeure ainsi en nous.
Anna, juillet 1998

Un craquement me fit sursauter, je remis prestement le papier en place et me retournai avec le sentiment d'être prise en flagrant délit de vol. Un homme en blouse blanche, pantalon immaculé et sabots d'hôpital, surgit du chemin, souriant d'une oreille jusqu'à l'autre.

— Dites-moi, vous venez de rencontrer notre Simon national, non ?

— Euh… qui ?

— Le monsieur qui était là, Simon, vous l'avez rencontré, n'est-ce pas ? Il est un peu farfelu, mais ne vous en faites pas, il n'est pas méchant. Et sinon, moi c'est Jérôme.

Je respirai, soulagée. L'infirmier ne semblait pas m'avoir surprise en train de piller les secrets du mur.

— Alice, enchantée. Pas méchant mais il m'a quand même giflée. Rien de grave, je vous rassure.

— Ah oui, les distances, c'est important pour lui ! C'est-à-dire qu'il a passé vingt ans de sa vie à soigner les gens ici. Ça lui est un peu monté à la tête, mais rassurez-vous, nous ne devenons pas tous fous !

— Il travaillait ici ?

— Il était infirmier et passionné par son métier, si vous saviez ! Mais la vie lui a joué des tours…

— Comment est-il passé de l'autre côté ? Du côté des patients, je veux dire ?

— Je ne devrais pas vous le dire, mais vu qu'ici tout le monde connaît Simon, je ne pense violer aucun secret. La grande faucheuse a emporté sa femme à la fleur de l'âge. Le cancer, c'est terrible. Le cœur brisé, il a continué, il s'est accroché, il a tenu dix ans, il s'est noyé dans le boulot à s'en rendre maboul en croyant qu'il parviendrait à oublier. Et puis il est tombé raide dingue d'une patiente beaucoup trop jeune pour lui. La pauvre gosse avait déjà bien assez de problèmes. Les choses se sont compliquées, la patiente est sortie, elle n'avait pas vingt ans et remontait tout juste à la surface après une dépression, elle n'allait pas s'embêter avec un infirmier trop empressé. Bref, elle est partie, il ne s'en est jamais remis. Il nous a fait une « Ophélie », comme on dit ici, il a perdu la boule, sauf qu'on l'a empêché de se jeter dans le ruisseau. Et comme il avait passé toutes ces années ici, on est assez tolérant, on lui trouve toujours un lit quand il en a besoin.

— Il vit ici ?

— Non, il va et vient, comme le mistral. Et même quand il n'est pas « officiellement » ici, on le tolère dans le jardin. Ça le rassure. Enfin, en ce moment, il est bel et bien en pension chez nous.

— Et vous, cela fait longtemps que vous travaillez ici ?

— Sept ans. Pourquoi ? Vous avez peur que je perde la boule aussi ?

À cet instant, Valmont vint glaner une caresse debout sur ses pattes arrière. L'infirmier s'agenouilla devant lui et lui frotta les reins des deux mains.

— Salut, toi ! J'ai l'impression qu'on s'est déjà vus, comment t'appelles-tu ?

— Valmont, répondis-je.

— Ah, mais c'est bien ce que je pensais, ça fait plaisir de te revoir !

Surprise, je balbutiai :

— Vous connaissez ce chien ?

— Mais oui, je crois bien ! À l'époque, il accompagnait une petite mamie, enfin, c'était il y a longtemps. Mais j'adore les Cavaliers King Charles, mes parents en ont toujours eu, alors un gentil comme ça, avec cette tête de caramel au beurre salé et ce drôle de prénom, je ne peux pas l'oublier.

— Valmont est déjà venu ici ?

— Bien sûr, mais ça ne date pas d'hier, la dame le prenait quand elle venait en visite. C'était il y a quoi, trois ou quatre ans ? C'était l'année où on a fait construire la terrasse. Avec le chien, elle ne pouvait pas rentrer, elle restait dehors à l'ombre des tilleuls. Je la revois comme si c'était hier, toute droite sur sa chaise, le toutou à ses pieds.

C'était à croire qu'Elvire avait tissé autour de moi une grande toile et ne cessait de la resserrer. J'interrogeai sans trop y croire :

— La dame, c'était Elvire Lefèvre, n'est-ce pas ?

— Elvire, oui, je crois bien. J'en vois passer des gens, vous savez, mais ce n'est pas un prénom courant. Et je vous dis, je n'oublie pas souvent mes patients, j'aurais dû bosser aux archives ! On papotait un peu, à cause du chien. Et souvent aussi, quand la visite était finie, elle était un peu triste et elle avait besoin d'un grand rayon de soleil pour réchauffer son cœur en berne. Ce n'est jamais facile, les visites, ici, ça peut bien se passer comme ça peut mal se dérouler. Vous êtes sa petite-fille ?

Mes yeux s'embuèrent. J'expliquai brièvement, je brûlais d'en savoir plus.

— Mais qui venait-elle voir ?

— Sa sœur ! Entre nous, une vieille dame vraiment pas commode. On se demandait bien pourquoi elle venait, l'autre ne lui parlait jamais. On l'installait sur la terrasse, Mme Lefèvre sortait des petits gâteaux et un tricot, essayait de temps à autre de lui parler mais ça s'arrêtait là. Têtue comme une mule, la sœur, d'ailleurs, elle tricotait aussi pour éviter de la regarder. Et si l'autre insistait, elle se mettait à pleurnicher pour qu'on vienne la récupérer. Ça ne me surprend pas qu'elle ait rechuté. Elle est de nouveau ici, c'est une habituée.

Mon sang se figea.

— Comment s'appelle-t-elle ?

— Ah, j'en ai dit un peu trop. On ne révèle jamais les noms de nos patients, le secret professionnel et tout le tintouin. Pour Simon, c'était un peu différent…

— Je comprends.

— Et vous, qui venez-vous voir ?

— Eugénie Martin-Fouque. Ma grand-mère.

— Ah ! Eh bien voilà !

— Voilà quoi ?

Il me regarda, l'air un peu perdu, puis reprit doucement :

— Eh bien voilà la sœur, vous saviez tout, en fait ! En même temps, j'aurais dû m'en douter, avec le chien et tout le reste. Je vous emmène ? Elle est sur la terrasse. Bon, je ne vais pas vous cacher qu'elle n'est pas encore complètement sur pied. J'imagine qu'elle est au courant pour sa sœur, mais mieux vaut éviter de lui en parler.

Mon cœur se blottit au bord de mes lèvres, j'acquiesçai sans un mot.

19

— Mamie, as-tu une sœur ?

La question voulait forcer le passage, mais je ne pouvais pas la poser comme ça. Pas de but en blanc en tout cas. J'étais dans une rage folle, comme un taureau qu'une mouche irrite, j'aurais voulu gifler tout le monde, et après tout, pourquoi pas ? Le vieux Simon ne se gênait pas ! Et finalement, il avait raison : dans la vie, tiens-toi à distance des gens, sinon ils peuvent t'atteindre. Je venais d'en faire les frais. Découvrir que sa famille s'est construite sur un mensonge est une sacrée blessure. Ma grand-mère avait une sœur, cette sœur était Elvire, et Elvire m'avait menti tout autant qu'Eugénie. J'écumais.

Sur le coup, je me contentai de suivre l'infirmier jusqu'à la terrasse. « Mamie, as-tu une sœur, mamie, as-tu une sœur ? » Mon navire chavirait à nouveau. J'étais comme une quille qu'Elvire, depuis là-haut, prenait plaisir à culbuter à la moindre occasion. Elvire et Eugénie auraient pu être amies, l'idée m'en avait effleurée, elles étaient mordues toutes les deux par la manie du tricot et l'obsession de la charité.

Mais le notaire n'aurait pas pu passer à côté de cela, n'est-ce pas ? Avait-il accès à une quelconque généalogie ? Je n'en avais aucune idée. Elvire portait son nom d'épouse, Lefèvre, Eugénie s'appelait désormais Martin-Fouque, du nom de mon grand-père Auguste et de son deuxième mari, mais Philippe, leur nom de naissance, devait bien figurer sur les documents officiels… Philippe, en même temps, ce n'était pas d'une grande aide, c'est un nom qui court les rues.

Assise sur une chaise à attendre ma grand-mère qui avait filé au petit coin en me voyant arriver, je rongeais mon frein et Valmont sa laisse. Les vignes, le vent, le soleil, tout m'agaçait. Je décrivis dans les airs de grands mouvements exaspérés pour me débarrasser d'une guêpe et réussis finalement à l'écraser avec un verre sur le coin de la table. Eugénie arriva enfin, soutenue par une infirmière trop affable. Elle ne le méritait pas. La jeune femme l'installa puis me murmura :

— Surtout ne la brusquez pas, elle est toujours terriblement fatiguée. Elle enchaîne les crises d'angoisse.

Je ravalai ma colère et lui trouvai un goût amer. Ce ne serait donc pas aujourd'hui que je la secouerais comme un prunier. Me mettre à dos le personnel soignant au moment où Eugénie m'était précieuse ne me serait d'aucune utilité. Elle semblait de toute façon bien trop perdue et misérable dans son grand fauteuil blanc, rien à voir avec la mamie hyperactive que je connaissais, ou devrais-je dire, que je ne connaissais finalement pas. Elle avait une sœur ! Et peut-être même plusieurs, tant qu'on y était ! Et mon père, dans l'histoire, que savait-il ?

Une feuille verte se posa sur la table à côté du cadavre de la guêpe. Je la déchiquetai en silence, nerveusement, avant de relever la tête. Je pris une grande inspiration, sommai ma fureur de se replier et fis tous les efforts du monde pour prendre un air aimable.

— Bonjour mamie, comment vas-tu aujourd'hui ?

Eugénie me regarda d'un air courroucé et rétorqua :

— Mal, comme tu le vois. Sinon je ne serais pas ici.

Pour une entrée en matière, c'était prometteur. Allez, Alice, on respire, on respire et on se calme. Je découpai vite fait un sourire de compassion dans un papier imaginaire que je collai sur mon visage. L'illusion était presque parfaite.

— Ma pauvre mamie. Et cela se passe bien ici ?

— La cantine est infecte.

— Ah.

— Si tu reviens me voir, tu pourrais m'apporter un de tes petits cannelés ? Tu sais, ceux du café ?

— Oui.

Ainsi donc, elle se souvenait que je travaillais au Lapin Blanc ? Moi qui pensais qu'elle était trop occupée pour s'intéresser à moi… Pour être honnête, cela me revenait, elle honnissait l'idée que sa petite-fille soit « domestique » dans un café. À l'époque, son dédain m'avait terriblement blessée, moi si fière de voler de mes propres ailes. Elle se tordait les mains, pitoyable petite dame frêle enfoncée dans de gros coussins blancs. Ma rage retomba comme un soufflé devant ce bout de femme fragile, mais mon indignation ne faiblissait pas. D'autant que, moi, j'aurais tout donné pour ne pas être fille unique. J'avais tant rêvé d'une petite sœur !

— Et ici, que fais-tu dans la journée ?

Elle émit un *pfft* désespéré.

— Des activités, du loto, du bingo, des trucs de vieux gâteux… Il paraît que ce sont de bonnes astuces pour réapprendre la patience et prendre le temps de voir les minutes s'écouler. Moi qui ai encore tant à faire avec tous les bonnets que je dois tricoter… On m'a confisqué mes aiguilles ! C'est tellement humiliant ! Il paraît que je pourrais m'en servir pour trucider mon voisin. J'avoue que ce serait tentant, il met la musique à fond, ça m'horripile !

Ses yeux s'affolèrent, ses mains furent prises de tremblements comme si elle cherchait à tricoter, envers et contre tout. D'instinct, je les attrapai pour l'apaiser. Une nouvelle guêpe se mit en tête d'asticoter Valmont qui dormait sous la table. Il bondit pour attraper l'enquiquineuse et atterrit aux pieds d'Eugénie qui ne s'était pas rendu compte de sa présence. Valmont, comme à son habitude, vint quémander une caresse. Le regard de ma grand-mère se figea. Mon cœur battait un ban comme un tambour pour une exécution. *Ratatata.* J'entendais en écho l'infirmière me demander de ne pas la brusquer, ne pas la brusquer, ne pas la brusquer.

— Tiens, tu as un chien ? Ça fait longtemps ?

Ratatata. Ne pas la brusquer, ne pas la brusquer.

— Non, quelques jours seulement.

Ratatata. Mes lèvres devaient être violettes tant je les mordais pour ne pas faillir. Ne pas la brusquer.

— Ah… Et pourquoi diable as-tu pris un chien ? À ton âge, les jeunes filles ont plutôt envie d'avoir un petit copain.

Ne pas la brusquer. Mon père ne me le pardonnerait pas si elle rechutait. Je devais tenir bon. *Ratatata.*

— Parce qu'on me l'a donné, mamie.

Elle observa Valmont, l'air songeur ; sans doute cherchait-elle à se remémorer d'où elle le connaissait.

— C'est une drôle d'idée ? Et qui ?

— Ta sœur.

Le cri du cœur. C'était sorti tout seul. Ne pas la brusquer. Trop tard. La pomme de la discorde était lancée. Mon père m'en voudrait pendant des siècles. Tant pis. *Ratatata.* Le tambour retentissait toujours dans ma tête, annonçant ma mise à mort immédiate. Eugénie me toisa en toute innocence.

— Mais enfin, tu dérailles, ma chérie, tu sais bien que je n'ai pas de sœur.

Elle osa même persifler :

— Tu le saurais, quand même !

C'en était trop : je lui pris le bras. J'écartai l'idée que l'infirmier pouvait s'être trompé, une petite voix me sifflait que je devais continuer. Je me penchai vers son oreille pour éviter l'armée des infirmières volant au secours des vieilles dames en détresse.

— Bien sûr que tu as une sœur. Elle s'appelle Elvire. C'est elle qui m'a donné son chien.

— Ah !… Elle !

Son visage s'illumina, elle ricana, puis elle se renfrogna à nouveau.

— Dieu soit loué, ce n'est pas ma sœur. C'est ma demi-sœur.

Je restai abasourdie.

— Mamie, enfin, cela veut dire que vous avez le même père ou la même mère, non ? Tu ne peux pas renier ton propre sang !

Elle ouvrit la bouche de surprise.

— Mais si, pourquoi pas ? Nous avons le même père, fort bien, je m'en serais passée. Et puisque ça a l'air de te passionner, j'ai aussi un demi-frère, Claude. Des années que je ne l'ai pas vu. Mais bon, on ne peut pas dire que nous soyons très proches.

C'était tout ? Je découvrais, à l'âge adulte, que j'avais une famille inconnue, Elvire habitait dans ma ville, fréquentait ma grand-mère, me voyait au café tous les jours, me léguait ses biens, et c'était tout ? Un vague « nous n'étions pas très proches » ?

— Mais savais-tu qu'elle me connaissait ? Lui avais-tu déjà parlé de moi ?

— Absolument pas. Nous ne nous parlons plus depuis tellement d'années ! Elle n'en vaut guère la peine, tu sais.

Et elle se mit à jouer avec son châle pour me manifester que la conversation ne l'intéressait plus. Tant d'indifférence me glaça le sang. Je ne contrôlais plus rien, je jetai aux orties les recommandations du personnel soignant, j'y aurais bien jeté ma grand-mère avec, histoire de la sortir une bonne fois de sa léthargie nombriliste.

— Mamie, Elvire nous a quittés, je la connaissais,

elle venait tous les jours à mon café ! Elle devait forcément savoir que j'étais de sa famille ! Pourquoi n'étais-tu pas à son enterrement ?

Je parlais trop fort, tout se mélangeait. La froideur de ma grand-mère me stupéfia.

— Mais parce que je n'étais pas au courant… Elvire était âgée, c'est la vie, tu sais. Les vieux s'en vont, les jeunes restent. Et puis, sa famille, sa famille, c'est un bien grand mot ! Une famille, c'est quelqu'un que tu vois et qui tient à toi. Elvire était ma demi-sœur. Un peu de sang en commun mais aucune affection. Les gènes ne suffisent pas à commander l'amour, tu sais, j'étais bien plus proche de la sœur de ton grand-père. Elvire et moi, on avait le même père et ça s'arrêtait là. Cela fait belle lurette que je ne souhaite plus aller au-delà.

Je ravalai mes larmes pour cacher ma colère aux autres patients. De toute façon, Eugénie ne semblait pas plus émue que cela. L'effet de ses médicaments peut-être ? Soudain, ses yeux se perdirent dans le vague. Elle se mit à parler à voix haute en pinçant les lèvres, les yeux vagabondant sur les hauteurs des vignes.

— Elvire était une ratée. On ne t'en a jamais parlé parce qu'elle n'a pas d'intérêt et qu'on ne la voulait pas en exemple pour toi. Ni pour ton père, tu imagines. Que veux-tu ? Sa vie est une succession d'échecs. Je crois qu'elle ne s'est jamais remise de la perte de sa mère quand elle était petite, ni que son père épouse la mienne et lui fasse un enfant. Moi… Ma mère l'a élevée, a tout donné pour elle, mais a reçu bien peu en retour. Son frère était plus tendre et plus facile à dompter. Et puis Aurore… Une si jolie petite fille… Dommage qu'elle ait eu un pied-bot. Entre nous, son père en faisait une maladie, l'idée d'avoir une fille avec un pied comme un sabot lui était odieuse. Pour l'image. Mais bon, elle a mal tourné. Quand on a une mère incapable, que veux-tu ? Elle était maigre comme une brindille, on aurait pu la faire passer par le chas d'une aiguille. Et renfermée avec ça… Mais je l'aimais, cette gosse, et ma mère, elle l'aimait comme sa propre petite-fille… Elle ne s'en est jamais remise. Ça a fini par l'emporter. Je crois que ça l'a tuée. Après cela, je n'ai plus voulu revoir Elvire. Jamais.

— Mais elle est venue te voir ici, il y a quatre ans, l'infirmier me l'a dit !

— Sans doute. Mais moi je ne lui avais rien demandé. Je n'avais rien à lui dire.

Ma tête était en ébullition. J'étais le dindon de la farce, coincée entre deux vieilles dames qui s'étaient bien moquées de moi. Qu'était venue faire Elvire dans mon café ? Le fruit d'un heureux hasard ? Je n'y croyais pas. Pourquoi ne m'avoir rien dit ? Avait-elle peur qu'à mon tour je la raie de ma vie, exactement comme ma grand-mère ? C'était donc ça, ce qu'Elvire voulait dire par « tu n'as pas besoin de tout comprendre ». Elle savait, évidemment qu'elle savait tout mais n'avait pas souhaité en parler. Parce que c'était elle, parce que c'était moi. Elle voulait que je l'aime pour ce qu'elle était et non par loyauté familiale : dès lors, j'aurais été obligée d'être polie, serviable, de l'aimer un peu ou, au contraire, peut-être l'aurais-je rejetée comme les autres l'avaient fait.

— Mais enfin, mamie, que s'est-il passé ?

Cette fois-ci, j'avais crié. Les gens se retournèrent, Eugénie s'extirpa de sa torpeur, me regarda et se mit à pleurer en se tordant les mains et en bafouillant :

— Morte, morte, mais comment ?

L'infirmière accourut pour l'apaiser et la dorloter comme un bébé en me jetant un regard mauvais.

— Que s'est-il passé ? Je vous avais dit qu'elle était très fragile !

Elle emmena Eugénie sans un mot de plus et je me retrouvai seule sur la terrasse, le chien à mes pieds qui battait benoîtement de la queue, très satisfait. En voilà un qui aimait tout le monde, un bel exemple d'humanité, c'en était presque réconfortant dans cette famille brisée. Je me noyai dans la contemplation des vignes jusqu'à m'en saouler. J'aurais aimé perdre la tête moi aussi, être cajolée, chouchoutée et m'échapper de cette étrange réalité. J'aperçus de loin Jérôme, l'infirmier, qui s'approcha et me lâcha tout bas :

— Je vous avais dit que ce ne serait pas facile. Il lui faudra du temps, elle se met la barre trop haut, votre grand-mère. J'espère que vous ne lui avez pas trop parlé de la mort de sa sœur, elle est encore terriblement fragile.

Je lui adressai un pâle sourire.

— Mais non, rassurez-vous, tout s'est bien passé.

20

Le temps filait comme un éclair entre le café, la BU, les soirées avec Charles et quelques nuits aussi. Je n'osais pas me lancer ni saisir son trousseau de clés. Charles m'écoutait sans me juger et m'invitait surtout à ne pas remuer le passé.

— Alice, ne ternis pas ton souvenir d'Elvire. Qu'elle ait su ou non n'a aucune importance, elle n'est plus là pour te le confirmer.

— Mais ça ne peut pas être une coïncidence ! Une femme débarque dans ma vie, me convainc de l'aimer, me lègue tous ses biens et je découvre qu'elle est ma grand-tante !

— Peu importe, le passé des autres est un boulet à ton pied. Pense à ton avenir, c'est ce qu'elle voulait, et c'est la raison pour laquelle elle t'a cédé ses économies. Elle voulait que tu réussisses tes études.

Charles n'avait-il donc aucune curiosité ? Je ne faisais que me heurter à des questions qui restaient sans réponse. Chaque nouvelle porte ouvrait sur un nouveau mystère. C'était plus facile pour lui qui ne vivait cela qu'à distance. De manière pragmatique, juridique. J'en avais les tripes tellement retournées que je n'avais pas encore eu le courage de parler à mon père, me contentant d'un message laconique pour l'informer de ma visite à La Vallière. J'étais trop en colère et il se serait contenté de m'encourager à bosser un hypothétique oral. Ce que j'ai fait, faute de mieux.

Le café devenait mon refuge, les gens bien vivants qui y prenaient le thé me rassuraient. Rosie et Éliane furent estomaquées d'apprendre toute cette histoire et firent leurs meilleurs efforts pour me rendre le sourire. Elles illuminaient mes journées de leurs rires légers comme des bulles. J'aurais voulu me joindre à elles pour pouffer, chanter et célébrer la vie. Je craignais que la nuit ne tombe trop tôt sur leurs cœurs facétieux. Je m'attachais trop aux clients, je m'en rendais compte maintenant. Comme tout le monde, elles avaient adopté Valmont qui venait se blottir à leurs pieds dès qu'elles montraient le bout du nez. Rosie en était folle. Il passait ses journées au café, de temps en temps la nuit, ce n'était pas bien dérangeant car il restait très peu seul, je le récupérais le week-end et le ramenais le lundi.

Un matin, le téléphone sonna. Christine me passa le combiné.

— Saint-Vincent-de-Paul. C'est pour toi.

Je m'y attendais, je leur avais donné moi-même le numéro du café. Le carton de layettes et la valise contenant les robes d'Elvire encombraient ma chambre. Un homme à la voix ridée prit la parole.

— Alice Martin ? Vous nous avez laissé un message au sujet des layettes de Mme Lefèvre.

— Oui, c'est bien cela. Quand pourriez-vous passer les récupérer ? Je suis très occupée, mais il y a quelqu'un au café toute la journée.

— Eh bien parfait, nous passerons vendredi.

— Merci.

Un silence se fit. La voix semblait hésiter.

— Vous savez, nous sommes tous bien tristes. Elvire était la meilleure d'entre nous. Côté tricot mais pas seulement ! Quelle générosité ! Elle nous manquera…

— J'ignorais qu'elle faisait tout cela pour vous. Elle nous parlait de ses petits-enfants, nous croyions que tout était pour eux.

Les grelots de la porte d'entrée ne cessaient de tinter, je voyais Christine s'agiter, me jetant des regards pressants. Je fis mine de ne rien voir et continuai ma discussion. La voix au bout du fil reprit :

— Cela ne m'étonne pas, Elvire n'était pas du genre à se raconter. Vous savez, je vois ici des gens qui n'ont rien, d'autres qui ont tout, je vois des vrais généreux et j'en vois beaucoup de faux, je vois ceux qui sont là pour faire le bien et ceux qui ont toujours oublié leur porte-monnaie. Il y a aussi des personnes tellement blessées qu'elles ne supportent pas qu'on puisse les remercier. Elles sont persuadées de ne rien mériter. Elvire était de celles-ci. Elle donnait tout mais ne souhaitait pas en parler. Sa générosité la libérait d'une dette qu'elle portait. Je sais lire les âmes, croyez-moi, mon flair me trompe rarement…

On l'interrompit. Il s'excusa puis raccrocha, me laissant seule face à mon équation à plusieurs inconnues. Moi qui ai toujours détesté les maths... Christine surgit et murmura :

— S'il te plaît, Alice, j'ai besoin de toi.

— Oui, excuse-moi. Est-ce que cela t'embête si Saint-Vincent-de-Paul passe récupérer un carton et une valise vendredi ? Je ne suis pas de service mais si tu veux bien, je les laisserai dans la cuisine.

Elle soupira. Je fis comme si je n'avais pas entendu. Sophie, la rousse toujours parfaite, s'engouffra avec ses trois têtes blondes. J'avais oublié qu'on était mercredi. Leur présence bruyante me revigora, les garçons riaient, virevoltaient, le petit aux yeux de ciel lécha même un peu la vitrine, la vie m'enlaça pour me remettre dans le droit chemin. Le plus grand se jeta sur le chien.

— Oh maman, qu'il est mignon ! Je l'aime tant, Valmont !

— Oui, mon chéri, je sais.

— Mais tu avais promis ! Tu avais promis que quand on aurait un jardin, on pourrait avoir un chien !

— Oui, mon cœur, on en reparlera tous ensemble, de toute façon Valmont est le chien de Christine.

L'intéressée sursauta.

— Pas du tout, je l'ai pris en pension. Mais je crois qu'Alice serait ravie de lui trouver une famille. Un vrai toit, je veux dire !

— Maman, maman, dis oui !

— Dites non, l'interrompit Rosie, l'air paniqué.

Les chiens… sont très mauvais pour les allergies, ajouta-t-elle pour se justifier.

Les trois angelots l'ignorèrent en sautillant à qui mieux mieux autour de leur mère. Elle sourit mais ne répondit rien. Ils achetèrent des chouquettes et repartirent dans un vent de supplications : « Maman, maman, dis oui ! »

La porte n'eut pas le temps de se refermer qu'une cliente entra. Le coucou lança un petit cri paniqué. Il était déjà midi, la journée filait. J'étais en cuisine à sortir du four les cannelés, mais j'entendis Christine la saluer. Son « bienvenue » annonçait un visage inconnu. De retour en salle, je fus stupéfaite de découvrir Pénélope. Voilà qui ne présageait rien de bon.

Elle s'installa sur une banquette à côté de nos amies chapeautées. Sans piper mot, Éliane et Rosie se mirent à l'observer avec la discrétion de Dupond et Dupont. Je lui apportai la carte avec un sourire timide, elle commanda un thé au miel sans même la regarder. Je fis les gros yeux aux deux voisines peu discrètes qui se passionnèrent subitement pour leur tasse. Pénélope me dévisageait en coin, quelque chose clochait. Je revins enfin et posai délicatement une théière et une tasse sur la table devant elle.

— Je suis bien heureuse de vous revoir, ma chère Alice. Je passais justement dans le coin. Le mercredi matin, j'ai pilates juste à côté.

Elle avait parlé trop vite, sa voix était mal assurée, sa main tremblait légèrement. Une odeur de vernis emplit mes narines. Elle venait aussi de se faire faire les ongles.

— Le plaisir est partagé.

— Je voulais vous dire… Nous avons beaucoup apprécié votre visite de l'autre soir, et Jean était heureux de vous aider. C'est un homme de devoir, il sait se comporter, toujours poli et aimable, vous aurez remarqué. Il ne vous aurait pas laissé dans le pétrin qu'Elvire vous a légué. Mais gardez-le en dehors de tout cela, je vous en prie. C'est un vieil homme. Il est revenu terriblement fatigué de cette journée à tout ranger…

— C'est lui qui nous avait proposé son aide.

— Je sais, je sais. Jean est un homme bon, je ne veux pas le perdre, et sa visite chez Elvire lui a fait beaucoup de mal. Et je ne vous parle même pas de la nuit qu'il a passée après le petit apéritif de l'autre soir… Il ne souhaite pas parler de sa fille. Ne le rappelez plus.

— Mais s'il me rappelle, lui ? Je crois qu'il a besoin de fermer la parenthèse de cette partie de sa vie.

Je fuis son regard. Jean était une pièce maîtresse de mon puzzle, il était hors de question que je renonce à lui. Je préférai ne pas parler à Pénélope de mes dernières découvertes, elle n'était manifestement pas dans mon camp. Elle toussota et reprit d'une voix cette fois-ci très sèche :

— Vous ne semblez pas comprendre. Elvire a commis des erreurs impardonnables… Sans elle, Aurore serait encore vivante.

— Pardon ?

Pénélope tordit ses lèvres trop rouges d'une manière inquiétante et siffla le plus bas possible :

— Tout à fait. Elvire était une incapable, même pas fichue de s'occuper de son enfant ! Tout est sa faute.

Votre visite a fait ressurgir un passé douloureux. Jean en a bavé, il a gardé sa femme par conviction, parce que c'est un homme d'honneur, alors qu'elle s'enfonçait et qu'elle le dégoûtait. Et qu'elle… qu'elle… Qu'importe. Il a droit au bonheur ! J'essaie depuis tant d'années de lui faire oublier cette sorcière qui l'a brisé, ne venez pas tout foutre en l'air avec vos grands principes. Je ferai tout pour l'éloigner de vous.

Elle avait haussé le ton. Alarmée, Christine sortit de la cuisine. Je lui fis un signe pour la rassurer mais elle resta postée dans l'embrasure de la porte à nous observer. Pénélope lui sourit faussement avec toute la grâce du monde, puis elle sortit prestement un billet de dix euros qu'elle jeta sur la table et fila, laissant derrière elle une traînée de parfum capiteux.

— Attendez, c'est beaucoup trop !

La porte claqua. Rosie se boucha le nez.

— Eh bien, en voilà une qui est tombée dans un flacon d'eau de Cologne quand elle était petite ! Il faudrait lui dire que ce n'est pas avec du vinaigre qu'on garde une mouche chez soi.

Éliane s'étouffa dans sa tasse de thé.

— Ma chère, je vous trouve parfaitement détestable. Alice, qui était donc cette charmante personne ?

— Pénélope, la nouvelle femme de Jean, l'ex-mari d'Elvire.

— Ah !

Les deux vieilles dames me jetèrent un regard gourmand.

— Et elle est boulangère ? demanda Éliane d'un ton faussement naïf.

— Non pas du tout, répondis-je, pourquoi ?

— Parce qu'elle était drôlement enfarinée !

Les deux commères pouffèrent encore. Rosie attrapa une rose blanche dans le soliflore de leur table et susurra d'un air mystérieux :

— Rien ne sert de cacher la pâleur de la rose sous une couche de rouge ! La vérité, c'est ce qu'il y a de mieux !

Et mes deux zinzins se mirent subitement à chanter :

— Peignons les roses en rouge, en rouge, en rouge ! Allez Alice, viens peindre avec nous, la Reine de Cœur ne nous voit pas ! On masque toujours mieux la réalité sous une bonne couche de peinture !

Je crois qu'elles venaient d'enterrer leur bon sens. Rosie sortit de son sac son poudrier et voulut m'en tartiner le bout du nez. Christine surgit à nouveau et lâcha un soupir devant les frasques de ces excentriques. Elle m'entraîna par le bras.

— Alice, s'il te plaît, je comprends que cette femme est liée à Elvire, mais quand tu viens travailler ici, laisse tes soucis au vestiaire, je t'en prie. Je sais que tu n'y es pour rien, mais fais un effort.

Je baissai le nez et travaillai d'arrache-pied jusqu'à la fin de mon service. En partant, mes chapeautées me tapotèrent le dos avec malice et tendresse. Rosie m'effleura l'oreille de son turban et murmura :

— Allons allons, petite, cesse de vivre la tête dans les étoiles. Elles ont beau briller, autour d'elles il fait bien sombre. Le soleil, il n'y a que ça de vrai. Tu auras toute la mort pour aimer l'obscurité. Et crois-moi, tu ne devrais pas être aussi pressée. Si déplaisante que soit cette pimbêche maquillée, écoute-la et oublie tout ça…

Le soir, Charles me proposa de le rejoindre pour dîner. Je déclinai, je le sentis peiné, mais je prétextai beaucoup de travail à rattraper. Cependant, au lieu d'étudier, j'errai dans les rues en regardant les étoiles. Elles rirent jaune en voyant mes yeux tristes et se moquèrent de moi. Quand on en arrive là, mieux vaut aller se coucher.

21

J'avais agi exactement comme Charles l'avait prédit. Comme quoi j'étais aussi prévisible qu'un ciel bleu en Provence. Je ne retournai pas vider la chambre d'Elvire. Sans doute ne sentait-elle plus le pipi de chien depuis le départ de Valmont, mais la perspective d'un tête-à-tête avec Dolores ne m'enchantait guère. Seulement voilà, au bout d'une quinzaine de jours, la patience de la bonne dame était usée jusqu'à la corde. Sa voix aigre vint polluer mon répondeur. « Dites donc la petite demoiselle, faudrait quand même avancer ! Après tout, c'est à vous, toutes ces affaires, je vais pas tout faire pour vous, et puis bon, Elvire ne payait pas de loyer, on avait un accord, mais maintenant j'aimerais bien louer. »

Le message était clair comme de l'eau de roche et gris comme son gilet serpillière. Elle se sentit obligée d'en rajouter une couche. « Mais v'nez pas avec l'autre, surtout. Le petit gars à lunettes, ça passe, mais pas le Jean, il me file des boutons celui-là. »

Le samedi suivant, Charles et moi sonnions au 43, rue de la Paix, flanqués de Valmont qui ne se fendit pas d'un battement de queue devant la souillon. La ruelle semblait endormie mais la maison hurlait une musique à plein volume. Samedi 9 heures, sympa pour les voisins.

— Le *Requiem* de Mozart, sombre, sublime, époustouflant, me souffla Charles.

Le portail était toujours aussi encombré. Dolores ne sortait-elle jamais ? Espérait-elle vraiment louer un endroit aussi minable ? On eut beau sonner, la musique étouffait tout. Par les carreaux de la fenêtre, on vit passer la cendrillon avec un grand balai, assourdie par sa chorale. Un bon coup de pied eut raison du portail qui s'ouvrit en gémissant, accrochant au passage le pantalon de Charles. Dans la cour, un rosier blanc avait fleuri. La porte s'ouvrit enfin sur un visage tranchant comme une lame.

Le chaos régnait toujours dans la chambre. Je soupirai de découragement mais Charles retroussa ses manches vaillamment.

— Allez, au boulot. Je vois mal comment on finira aujourd'hui, mais quand faut y aller, faut y aller.

Dolores jouait la mouche du coche autour de nous.

— C'est bien de ne pas être venus avec l'autre, lâcha-t-elle sèchement.

— L'autre nous a aidés et je l'en remercie, répondis-je tout aussi brusquement.

On ne pouvait pas en dire autant d'elle qui glapissait inutilement à nos côtés. Charles rit sous cape. Elle haussa les épaules et se remit à pérorer.

— Elvire m'avait parlé d'vous. Elle vous aimait

bien, vous savez. Et je m'dis qu'vous aussi, vous deviez tenir à elle, sinon elle vous aurait pas tout laissé. L'était pas folle tout de même. Faut dire que vous ressemblez un peu à sa gamine.

— Vous avait-elle dit que nous étions de la même famille ?

Elle en laissa tomber un pot de roses séchées qu'elle avait pris en main.

— Vrai ? Ben ça alors… Non, elle savait peut-être pas…

— Elvire ne vous a jamais dit qu'elle avait une sœur ?

Dolores planta son regard terne dans le mien.

— Évidemment que si, Elvire, je la connaissais depuis qu'on était minotes, pour sûr que je savais…

— Elles ne se voyaient plus ?

— Pécaïre, non, pas depuis un bon paquet d'années ! Et elle en parlait jamais. C'était une belle chouinarde, l'Eugénie, toujours prête à se moucher dans les jupes de sa mère, et celle-là, elle avait la main facile quand il s'agissait d'Elvire. Elle la rabaissait tout le temps… « Comme t'es bêtasse, comme tu lambines, tu feras pas d'études, qu'est-ce qu'on va faire de toi ? Heureusement que t'es pas laide, on pourra toujours te marier… » Faut pas croire, Elvire, elle était tout sauf sotte. C'est bien ce qui la gênait, la Blanche, elle avait le cœur noir comme du charbon. On comprend mieux pourquoi Elvire s'est jetée dans les bras du Jean.

Elle me transperça de ses petits yeux, comme prise d'une illumination.

— Mais du coup tu viens d'où, toi, d'Eugénie ?

Ben ça, c'est quand même une sacrée nouvelle ! C'est pour ça que t'as comme un air avec sa petiote, enfin, c'te gamine, elle était d'une beauté, c'était autre chose, quand même ! Tiens, jette un œil pour voir.

Charmant ! Et elle me tutoyait comme une copine, maintenant ! Charles détourna le visage pour ne pas montrer qu'il riait de ma fureur. Dolores me tira vers l'un des pêle-mêle et décrocha un portrait d'Aurore en noir et blanc. L'adolescente souriait timidement à l'objectif, j'avais du mal à reconnaître quoi que ce soit de moi dans ce visage à la beauté anxieuse. Charles approuva.

— C'est vrai, oui, il y a bien quelque chose.

Dolores avait ramassé les roses et les repiquait une à une dans le support en mousse.

— Dis, je peux garder les fleurs séchées ?

— Je vous en prie.

— C'est un souvenir d'Elvire. Elle aimait bien les roses. Surtout les blanches. Elles sont belles mais on s'y pique le doigt. Et ce bouquet, elle était arrivée avec ici. Elle l'a toujours eu.

Elles auraient de toute façon fini à la poubelle, je n'allais pas garder toutes ces horreurs. Dolores s'était replongée dans la contemplation de la photo. Elle murmura :

— Pauvre enfant, pauvre pauvre petite fille…

Elle lui caressa la joue d'un air attendri, je frissonnai malgré moi. Subitement, elle fit un grand geste vers le pêle-mêle.

— Tout ça, c'était du flan, tu sais ! La famille heureuse, les jolis sourires, ça n'existait pas ! Je connaissais

Elvire avant le Jean, j'sais comme elle était vraiment. Méfie-toi des roses, gamine, elles sont belles mais elles piquent. Méfie-toi des roses et méfie-toi des hommes, dit-elle en baissant la voix et en me montrant Charles du coin de l'œil, ils ne savent que blesser.

Elle m'attrapa le poignet et le serra vivement ; effrayée, je reculai et me pris les pieds dans la table de couture. Je tombai à la renverse dans un panier de pelotes et d'aiguilles qui me piquèrent les fesses. Je crus m'évanouir. Charles écarta Dolores.

— Merci madame, nous préférerions continuer seuls. Je vous demande de nous laisser.

Elle sursauta comme si elle se réveillait d'une transe, puis s'enfuit brusquement en bafouillant des propos inaudibles. Une porte claqua et des sanglots lugubres s'élevèrent. On aurait pu croire à une chouette qui hululait. Charles m'aida à me relever, je me serrai un instant contre lui puis traversai le couloir sur la pointe des pieds pour écouter. Elle balbutiait entre ses larmes : « Pauvre enfant, ma pauvre enfant, je t'aimais tant… » Puis des centaines de choristes se remirent à hurler le *Requiem* de Mozart.

Je retournai chez Elvire et fermai la porte pour mieux nous protéger. Cette femme me glaçait. Charles m'enlaça, me frotta le dos, et tenta d'écarter mes craintes.

— Elle est complètement folle, je sais que tu as une imagination débordante, mais ne lui accorde aucun crédit.

Je me retournai vers la galerie de visages souriants punaisés sur les tableaux de liège, y cherchant vainement un visage familier, Eugénie, mon père, mon arrière-grand-mère ? Je m'arrêtai sur la photo d'Elvire en blouse parmi ses compagnes d'atelier. Elle était si jeune !

— Charles, viens voir, là, ce visage ! On dirait Dolores, avec quelques années de moins.

Une grande bringue au visage chevalin se tenait derrière les autres. Elle fixait l'objectif sans un sourire. C'était elle, j'en étais sûre.

— Elles étaient donc collègues d'atelier. Pourquoi Elvire ne versait-elle aucun loyer à Dolores ?

— Aucune idée.

En quête d'un autre indice, je parcourus les dizaines de vieux clichés. Ici, la même jeune femme tenait une petite fille par la main. Dolores et Aurore. Les deux souriaient, en maillot de bain. Charles me sortit de ma rêverie en me tendant un carton.

— Cesse d'élucubrer. Rangeons, cela t'occupera l'esprit. On a du pain sur la planche. Regarde, dans le placard, il y a encore toutes les chaussures à vider.

Je me plongeai dans la penderie et y retrouvai la boîte de rouges à lèvres que je versai à contrecœur dans le carton. Chanel ou pas, à quoi bon les conserver ? Ils rejoindraient mes prochains dons à Saint-Vincent-de-Paul. J'y glissai ensuite les paires d'escarpins encore utilisables. Elvire faisait du 35, dommage, j'en aurais bien gardé pour moi. Comment une femme aussi élégante pouvait-elle vivre dans ce taudis miteux ? J'attaquai les boîtes à chaussures encore endormies au fond du placard. Des souliers, des souliers et encore des souliers. J'ouvrais, je jetais ou je mettais de côté. Dans une boîte, je trouvai une grande enveloppe renvoyée à l'expéditeur pour cause de changement d'adresse. Je frémis.

N'HABITE PAS
À L'ADRESSE
INDIQUÉE

Eugénie Martin-Fouque
155, route des Pinchinats
13100 Aix-en-Provence

Mon cœur s'accéléra, le pli datait d'il y a plus d'un an. Je rassemblai mes souvenirs. Après la mort prématurée de mon grand-père, Eugénie s'était remariée, mais elle avait voulu conserver le patronyme Martin pour porter le nom de son fils. Edgar Fouque, son second mari, était un homme avenant. Je l'avais aimé comme un grand-père. Après son décès, Eugénie s'était jetée à corps perdu dans les bonnes œuvres et avait fini à La Vallière pour un premier séjour. Comment Elvire l'avait su, je n'en avais aucune idée… Trois ans s'étaient écoulés entre La Vallière et cette lettre. Seulement voilà, entre-temps, Eugénie avait troqué sa grande maison à la campagne contre un appartement en ville pour se sentir moins seule. Le courrier n'avait dû suivre que les premiers mois et Eugénie n'avait pas souhaité être inscrite dans l'annuaire. La lettre était arrivée trop tard.

Je tâtai l'enveloppe blanche qui était toujours bien fermée. On y sentait comme une petite épaisseur rectangulaire.

— Apporte cette lettre à ta grand-mère, me suggéra

Charles que je n'avais pas entendu approcher. C'est une belle occasion de retourner la voir, non ?

— Je ne sais pas, elle est au fond du trou et sa sœur ne l'inspire pas beaucoup.

Je rangeai l'enveloppe dans mon sac à dos. Charles était terriblement scrupuleux, il n'aurait jamais ouvert un courrier qui ne lui était pas destiné. Devant lui, je n'osai pas. J'aurais dû mais je ne le fis pas. J'attrapai en soupirant, tout au fond de l'armoire, un dernier petit carton soigneusement fermé par des élastiques. Charles était parti jeter un sac à la poubelle. J'ouvris. Mon cœur faillit s'arrêter net. Deux portefeuilles, quelques pochettes, une banane en vieux cuir souple, cinq, six, sept en tout, que sais-je, une rose blanche séchée, des gélules colorées et de l'herbe finement coupée dans un sachet, on aurait dit du foin. J'avais beau être naïve, j'avais ma petite idée de ce que c'était. Pas des bonbons pour Saint-Vincent-de-Paul. Ma tête tambourinait et me hurlait de refermer la boîte, là, maintenant, tout de suite… Je fis la sourde oreille et saisis le premier portefeuille. Il était épais, bien nourri et me livra une carte d'étudiant écornée. Ma poitrine manqua d'exploser quand je reconnus le type de la boîte. À côté, il y avait un joli paquet de billets. Et dans la poche à gousset destinée à la petite monnaie, des cachets de toutes les couleurs, à cœur, à smiley, à papillon bleu, mignons à croquer. On leur aurait donné le Bon Dieu sans confession. La banane en cuir me murmura le même secret. La dextérité d'Elvire était à la hauteur des récits de Jean. La petite vieille aux mille tours de passe-passe, capable de vider les poches des caïds à leur insu. La *nonna*… Ma tête se mit à tourner, mes mains à trembler, je versai sans réfléchir le contenu de la boîte dans mon sac à dos. J'avais très chaud d'un coup. Charles réapparut.

— Ça va ? Tu es pâle comme la mort.

— Je… je ne me sens pas bien, le manque d'air et de lumière peut-être et toute cette musique qui me tape sur la tête… Je crois que je vais rentrer.

— Tu ne veux pas déjeuner ?

— Non. Je… je vais réviser. Je t'appelle pour le dîner ?

Je rentrai en courant, comme une voleuse craignant d'être prise sur le fait. Techniquement, je n'avais rien dérobé, tout m'appartenait, mais cette boîte et son contenu sentaient le soufre à plein nez. Je grimpai les escaliers, mes tempes palpitaient toujours. Encore essoufflée, je jetai le tout au fond de mon placard, la banane, les cachets et même la grande enveloppe, et fermai la porte à clé. Charles ne devait rien savoir. Je ne pouvais pas dire pourquoi, mais j'en étais persuadée. La situation me glissait entre les doigts, et mes prochaines idées lui déplairaient. L'image du scooter noir me hantait. Elvire avait-elle vraiment eu un accident ? Et à quoi jouait Jean ? Et même Pénélope qui se mêlait benoîtement de venir le protéger… Que cherchait-elle à cacher ?

22

Ma Gigi,

Aujourd'hui, je suis venue mais tu ne m'as pas vue. Comme la dernière fois et comme la prochaine. On ne saurait faire boire un âne qui n'a pas soif. Je reviendrai, tu sais, tant que je n'aurai pas rendu le cimetière bossu, je reviendrai et je t'écrirai. Je refuse de partir sans t'avoir tout expliqué.

Tu te demandes peut-être comment j'ai su te retrouver dans ta maison de repos ? Par Angèle, de ton groupe de tricot. Si tu avais eu la curiosité de lui parler de sa jeunesse, tu aurais appris qu'elle et moi, on avait usé nos fonds de culotte sur les bancs de l'atelier. Si tu avais pris une minute pour partager un café avec elle, tu saurais qu'elle n'en a plus pour longtemps. Cancer de l'utérus. Même si, à son âge, elle n'en a plus besoin, ça ne pardonne pas.

Écoute, petite sœur, je ne vais pas te mentir, j'ai beau avoir fait une croix il y a bien longtemps sur ton affection, ça m'a fait quelque chose de te savoir là-bas. Je crois que c'est pour cela que j'ai eu cette urgence de vouloir tout te dire. La Vallière... Je connais bien cette bastide joufflue, léchée par les vignes. Elle est pour moi plus triste qu'un été sans soleil. Elle a planté ses griffes dans mon âme et y a laissé la cicatrice d'un temps où l'irréparable ne semblait pas possible.

Parce que vous n'avez jamais vu en moi qu'une écervelée incapable d'élever son enfant, je suis venue te dire à quel point je l'aimais. Ma fille. Je t'ai déjà parlé de la passion, cette histoire charnelle et sensuelle, comme Jean et moi à nos débuts. Je te parle maintenant de l'Amour avec un grand A, celui qui ne passe pas, qui ne s'éteint jamais, celui qui fait mal tant il peut angoisser, celui qui existe avant que l'enfant naisse et qui est plus fort que la mort. Celui sans lequel la vie jamais ne sera rien. Celui que, j'ose l'espérer, tu as connu auprès de ton fils, même si j'en doute parfois tant je te vois engoncée dans ce corset de principes qui toujours t'asphyxie. Les émotions ne sont pas toxiques, mais ce n'est pas ta faute, on ne t'a jamais appris à leur ouvrir la porte.

Avec Jean, les nuits ont toujours été blanches. D'abord à cause de nos corps éreintés, puis, peu à peu, elles ont été envahies de pensées angoissées. Il était si parfait, mais j'étais chiffonnée par ce je-ne-sais-quoi qui grippait. Tout le monde me l'enviait. Je me souviens de cette amie qui m'avait appelée après un dîner. « Comme ton mari est charmant, élégant ! » Je lui avais naïvement demandé de quoi ils avaient parlé. Mais de lui, bien sûr, de son entreprise, de son succès ! Je ne parvenais décidément pas à être à la hauteur.

Heureusement, le jour renaît toujours après une nuit sans lune… Aurore, cette merveille rose et potelée, m'a jeté de la poudre aux yeux dès son premier regard. Je n'ai pas voulu voir la déception de son père face à son pied difforme. J'ai fait comme si j'ignorais son dédain quand je me rapprochais d'elle chaque jour davantage. Cette bulle d'ivresse que j'avais créée autour de mon époux et qui prenait l'eau, je l'ai reformée autour de ma fille. Parce que nous étions deux pour affronter la vie, j'ai eu la faiblesse de nous croire invincibles. C'était oublier la force du Malin qui sape les fondations les plus profondes, celles que personne ne voit mais qui ébranlent tout. L'amour pour un enfant met des œillères, même aux intelligents. J'encaissais en silence, le sourire sur mes lèvres rouges pour ne pas lui déplaire, je voyais ma fille et j'oubliais le reste, et les jours de chagrin, je trouvais toujours un câlin dans les plis de son cou. Je n'ai pas voulu voir qu'elle absorbait aussi tout ce que j'acceptais sans broncher, par souci de la protéger. J'aurais donné ma vie pour elle, mais elle m'a devancée, et la seule raison pour laquelle je lui ai survécu est que j'ai voulu vivre pour qu'on ne l'oublie pas…

La Vallière… Tant de souvenirs. Toi dont le fils a toujours été parfaitement lisse et ennuyeux, sais-tu ce que c'est de voir son enfant éclore puis se refermer comme une fleur rongée par les pucerons ? J'avais beau mentir et cacher ce que je vivais, Aurore voyait tout, Aurore savait tout, Aurore maigrissait, fumait, que sais-je encore ? Aurore disparaissait. Je m'enfonçais de la voir si mal et mon tourment l'achevait. On a fini par l'hospitaliser.

À La Vallière, personne d'autre n'est venu que moi, pas même son père, si ce n'est une ou deux fois. Rien n'a changé depuis, tu sais. J'ai retrouvé le petit mur des souhaits, le santon de Cézanne, et même un ancien infirmier qui a le ciboulot un peu esquinté. Il a beau être joliment fada, il a eu le mérite de se souvenir de moi. Valmont a gratifié le mur d'un pipi joyeux, ça fait du bien, tant d'insouciance !

Allez va, je te laisse, c'est assez pour mon cœur fatigué. Aujourd'hui, je suis venue mais tu ne m'as pas vue. Fallait vraiment le vouloir, tout de même, j'étais à côté de toi ! Tu détournais les yeux. Je reviendrai. J'ai passé vingt ans à enlever la paille de mon œil et je compte bien maintenant enlever la poutre du tien.

Je t'embrasse, mon Eugénie, même si tu n'en as guère envie.

Elvire

23

Et c'est là que, sans crier gare, ma mère a débarqué. Elle se faisait un sang d'encre, je l'évitais depuis longtemps, me contentant de coups de fil brefs et trop enjoués ou de laconiques messages qui sentaient le mensonge à plein nez.

Tout va super, peux pas répondre, suis à la BU.

Mais une mère sait toujours voir l'ombre qui menace sous l'arbre en fleur d'un beau dessin d'enfant. Parce qu'elle ne croit rien de ce qu'elle voit et ne se fie qu'à ce qu'elle perçoit. Être maman est un vrai sacerdoce. Ma mère fit donc irruption dans mes mensonges pour mieux se prouver qu'elle avait vu juste. Elle ne fut pas déçue.

Je fis déborder le café que je servais quand je la vis pousser la porte du Lapin Blanc. Elle me jeta un rire innocent, s'installa sur un pouf et attendit sagement.

— Maman, quelle surprise ! Mais qu'est-ce que tu fais là ?

Faussement naïve, elle leva les sourcils.

— Mais je suis venue voir ta grand-mère, bien sûr ! Ton père est si inquiet ! Et le mois de mai, il n'y a pas plus jolie saison ici, la Provence me manque tant ! J'aurai ainsi l'occasion de passer quelques jours avec toi. Après tout ce que tu as vécu, je n'étais pas sûre que le moral soit bien là.

— Je me porte comme un charme, grinçai-je entre mes dents.

Elle plongea son scanner aux yeux verts au fond de mes yeux sombres. Pouvait-elle y lire tout ce que j'avais enfoui ? L'héritage, le chien, Elvire et la famille, Charles, dont je n'avais jamais parlé. En matière de cœur, j'avais toujours préféré garder mon jardin secret. Ma mère était ma mère, pas ma meilleure amie.

— Tu me sembles bien pâlotte pour quelqu'un qui vit dans le Sud. Rejoins-moi chez ta grand-mère ce soir. En son absence, j'y ai pris mes quartiers.

J'acquiesçai sans entrain et m'éclipsai pour lui préparer un thé. Valmont s'étira en bâillant, se contorsionna et vint se coucher aux pieds de ma mère en battant de la queue. Elle le gratifia également d'une caresse.

— Il vous plaît ? C'est le chien d'Alice mais il cherche une vraie famille, se hâta de dire Christine qui venait de surgir de la cuisine, sans savoir quelle auguste cliente se tenait en face d'elle.

Ma mère me jeta un regard étonné.

— Ah oui, c'est amusant !

Je rougis. Ma mère me rappelait brutalement à la réalité. Ma vie n'était pas un simulacre d'enquête, je n'étais pas Columbo, je n'avais d'ailleurs même pas d'imper ; forcément, mes enquêtes ne déboucheraient sur rien, et j'avais raté mes écrits. Je bûchais depuis des semaines sur un improbable oral et la douche froide ne cessait de se rapprocher : les résultats d'admissibilité. Nerveuse, je fis tourner du doigt l'éphéméride posée sur le comptoir. Une violente nausée me retourna le cœur. Éliane et Rosie firent irruption et s'installèrent à leur place habituelle. Maman buvait son thé en lisant *Paris Match*. J'aurais tout donné pour qu'elle aille se promener, mais elle jouait au mollusque cramponné à son rocher. Et ce qui ne devait pas arriver arriva. Midi sonna et Charles entra.

Il y eut comme un flottement.

Charles s'avança pour m'embrasser, je restai figée derrière mon comptoir, cherchant désespérément à lui faire passer un message en morse en battant des paupières. En vain. Ma mère semblait happée par un article de fond sur la princesse Diana et ses ultimes secrets. Les deux chapeautées levèrent le nez, sentant qu'il se tramait quelque chose d'amusant. Charles ne semblait pas comprendre. Christine me donna un coup de coude en me tendant le sandwich que nous lui réservions chaque jour.

— Eh bien, Alice, tu as vu un fantôme ? Charles, ta dulcinée est pétrifiée ! Tu lui fais un de ces effets !

Ma mère sursauta et ravala bien vite le sourire qui s'était dessiné au coin de ses lèvres. Elle se leva et s'approcha, tendant l'air de rien la main à Christine.

— Je ne me suis pas présentée. Je suis la mère

d'Alice. J'étais de passage et je voulais tellement voir le Lapin Blanc ! Depuis le temps qu'elle m'en parle !

Je n'étais plus là, je m'étais transformée en tomate, une grosse, bien rouge, sur le point d'exploser. Christine me dévisagea en secouant la main de ma mère. Charles tendit la sienne avec simplicité.

— Je suis Charles ! Ravi de vous rencontrer. Alice vous a sans doute parlé de moi ?

— Bien évidemment !

Ma mère aurait pu être dentiste, elle mentait comme une arracheuse de dents mais, pour cette fois, je lui en fus reconnaissante. Charles aurait été mortifié de savoir que j'avais tenu notre histoire secrète.

Ma mère minaudait, Charles badinait et Éliane et Rosie nous écoutaient caqueter avec ravissement.

— Ma pauvre Alice, décidément, le climat ne te réussit pas, s'exclama ma mère, perfide. Tu as attrapé un coup de soleil ? Charles, que diriez-vous de dîner avec nous un soir ? Demain, par exemple ?

Charles accepta avec joie. Décidément, tout m'échappait, même ma vie privée. Puis il s'excusa, « un dossier à boucler », et repartit radieux en nous souhaitant une bonne journée.

— Eh bien, je te laisse aussi, me lança ma mère, je vais faire quelques courses. Rejoins-moi ce soir, on a tant de choses à se dire !

Elle n'avait pas plus tôt claqué la porte que Christine éclata de rire.

— Quel vaudeville !

Je pliai bagage pour aller m'enfermer à la BU, seule

sphère de mon intimité encore préservée. L'odeur des livres me rassura. À 18 heures, je toquai à la porte de chez ma grand-mère. Maman m'ouvrit et me prit dans ses bras.

— Eh bien, quelle belle vie tu as ! Un amoureux, un chien ! Et tu pensais vraiment que je n'en saurais rien !

24

Je vidai enfin mon sac, j'aurais dû le faire bien avant. J'étais fille unique, cajolée, choyée, ma famille semblait tout entière concentrée sur ce que je faisais. Cela m'avait toujours pesé et je m'étais progressivement renfermée, érigeant un mur épais entre eux et ma vie privée. J'avais eu tort.

Ma mère reçut de plein fouet ce déluge d'informations. J'oubliai bien quelques détails, les portefeuilles, les cachets, le sacristain et les jurons, mensonges par omission pour lui éviter de trop se tracasser, mais l'essentiel y était. Elle m'écouta d'un air concentré.

— Je n'ai jamais entendu parler de cette Elvire ni de sa fille Aurore, dit-elle enfin. Avec ton père, nous nous sommes mariés en 1992. À notre mariage, il n'y avait pas d'autre famille. Il était enfant unique et j'ai toujours cru que sa mère l'était aussi. En revanche, maintenant que tu le dis, je me demande s'il n'a pas déjà évoqué une cousine qu'il aurait perdue.

— Vraiment ? Et que t'a-t-il raconté ?

— Tu connais ton père, les morts sont les morts, il n'en parle jamais. C'est à la limite de la superstition.

Il a perdu son propre père quand il était enfant et n'en fait jamais mention. Et puis, rappelle-toi, avec Eugénie et son second mari, ils ont longtemps vécu à l'étranger. Bien sûr, je lui poserai la question, mais ils ne devaient pas être proches, sinon je le saurais.

— J'étais de fait l'une des héritières d'Elvire.

— Oui. Tu aurais dû nous parler de tout cela, tu te serais épargnée beaucoup de soucis ! Et si j'ai bien compris, il y avait encore un autre frère, n'est-ce pas ?

— C'est ça, mais elle m'a choisie, moi, sans prendre la peine de me dire pourquoi. Je crois qu'elle voulait que je l'aime pour ce qu'elle était et non à cause d'un lien de parenté qui ne signifiait plus rien depuis bien longtemps.

— Sans doute… Mais comment est-elle arrivée jusqu'à toi ?

— Je n'en sais rien. As-tu vu mamie ?

— Cet après-midi. Le moral n'était pas au beau fixe. Toujours très agitée et angoissée. Je ne suis même pas sûre qu'elle m'ait reconnue. Si tu veux mon avis, elle n'est pas près de sortir. Sans compter que l'environnement n'est pas très propice. Quand je suis entrée, un homme à moitié fou m'a hurlé de garder mes distances !

J'éclatai de rire au souvenir du vieux Simon et de son fil.

— Maman, tu as connu mes arrière-grands-parents ?

— J'ai un peu connu Blanche, la mère d'Eugénie, et donc, si j'ai bien compris, la belle-mère d'Elvire.

Ma mère se dirigea vers la chambre de ma grand-mère et extirpa d'un placard de vieux albums de photos. Elle me les tendit avec une moue dubitative.

— J'ai trouvé cela en préparant du linge de rechange pour Eugénie. On peut toujours regarder. Bien sûr, à l'époque, on ne prenait que peu de clichés.

Côte à côte sur le canapé, nous nous mîmes toutes deux à remonter le temps. Des photos de moi en robe à smocks à Noël, ma naissance, le mariage de mes parents. Elvire n'y était pas. Les photos jaunissaient au fil des années. À partir du milieu des années 1980, des clichés avaient été arrachés. Ma mère me jeta un regard interrogateur. Nous étions déjà dans le troisième album, perdues dans l'enfance souriante de mon père. Sous un espace vide, un texte au crayon avait été gommé. Je parvins néanmoins à le déchiffrer. *Aurore, première communion, 1976.* Je frémis. Aurore avait bel et bien été effacée de la saga familiale. Quant à Elvire, elle n'était nulle part. Oubliant notre dîner sur le feu, nous feuilletions les pages avec avidité. Ma mère s'absenta quelques minutes pour appeler mon père, mais revint déconfite.

— Il est sidéré ! Il confirme qu'il avait une cousine qui s'appelait Aurore, décédée assez jeune, mais ne sait plus grand-chose à son sujet. Il l'a très peu connue. À l'époque, ils venaient de s'installer en Angleterre, lui n'était pas revenu pour l'enterrement et il n'a jamais bien su ce qu'il s'était passé. Sa mère et sa grand-mère n'en ont jamais reparlé.

— C'est tout ? Mais avant l'Angleterre ?

— Avant... Ils avaient habité un peu en Écosse, et à Aix aussi. Mais ils se voyaient très peu. Il se souvient vaguement d'une petite fille un peu plus grande que lui.

Ainsi donc mourait Aurore, étouffée par un secret. Je ravalai mon indignation, ma mère n'y était pour rien. Je compulsai les dernières pages. Un vieux cliché se détacha. Un bébé dans les bras d'une jeune femme, une autre plus âgée, la main posée sur son épaule.

— C'est Eugénie à la naissance de papa, dis-je.

— Et la dame est Blanche. Je la reconnais.

— Elle n'a pas l'air de rigoler.

— Oh non, elle était d'un pincé !

— Raconte-moi !

Je vins me blottir sur le canapé à côté de ma mère, je buvais ses paroles. Cela faisait longtemps que nous n'avions pas été aussi proches.

— Elle était plus sèche qu'un fruit lyophilisé, elle me terrorisait ! Bien sûr, quand je l'ai connue, c'était déjà une très vieille dame. Mais les rides sont un miroir de l'âme. Blanche était striée de traits verticaux plus stricts les uns que les autres, un vrai tableau de Mondrian ! Ton père la craignait, tout devait être parfait, ordonné, trié, tiré à quatre épingles. Et surtout, il n'y en avait que pour elle. Il m'avait prévenue : il fallait lui plaire pour être admise dans la famille. J'étais pétrifiée à l'idée de la rencontrer.

— Mais elle t'a appréciée ?

Ma mère fit la moue.

— Eh bien, oui, c'est curieux, maintenant que j'y pense…

— Comment l'expliques-tu ?

— Disons que je ne lui faisais pas d'ombre. Il ne

fallait ni la contredire ni surenchérir. Elle dirigeait et régentait tout, et malheur à ceux qui n'étaient pas prêts à se soumettre. Il fallait voir Eugénie, elle était tellement servile ! Elle quémandait l'amour de sa mère… Il lui fallait sa cour, à Blanche, même à plus de soixante-dix-ans. Et puis, mon pedigree lui convenait. J'étais de bonne famille, très bonne même, j'avais fait de belles études, même si je n'ai jamais travaillé ! Elle m'exhibait dans ses dîners mondains. « Mon petit-fils a épousé une fille Rousseau, oui, de la famille de l'entrepreneur. »

— Je comprends mieux Eugénie, sa boulimie de bonnes œuvres et de vouloir toujours tout bien faire.

— Elle voulait seulement lui plaire. Même à cinquante ans, Eugénie semblait vivre dans l'obsession de ne pas froisser sa mère. Rassure-toi, tu t'en es affranchie depuis bien longtemps ! me lança-t-elle avec un clin d'œil.

— Crois-tu que Blanche aimait sa fille ?

— La réponse me semblait jusque-là évidente, je ne m'étais jamais posé cette question… Eugénie était béate, ça c'est sûr. Je dirais que Blanche était une femme avec peu d'affect, elle aimait sa fille à sa manière, pourvu qu'Eugénie reste un miroir de sa réussite.

La partie d'échecs familiale se mettait en place. La reine était Blanche, mon arrière-grand-père le roitelet et Eugénie un pion au service de sa mère. Quant à moi… le fou dont tout le monde se gaussait depuis le début.

Ma mère partit remettre les albums à leur place dans le placard. Elle revint avec un dernier cliché.

— Regarde ce que j'ai trouvé ! Au fond, sous les albums, un portrait de famille de 1951 !

Je lui arrachai presque la photo des mains. J'étais tellement excitée que je me lançai dans une tirade incohérente.

— Oh maman, regarde, la petite fille assise entre ses parents, c'est sûrement Eugénie. En 1951, elle avait cinq ans ! Oui, c'est bien cela ! La dame stricte qui ne sourit pas, c'est Blanche. Ici, le père d'Eugénie, mon arrière-grand-père. Et les deux plus grands sur le côté, c'est Elvire, je suis sûre de la reconnaître, et là, sans doute le fameux Claude.

— Tu ne trouves pas cela curieux de les avoir fait poser sur le côté, surtout Elvire ? Seule Eugénie est assise entre ses parents !

Je la regardai, interloquée.

— C'est vrai. En même temps, Blanche n'était pas leur mère. Où était-elle d'ailleurs ?

— C'est une bonne question. Sans doute partie trop tôt, comme beaucoup à l'époque. La guerre était passée par là avec son lot d'histoires qui ont souvent été étouffées par les familles. J'ai toujours su que Blanche était la seconde épouse de ton arrière-grand-père, mais on ne m'a rien dit de plus.

Mon téléphone sonna. Charles. Je m'enfermai dans la chambre à coucher et lui racontai les découvertes de la soirée. Ma mère s'esquiva en cuisine pour tenter de sauver notre repas. Quand je ressortis, elle me tendit une veste.

— Tout est perdu, je t'invite à dîner. Comme ça tu auras tout le temps de me parler de Charles. Un bien gentil garçon, si j'en crois mon intuition…

Elle me saisit par le bras, prête pour les confidences. En dépit de mes réticences, je me laissai entraîner. C'est doux, une maman, j'avais oublié. Elle m'aimait telle que j'étais, avec mes doutes, mes hésitations, mes cheveux un peu décoiffés, sans condition et sans trousseau de clés.

25

Ma mère, arrivée avec la tramontane, repartit avec le mistral, comme un tourbillon de fraîcheur qui m'avait revigorée et nous avait rapprochées. C'était bon de se sentir enfant. Quand on est petit, on ne rêve que de grandir. Et quand on est parti, on oublie qu'on peut toujours revenir, quoi qu'il arrive. Ma mère me l'avait rappelé tout bas. Et elle ne jurait plus que par Charles ! Le mois de mai fleurissait, le soleil durcissait, le ciel était d'un bleu si profond qu'on aurait pu s'y noyer. Dolores avait dû s'absenter et, à mon grand soulagement, je ne pouvais finir de vider la chambre d'Elvire, ce qui me convenait tout à fait. Je me gardai bien de lui demander les clés. Le temps filant aussi vite qu'un mustang, les résultats d'admissibilité finirent par tomber et par m'assommer. J'étais collée.

Même pas admissible... Tout ça pour ça... Un parcours sans faute, une réussite assurée, des années à être portée aux nues par mes professeurs... pour rien. Je goûtais pour la première fois l'échec et le trouvais bien amer. Bien sûr, je m'y attendais, mais dérouler la liste des heureux élus me donnait la nausée. Ainsi, l'idiote à grandes lunettes plus boutonneuse qu'une calculette me flanquait la pâtée ! À moi ? Elle devait se rengorger, la garce ! Et le maigrichon coincé dont la vie amoureuse devait se résumer à sa passion pour Virgile ? Pire, la bimbo en minijupe rose qui avait passé plus de temps à s'épiler les sourcils qu'à réviser ses cours... Non, pas elle, je ne pouvais pas y croire. Je ne pouvais pas être moins bonne que... ça... Mon ordinateur me hurlait comme une insulte un chapelet de noms tous plus répugnants les uns que les autres. J'avais refusé toute présence à mes côtés parce que, au fond de moi, je savais. Inutile de convier les badauds à mon exécution. J'inondais ma chambre de larmes et Charles ne devait voir ce spectacle pour rien au monde.

Vouloir, vouloir à en crever mais ne pas réussir. L'impuissance est la pire des faiblesses et la plus amère des frustrations. Le pire, dans l'histoire, c'est que j'allais devoir affronter toute une palanquée de gens bien intentionnés qui feraient de leur mieux pour me consoler : « Eh bien tu le repasseras », « Il n'y a pas mort d'homme, tu t'en remettras » ou encore « C'est en échouant qu'on apprend »... L'échec encensé comme l'expérience ultime jusqu'à ce qu'on le reçoive en pleine poire et que l'on se dise que tout de même, il fait mal !

Je ne pris la peine de prévenir ni Charles ni mes parents, de toute façon ils sauraient consulter les résultats aussi bien que moi. J'éteignis mon portable, je fermai la porte à clé, j'ouvris comme un automate le placard dans lequel j'avais fourré le recel d'Elvire. Je n'avais même plus conscience de ce que je faisais. Rongée de colère, j'ouvris une banane en cuir râpé, je saisis un petit sachet et humai l'herbe finement coupée. Il y en avait pour un bras. Juste à côté, je trouvai du papier à rouler. Dans les colos BCBG où mes parents, naïfs, m'envoyaient l'été, j'avais appris la technique en observant les autres. J'avais même crapoté. Je remis la pochette au fond du placard et me roulai un joint. Trop corsé sans doute, mais je n'avais aucune idée de ce que cela pouvait représenter. Je m'étouffai dès la première bouffée, mais peu m'importait, je n'étais plus capable de penser. La fumée me piqua les yeux, la gorge, les oreilles et pourquoi pas les fesses : j'eus l'impression d'être assise sur un cactus. L'odeur m'enivra. Je m'allongeai par terre sous les volutes, le dos calé par un coussin, et j'inspirai profondément.

Fuuuuu.

Pas de toux cette fois-ci mais toujours cette colère, incandescente qui voltigeait tout autour de ma tête. En tendant un peu la main, je pourrais peut-être l'attraper. Trouver un vide-ordures. Tout balancer.

Fuuuuu.

Je fermai les yeux. J'inhalai, je pris le temps, j'attendis calmement que le joint fasse effet. Ma tête se mit à valser dans les volutes. Mon joint ressemblait plus à un bâton de réglisse qu'à une clope, mais quelle importance ? Je n'étais déjà plus Alice, j'étais hurlante, essoufflée, et je courais après Elvire qui clopinait sur ses talons. Je criais : « Qu'on lui coupe la tête ! » Des cartes à jouer peignaient les résultats d'admissibilité en rouge en se targuant de jeter un voile sur la réalité pour ne pas me froisser. Un sept de pique à tête de Dolores attrapait finalement Elvire par le bras, elle lui échappait, la vilaine, et disparaissait dans une volute de fumée. Et moi, depuis ma tour, j'agitais mon grand sceptre en hurlant : « Qu'on lui coupe le CAPES ! »

Fuuuuu.

Je ne m'étais jamais sentie aussi bien et tout était très clair. Je roulai un nouveau joint. Ma colère s'envolait sur les ailes d'un grand oiseau de fumée qui traçait des arabesques dans mes cieux brouillés. Me voici redevenue Alice en robe bleue au milieu d'un jardin. Les fleurs me saluaient. Un narcisse blafard à tête d'Eugénie sifflait : « Psssss, elle ne vaut rien, elle a tout raté ! » Et toutes se mettaient à toussoter, l'air gêné. C'était trop angoissant.

Fuuuuu.

J'étais maintenant une grosse chenille fumant un calumet et je criais à qui voulait l'entendre de garder ses distances. Jamais je n'aurais dû m'approcher d'Elvire et de son sourire trop doux, Elvire qui, devenue papillon, volait autour de moi en m'invitant à me contempler dans ses grandes ailes en miroir. Elle m'agaçait, je voulais lui arracher les antennes. Je déchirai mon coussin en mousse, persuadée que c'était un champignon géant et en jetai des bouts droit sur elle. Elle s'enfuit en pleurant. Avant de disparaître en voletant, elle me lança une sentence de Churchill :

« Le succès, Alice, c'est d'aller d'échec en échec sans perdre son enthousiasme. » Elvire adorait les phrases historiques, la littérature, tout ce qui faisait chic.

Ma tête retomba sur ma poitrine. J'étouffais, mes cheveux dégoulinaient sur mon visage moite. Je me précipitai vers la fenêtre, j'essayai d'écarter les mèches collées à mes joues, j'avais la nausée. La nuit me tendit ses bras salvateurs. Je m'y roulai en boule. Je crois que maintenant j'étais devenue le chat, un chat sans sourire, ce qui est toujours mieux qu'un sourire sans chat. Je fermai les yeux, l'obscurité m'emporta.

TOC TOC TOC.

On frappait sur ma tête. Le Roi de Cœur avec un sceptre ? Je refermai les yeux. Mon crâne était brûlant, mon cerveau flottait librement au milieu de la chambre, je n'avais pas la force dc lui courir après. Les battants de la fenêtre s'agitaient contre le mur. J'écrasai sur ma tête un reste d'oreiller déchiqueté. Impossible de me rappeler comment il en était arrivé là.

On toqua de nouveau. Je restai pétrifiée, osant à peine respirer. Mon âme malade voyait la porte vibrer, c'était la Reine de Cœur qui venait se venger.

— Alice, ouvre, c'est moi !

La Reine de Cœur avait une voix de baryton. Je tâtonnai en rampant vers la porte d'entrée. Je me hissai jusqu'à la poignée et j'ouvris. C'était Charles, sans couronne et sans sceptre. Son corps n'était pas plat comme une carte à jouer. C'était juste lui, avec son petit pull et ses lunettes fines.

Il promena son regard dans la chambre d'un air affligé. J'avais jeté les mégots par terre entre les miettes de mousse de mon coussin, j'étais collante, hirsute et mes yeux gonflés ne s'ouvraient que pour pleurer. Charles me prit par les épaules et me força à le regarder. Je détournai le regard, honteuse. Il me secoua.

— Alice, Alice, reviens dans notre monde !

— Je n'ai pas de comptes à te rendre.

J'avais la voix pâteuse. Il me fit asseoir, le dos contre le mur, je m'effondrai. Il ferma la fenêtre et m'enroula dans ma couette pour me réchauffer. Puis il se baissa, m'embrassa dans le cou en dépit de mes cheveux collants et de mes yeux dégoulinants, et me demanda, soudain paniqué :

— Alice, qu'as-tu pris ?

De l'orteil, je désignai le sachet vide. Mes larmes avaient beau ruisseler, ma honte ne pouvait pas être lavée.

— J'ai raté, Charles, j'ai raté, je suis collée…

— Je sais, Alice.

Je m'attendais à une citation de Churchill sur les vertus de l'échec. Cela m'aurait arrangée, j'aurais pu laisser ma colère exploser, mais il se tut. Le silence est le meilleur des calmants. Il coupe la colère sous nos pieds et sait toujours nous murmurer ce que l'on veut entendre. Charles ne me jugeait pas. Ma tête, malheureusement, ne le suivait pas. Elle s'était dissipée dans les volutes de fumée.

Il renifla le sachet.

— Ça sort d'où ?

— Elvire.

Il fronça les sourcils. Je partis d'un grand rire. C'était un rire de folle.

— Tu dois t'en débarrasser.

— Tu veux que je le rende au gars de la boîte de nuit ?

Je riais, je bavais, j'étais une sorcière bouffie et écœurante. Il était trop calme, je voulais le blesser, je ne savais même pas ce que je faisais.

— Charles, pourquoi t'es trop parfait ?

Il sentit l'ironie dans ma voix. Il haussa les épaules.

— Tu sais bien que ce n'est pas vrai.

— Pourquoi t'es venu, pourquoi tu pars pas ?

Je ricanais sans savoir pourquoi. Il se retourna, planta ses yeux dans les miens et lâcha le plus calmement du monde :

— Parce que je t'aime.

C'était sans appel. Cet homme était fou. Je devais garder mes distances. Où avais-je bien pu mettre cette fichue ficelle ? Il m'aimait avec mes yeux bouffis comme des figues ? J'appuyai misérablement ma tête contre le mur.

— Je ne veux pas être comme tous ces couples qui finissent mal, Charles.

Il soupira, agacé :

— Et donc pour ne pas échouer, tu préfères ne rien tenter ? Mais fais-nous confiance, pour une fois ! Ne laisse pas des fantômes détruire notre chance, Alice.

Je restai un long moment sans parler. Puis il se détourna et alla poser les mains sur le rebord de la fenêtre.

— Quand j'étais petit, mon voisin m'emmenait parfois dans un observatoire, la nuit. Son père était mordu d'astronomie. C'était à couper le souffle. On plongeait tête baissée dans une pluie d'étoiles. Il y en avait qui brillaient beaucoup et d'autres qui semblaient bien pâles. Pourtant, rien ne disait que les premières n'étaient pas mortes quand les autres n'en étaient qu'à leurs premières lueurs. J'avais dix ans, douze peut-être, je sondais le ciel dans l'espoir d'y trouver la trace de ces étoiles nouvelles, parce qu'elles étaient la vie quand les autres périssaient. Les morts, Alice, sont fascinants, mystérieux, troublants, mais ils sont comme ces étoiles défuntes. Je comprends que ce soit rassurant d'avoir des faits. L'avenir ne promet rien. Derrière toi, tu as un chemin, devant toi, tu n'as rien. Mais je sais que main dans la main, sur ce rien, toi et moi, nous bâtirons une vie.

J'étais comme saint Sébastien, j'agonisais sous une volée de flèches. Charles me bouleversait. Cet homme était un ange et moi un poison dans sa vie.

voulais pas me projeter. J'avais besoin de marcher seule, il ne comprenait pas.

Charles dissimulait tant bien que mal son humeur chagrine. On avait tellement ri, on avait été amis, amants, complices, décadents, incandescents, indécents, on avait dansé, on s'était aimés à perdre haleine et à en perdre la tête, on avait eu le diable au corps jusqu'à ce que tout s'effondre comme un château de cartes sous le souffle brûlant de l'engagement. Charles se mit à sortir tous les soirs pendant que je rongeais mon désespoir. Un vendredi, n'y tenant plus, il ne me laissa pas le choix. Il m'entraîna de force dans un bar animé où ses amis nous attendaient.

— Alice, tu ne peux pas passer ta vie cloîtrée. Viens t'amuser !

Le bar était niché dans un caveau médiéval comme Aix en regorge. C'était chic, charmant, amusant, les gens dansaient debout près de leurs tables en écoutant de la musique et je fis tout mon possible pour faire mine d'être joyeuse. En vérité, plus rien ne m'amusait. Charles guettait le moindre de mes battements de cils, se précipitait dès que j'avais l'air fatiguée, m'enlaçait autant qu'il le pouvait. Mon corps se contractait, mon esprit vagabondait, je finis par profiter d'un instant de distraction de mon chevalier trop servant pour filer à l'anglaise.

— Alice, où vas-tu ?

Le répit n'avait guère duré, il me rattrapait déjà par le bras. Je lui jetai un regard supposément angélique.

— Aux toilettes. Tu peux me laisser, ne t'inquiète pas, il ne va rien m'arriver.

Je lui tournai le dos. Il me força gentiment à me retourner.

— Ça ne va pas bien, Alice, je le vois.

— Mais arrête à la fin, je vais juste aux toilettes et je vais boire un verre ! J'ai simplement besoin d'un moment à moi. Sans toi.

Son regard s'embruma. Je me précipitai aux toilettes, poussai la porte et restai pétrifiée. Anéantie. Tout recommençait sans cesse.

Dehors, la fête battait son plein mais j'en étais exclue. Il était là, lui, toujours lui, encore lui, à discuter tout bas avec une fille, me poursuivant partout où j'allais, comme un boulet attaché à ma destinée.

Le gars de la boîte… Ici, dans un nouvel endroit. N'y avait-il pas d'autre dealer de bas étage dans cette ville ? On peut dire qu'il tenait bien son business. J'avais vu sa carte d'étudiant dans les affaires volées par Elvire, j'avais oublié son nom mais j'aurais reconnu son visage entre mille et, même les yeux fermés, j'aurais identifié sa voix. Je me retins au chambranle de la porte pour ne pas basculer en avant. La fille et lui sursautèrent en m'entendant entrer et s'écartèrent l'un de l'autre. Je la vis refermer rapidement sa main. Puis elle se tourna vers moi.

— Vous allez bien ?

— Excusez-moi, vous m'avez fait peur, ce sont les toilettes des filles, je ne m'attendais pas à voir un homme ici.

Il releva la tête, mon Dieu qu'il était jeune, vingt ans

peut-être, passa sa main dans une mèche de cheveux et me lança un regard charbonneux et un sourire ravageur en diable. Il fronça les sourcils.

— On s'est déjà vus, non ?

— Je ne crois pas.

— Marrant. J'oublie jamais une fille qui me plaît.

Il était beau à se damner. Son charme sentait le soufre, je ne devais pas lui parler, non, je ne devais pas m'approcher, j'essayais tant bien que mal de me raisonner.

La fille s'engouffra dans l'un des cabinets, il sortit et trébucha opportunément pour me murmurer dans le creux de l'oreille :

— Si tu as besoin de quelque chose pour te remettre sur pied, tu me fais signe au bar. Et si tu n'as besoin de rien, je veux bien t'offrir un verre quand même…

Il disparut dans la pénombre, la fille partit à son tour comme si de rien n'était, sa main était ouverte. Et vide. Je restai seule dans les toilettes, bourrelée d'angoisse et de perplexité. Ma tête battait au rythme de la musique. Sans réfléchir, je regagnai le bar. Le garçon me lança un sourire faussement surpris et me déshabilla du regard. Je m'assis à côté de lui et fis semblant de m'adresser au barman. Il ne fallait pas attirer l'attention et surtout pas celle de Charles. Le type regardait la salle, je fixais le comptoir, il rejeta ses boucles brunes en arrière et me demanda en riant :

— Alors, princesse, tu veux un remontant ?

Ses dents scintillaient. Il m'envoûtait, j'aurais pu lui acheter n'importe quoi tant il me fascinait. Dans l'obscurité et avec la musique, personne ne pouvait entendre ce que nous disions.

— Non. Juste un spritz.

— Affreux, tu aimes vraiment ça ?

Il fit la grimace. J'avais beau être rongée d'angoisse, sa tête toute déformée me fit rire. Le barman nous servit rapidement. Ma main tremblait en portant le verre à mes lèvres. La première gorgée d'alcool me donna du courage.

— Alors, c'est toi qui rends les gens heureux ici ?

— Pourquoi ? Ça t'intéresse ?

— Non. J'achète mon shit à une vieille de mon quartier, t'y crois ? Elle a toujours quelques douceurs à me donner.

C'était sorti tout seul. Ses lèvres frémirent. Je venais de plonger dans l'abysse sans savoir jusqu'où je m'enfonçais. Il reposa son verre et me dévisagea. Je baissai les yeux.

— Sérieux ? J'en étais sûr, putain, je me suis fait tout tirer par une vioque il y a quelques mois… Putain de salope, elle les revend ? J'y crois pas.

Ses mains s'agitaient sur le comptoir. Il contenait sa colère du mieux qu'il pouvait en jouant avec son dessous-de-verre.

— Je peux la trouver où, la vieille ?

Mon cœur s'affola, j'avais soudain du mal à respirer. Il jouait bien son jeu, il avait déjà réussi à la retrouver, non ? Je fis mine de me relever. Il se rapprocha de moi et m'enlaça pour m'empêcher de partir. De loin, on aurait dit deux tourtereaux. J'étais terrifiée.

— Dis-moi où je peux la trouver, s'il te plaît.

— Pourquoi ?

— Faut que je récupère ce qu'elle m'a pris. Je te jure si je la trouve, je…

— Tu feras quoi ? Tu lui feras la peau ? C'est ce que t'as déjà fait, non ?

J'eus envie de me gifler. Une nouvelle fois, j'avais parlé trop vite. Il me regarda, horrifié.

— Mais qu'est-ce que tu dis, t'es pas bien toi, non ?

Ses yeux me mentaient, son sourire était une illusion, je revoyais Elvire dans mes bras et le scooter s'éloigner, je crachai :

— La vieille, elle est morte écrasée, t'es pas au courant ? Tu savais bien où la trouver, on dirait !

Il me saisit brusquement le poignet.

— Non mais t'es malade de dire un truc pareil ? Tu veux vraiment que j'aie des emmerdes ou quoi ? Dis-moi où elle est vraiment, putain ! J'veux juste récupérer ma came ! Y en a pour une blinde.

J'étais sur le point de m'évanouir de terreur quand une ombre surgit et lui flanqua un coup de poing.

— Charles ! Mais… Mais qu'est-ce que tu fais ?

Il me prit dans les bras, il sentait l'alcool à plein nez.

— Ce type t'embêtait.

Le gars avait filé. Le videur arriva, on tenta vainement de s'expliquer, mais on nous pria poliment d'aller voir dans un autre bar si on y était. Le reste de la bande, hilare, regardait Charles.

— Non mais qu'est-ce qui t'a pris ? Faut pas casser la gueule de tous les mecs qui parlent à ta meuf !

On se retrouva sur le trottoir, Charles, moi, et notre désarroi. Il se frottait la main, tout penaud.

— Je suis désolé… J'ai cru qu'il t'embêtait.

— Oui, tu avais raison. Il voulait me forcer à lui parler. J'ai eu peur.

— C'était qui ? Tu le connaissais ?

— Non. Merci, Charles.

Je l'embrassai, je me blottis dans ses bras, on se mit à marcher, je voulus lui prendre la main mais il couina de douleur.

— Alice, j'ai affreusement mal.

27

Deux heures du matin, les urgences. Charles bafouillait des excuses, ma gêne enflait autant que sa main. Je n'avais jamais imaginé qu'il pourrait sortir de ses gonds à ce point-là. Je m'étais jetée tête baissée dans la gueule du loup, et en bon chasseur il était venu sauver le Petit Chaperon rouge à tête de linotte. Pour la grand-mère, il était trop tard, et je n'étais même pas capable de lui dire la vérité. En s'ouvrant, la porte automatique de l'hôpital me renvoya des effluves de mauvais souvenirs. Une ombre se faufila entre nous, je frissonnai.

Les urgences, un week-end au cœur de la nuit. Cela grouillait comme une fourmilière. Assise sur une chaise dure comme de la pierre, je somnolais sur l'épaule de Charles. Les remords m'empêchaient de sombrer totalement. Il laissa échapper un petit rire nerveux.

— Eh bien… Je joue au chevalier servant et on se retrouve à l'hosto. Je ne dois pas beaucoup t'impressionner.

— Ne t'en fais pas… C'était adorable.

Je lui caressai sa main valide. Ma gorge resta nouée.

— Tu veux que j'aille te chercher un café ?

— Merci Alice, mais tu devrais rentrer chez toi. On ne sait même pas pour combien de temps on en a.

— Pas question, tout est ma faute.

— Bien sûr que non ! J'avais trop bu, je me suis laissé emporter.

La salle d'attente ne cessait de se remplir sans pour autant se vider, il n'y avait plus un siège de libre. Pourtant un ballet incessant de blouses blanches et vertes circulaient dans les rangs, des gens se levaient, entraient, piétinaient, revenaient. Des parents épuisés, des enfants pâles et fiévreux, des blessés sans gravité. Et au milieu, Charles et sa main boursouflée. La nuit allait être longue. Une machine à bout de souffle me servit deux jus de chaussette. Jolie nuit de disette ! Je tendis à Charles son piteux breuvage, qu'il but avec un sourire reconnaissant.

— Charles, il faut que je t'avoue quelque chose… C'est moi qui ai parlé à ce gars en premier.

La nuit qui tomba sur ses yeux me sembla bien noire. Notre amour battait de l'aile.

— Tu… tu voulais juste lui parler ? Ou il te plaisait ?

Je m'étais lancée, je devais aller jusqu'au bout, il s'imaginait déjà des histoires folles et je ne voulais plus lui mentir.

— C'est à lui qu'Elvire avait volé le portefeuille. Ça paraît dingue, je sais, mais je l'ai reconnu.

— Qu'est-ce que tu dis ? Tu es sûre ?

— Certaine. Je l'avais déjà revu en boîte, celle où j'avais aperçu Elvire. Le gars est un revendeur, il livre dans les toilettes. Je suis tombée nez à nez avec lui quand j'y suis entrée. J'ai été choquée.

— Et il t'a reconnue ?

— Il m'avait vaguement entraperçue la dernière fois. Il a commencé à me draguer et m'a dit que je pouvais le rejoindre au bar. J'avais besoin de savoir, tu comprends, c'était une chance unique !

— Tu ne voulais pas le draguer, alors ? Mais, reprit-il agacé, tu te rends compte que tu fais n'importe quoi, quand même ?

— Je… je voulais juste lui poser quelques questions sans éveiller de soupçons.

— Mais de soupçons sur quoi ? « Est-ce qu'une vieille dame t'a pris ta came ? Est-ce que tu l'as butée froidement pour te venger ? Est-ce qu'un vieil homme t'a payé pour le faire ? » C'était ça, les questions que tu voulais lui poser ? Sérieusement ? L'autre jour, tu soupçonnais Jean d'avoir liquidé son ex-femme à quatre-vingts balais, et maintenant c'est le dealer ? Demain tu iras où ? Voir la mafia ? La *nonna* n'existe pas, Alice !

Je n'osai pas le regarder et préférai me concentrer sur un enfant au bout du rouleau qui piquait une crise. Ses parents tentaient tant bien que mal de le calmer.

— Je…

— Tu ne lui as pas demandé ça, tout de même, dis-moi que tu ne l'as pas fait ?

— Pas comme ça, évidemment… Mais c'est à cet instant qu'il m'a attrapée par le poignet. Il est entré dans une colère folle, j'ai été effrayée et tu es arrivé.

— Alice, Elvire a été écrasée ! É-CRA-SÉE ! C'était un accident. J'ai appelé mon ami au commissariat plusieurs fois, il n'y a aucune preuve ni aucun soupçon d'homicide volontaire, si ce n'est dans ta tête paranoïaque ! Le moindre mot, le moindre geste, le moindre scooter noir qui passe et tu tricotes un thriller. Tu ne vis pas dans un Stephen King ! C'était une coïncidence et rien de plus ! Le gars était là, Elvire aussi, un point c'est tout !

— Mais elle lui a volé son portefeuille !

— Elle était givrée ! Et drôlement habile aussi. Alice, tu dois te sortir de là. Tu dois te faire aider. Je ne serai pas toujours là pour te protéger, même maladroitement. Je perds le contrôle, tu vois bien…

L'enfant se roulait par terre. La mère craqua et se mit à pleurer en suppliant un infirmier de les recevoir. Il était 3 heures du matin. Nous étions tous épuisés, le personnel aussi. La petite famille s'engouffra enfin dans une salle de consultation, au soulagement général. Le calme retomba, la lumière blafarde nous aveuglait toujours. Je repris la main de Charles qui restait obstinément muet.

— Monsieur Pelletier ?

Charles se leva et suivit l'infirmier sans un mot. Le calvaire touchait à sa fin. Je restai anéantie sur ma chaise, écrasée par l'absurdité de cet imbroglio. Il n'avait pas tort, je perdais les pédales. La salle s'était vidée, je pensai à Valmont que j'avais ramené chez moi en coup de vent avant la soirée. Pauvre chien, il fallait vraiment lui trouver une famille ! Les portes continuèrent à valser et je me laissai étourdir par leur ballet incessant. Les parents épuisés ressortirent avec leur bambin enfin calmé. Une jeune fille se leva en se tenant le ventre. Règles douloureuses ? Je soupirai. Une salle de consultation s'ouvrit, une silhouette féminine en surgit et s'esquiva en rasant les murs. Pénélope.

Elle était pâle comme la mort, les yeux rouges et gonflés, la mine et la coiffure défaites, à mille lieues de l'image laquée et vernie qu'elle aimait afficher. Son pouce était protégé par un pansement blanc. Je bondis mais, à cet instant, Jean fit irruption dans la salle et l'attrapa par le bras. Ils ne m'avaient pas vue. Je les suivis dans les couloirs pour entendre leurs voix.

— Lâche-moi, tu me fais mal, se défendait Pénélope tout bas.

— Peux-tu m'expliquer ce que tu faisais ici ?

— Je me sentais mal… Et tu m'as tordu le pouce, figure-toi. Ça ne te surprendra pas après tout ce que tu…

— Tais-toi ! Tu sais bien que je n'y suis pour rien. Dès que je te fais une remarque, tu te mets dans un de ces états ! Chaque fois que l'on passe une bonne soirée, tu as le don pour tout gâcher !

— Tu m'as bousculée !

— Tu dérailles, tu t'es blessée toute seule.

Je les vis héler un taxi, Jean tenant toujours Pénélope par le bras. Ses épaules tressautaient comme si elle sanglotait. Je retournai d'un pas lourd à mon poste. Charles sortit enfin

— Une simple contusion, m'annonça-t-il, soulagé. Rien de grave, je m'en sors bien, un peu d'immobilisation et tout rentrera dans l'ordre.

Il me montra son bandage d'un air déconfit.

— Charles, je viens de voir Pénélope sortir et Jean la récupérer passablement énervé. Elle avait l'air au fond du trou. Il lui faisait mal, j'en suis sûre.

Il soupira en levant les yeux au ciel.

— Par pitié, ne va pas imaginer n'importe quoi !

28

Le taxi nous déposa en bas de chez moi. L'appartement de Charles aurait été plus confortable, mais il y avait le chien. Il se précipita pour nous lécher les mains. Devant notre peu d'effusions, il repartit la queue basse et les moustaches déçues. J'aidai Charles à enlever son pull et sa chemise et il se coucha sur mon faux canapé. Impossible de toute façon pour lui de se hisser dans ma mezzanine. Il était près de 5 heures du matin, mon sommeil avait pris la poudre d'escampette et je ne cessais de revoir Pénélope hirsute et effondrée. Une femme fragile au pouce bandé, qui n'avait plus rien à voir avec la mère lionne qui s'était déplacée au café pour protéger son Jean bien-aimé. Les pièces du puzzle s'entrechoquaient sans jamais s'assembler… Je m'endormis enfin. Dans une opacité confuse se mouvait le jeune dealer sexy en diable, qui attirait Pénélope dans ses filets. Il arborait de grandes dents. Une jeune femme pâle, aux pieds nus, l'enlaçait par-derrière. Aurore.

Je me réveillai en sursaut. Sur les petits matelas, Charles dormait comme un bébé, le chien roulé en boule à ses pieds.

Aurore. Je l'avais presque oubliée. Je devais en savoir plus. Ma grand-mère ne se confierait pas et n'était de toute façon pas en état de le faire. Pénélope se braquerait. Il ne me restait que Jean. Je devais absolument lui parler, sans en toucher un mot à Charles dont je craignais de perdre le soutien pour de bon, et en évitant son épouse, cela allait de soi.

Le dimanche s'étira, morose. Charles prétexta une immense fatigue et rentra chez lui. Je n'avais plus rien à réviser et le café était fermé. J'aurais pu rendre visite à ma grand-mère, mais je n'en avais ni la force ni la générosité. Faute de mieux, je partis promener Valmont. Arrivée au parc Jourdan, je lâchai le chien sur un coin de pelouse, il pourchassa joyeusement un pigeon effaré, je le poursuivis en lui criant de revenir au pied tout de suite, espèce de mal élevé, sinon je le donnerais à la SPA. L'argument ne fit pas mouche. Plus loin, un cours de gym avait fleuri sur l'herbe verte. Des femmes se contorsionnaient comme des lianes sur des tapis de sol multicolores. J'eus l'envie irrépressible de sentir mon corps bouger, se tordre, se froisser, mes muscles me crièrent qu'ils voulaient avoir mal après cette année passée à réviser pour rien. Je m'assis sur l'herbe non loin du groupe, essayant tant bien que mal de reproduire leurs mouvements avec la grâce d'une autruche juchée sur patins à roulettes. Même Valmont me regarda d'un air moqueur. Dépitée, je m'emparai de l'un des prospectus que le professeur avait disposés à même le sol. *Pilates*. Qui m'avait parlé récemment de cela ? En un éclair, je revis Pénélope au café, prétendant sortir de son cours. C'était un mercredi en fin de matinée. Il me suffisait d'en déduire approximativement l'heure de cette séance et de passer chez elle en son absence. En espérant que Jean y soit !

Pendant ce temps, Valmont avait filé à l'anglaise et léchouillait le cou d'une jeune sportive en tenue rose bonbon, allongée sur son tapis. Elle se débattait pour le repousser et me foudroya du regard quand je vins la délivrer des griffes de mon Cerbère en goguette. « Les chiens doivent être tenus en laisse ! » Je rattachai le monstre tout frétillant de joie et partis ronger mon ennui.

Mercredi arriva enfin, je n'étais pas de service. Je préfère ne pas m'imaginer jouant piteusement les inspecteurs Columbo sans imper ni clope au bec, tapie derrière un bosquet en priant pour que mes calculs soient justes. Le scooter noir était bien là, les auspices m'étaient favorables. Je souris en voyant Pénélope sortir en tenue de sport fuchsia, son tapis sous le bras, son pouce manifestement remis. Elle avait beau être bien laquée et joliment apprêtée, je lui trouvai triste mine. Des cernes lui dévoraient le visage sous son épaisse couche de maquillage. Une fois sa silhouette disparue à l'angle de la rue, je sonnai, le cœur battant. On m'ouvrit. Jean m'accueillit avec courtoisie, sans manifester le moindre signe de surprise.

— Eh bien, petite, que cherchez-vous ici ?

— La vérité.

Il me montra un siège, je m'y installai et lui relatai les événements des dernières semaines. Comme quoi je n'avais pas besoin d'un psy : Jean m'offrit une oreille attentive en hochant régulièrement la tête. Tout y passa : mes dernières découvertes, mon échec au CAPES, mon lien de parenté avec Elvire, le silence familial qui m'enveloppait. J'avais besoin de comprendre. J'étais navrée de surgir sans m'être annoncée mais cela ne pouvait plus durer. Son âge, ses yeux doux, son visage impassible, il avait vraiment quelque chose d'envoûtant. Je me sentais en confiance auprès de lui. J'oubliai la dispute surprise à l'hôpital, ça arrive dans tous les couples. J'aurais tant aimé connaître mes grands-pères et Jean n'en était finalement pas loin.

— Ainsi, tu es la petite-fille d'Eugénie ?

Il s'était mis à me tutoyer. Cela me mit plus à l'aise.

— Et elle ne t'a jamais rien dit ? Jamais parlé de ma fille non plus ? Eh bien, je ne pensais pas que cela pouvait aller jusque-là. On ne peut se construire sur un mur de silence.

Ses yeux errèrent un instant dans le vague, puis il se mit à parler d'une voix lente et monocorde :

— Je te comprends, Alice. Tu es jeune, Elvire t'a laissé un héritage empoisonné qui ne contient que de sales histoires. J'ai mal pour toi…

Il se leva tranquillement et inséra un CD dans un lecteur. Deux voix féminines s'élevèrent sur un rythme entraînant, légèrement nostalgique.

— Mendelssohn, *Herbstlied*. Elvire le chantait.

— Je ne parle pas allemand mais c'est à la fois beau et inquiétant.

Il sourit.

— C'est une chanson sur la fin de l'été et l'arrivée de l'hiver. *Herbstlied*, cela signifie « chanson d'automne ». On y parle des premiers frimas, de la joie qui s'enfuit, du silence qui s'installe.

Il noya son regard dans le mur de miroirs qui lui faisait face. Je me souviens avoir souhaité de tout cœur avoir le même charisme à son âge. Les voix s'éteignirent et furent remplacées par d'autres, deux femmes toujours. Puis il se mit à raconter, comme s'il s'adressait à son reflet :

— Tu as le droit de savoir, puisqu'il s'agit de ta famille. Que de souvenirs refont surface ! Aurore venait d'avoir dix-huit ans. Elle avait la beauté du diable. Stupéfiante. Mais elle était une personnalité complexe et, comment dire, torturée par l'état de sa mère. Elvire a connu des moments difficiles dans sa vie. La dépression, c'est vraiment une sale maladie. Quand j'ai rencontré Elvire, c'était une écorchée vive. Les années passées auprès d'une belle-mère acariâtre et sans amour l'avaient dévastée. Je ne sais pas si tu as connu Blanche... Non ? Elle ne m'a jamais supporté. Elle avait besoin d'attirer toute l'attention, et moi, je n'avais d'yeux que pour sa belle-fille qu'elle honnissait... Avec une sorcière pareille, tu comprends mieux pourquoi Elvire était fragile comme un cristal de Bohême. Je l'ai accueillie, reconstruite, remise sur pied en dépit de tout. Je lui ai montré qui elle était vraiment. Une femme belle, intelligente, raffinée. Sans moi, elle aurait sombré avant ses trente ans. Je l'ai sauvée. Enfin, je l'ai cru. Mais que veux-tu, la rose qui a grandi sur un sol aride ne s'habitue pas à une terre riche. Elle a été rattrapée par ses démons. Et elle a chaviré... Elle était trop instable, elle a préféré arrêter de travailler. C'était mieux. Même avec tout l'amour du monde, je ne pouvais décemment plus exhiber une femme dans cet état. J'avais beaucoup de responsabilités, beaucoup de dîners, j'avais besoin d'être épaulé.

— La naissance d'Aurore ne l'a pas aidée ?

— Oh, quand Aurore est arrivée, c'était encore l'âge d'or. Quand elle a commencé à flancher, j'ai cru naïvement que l'enfant sauverait la mère. Elvire l'adorait. Aurore boitait, mais nous, on s'en fichait. Quelle différence, n'est-ce pas ? Les années ont passé, Elvire allait mieux, puis elle a rechuté. C'est comme ça, la dépression, c'est sournois, on ne la voit pas venir. Aurore absorbait le mal-être de sa mère, elle chancelait, Elvire était paniquée et sombrait davantage. Des vases communicants. J'avais beau les aimer, les entourer, il fallait bien faire tourner la maison, je ne pouvais pas être là à leur tenir la main tout le temps. J'étais le seul à tout porter, tu imagines ce que cela pouvait représenter ? Et je les voyais s'enfoncer. C'est une souffrance terrible que de voir ceux que l'on aime se noyer quand on fait tout pour leur lancer une bouée…

Il essuya une larme qui glissait le long de sa joue. Je m'en voulus d'être venue. Pour ne pas se voir lui-même pleurer dans le miroir, il se retourna et s'approcha de la porte-fenêtre. Il restait bien droit et avait parlé très calmement. Dans le jardin, les fleurs festoyaient, bruissaient, se ployaient au gré de la brise. Les narcisses et les roses nous ravissaient de leur parfum. Il ne me regardait plus, captivé par les corolles chatoyantes et bercé par les deux voix de femmes qui lui chantaient une histoire toute en dissonances.

— Mais je devais continuer. J'avais une entreprise à faire fonctionner, des employés, je ne pouvais pas les laisser tomber. J'ai tout fait pour secouer Elvire, la réveiller de cette langueur dans laquelle elle se laissait couler. Pour sa fille, pour moi, il fallait qu'elle réagisse. D'autant que je ne comprenais pas. Je l'avais tirée des griffes de sa belle-mère, elle avait tout pour être heureuse, un mari, une fille, on ne manquait de rien. Je voyageais beaucoup, elle ne sortait plus, je ne l'emmenais plus à mes dîners professionnels, quelle image aurait-elle donné ? Elle s'en rendait bien compte. Elle avait honte de se voir comme cela. Jamais je ne lui en ai fait reproche. Je l'aimais. Aurore avait dix-huit ans, elle était belle et fragile comme une rose sans épine, elle allait passer le bac...

Il marqua un temps d'arrêt. Je n'osai l'interrompre. Il reprit son souffle.

— Et puis, il y a eu ce soir-là... J'étais à un dîner de ma société. Elvire avait touché le fond. J'avais hésité à la laisser mais elle m'a assuré que ça irait. Aurore resterait à ses côtés, je ne devais pas me faire de souci. Comme je regrette ! Je ne sais pas ce qu'il s'est passé exactement, mais je crois qu'elles se sont disputées. Elvire a pris des médicaments pour s'apaiser, beaucoup, beaucoup trop comme toujours. Pour Aurore, quel spectacle ! Les choses ont mal tourné, enfin, c'est ce que j'ai reconstruit mentalement pendant toutes ces années. Aurore a vu sa mère comme un zombie. Pour elle qui était si fragile, la coupe était pleine. À l'époque, elle avait des fréquentations que je lui avais fortement déconseillées. Sa mère l'encourageait à sortir beaucoup, à s'amuser, à profiter de la vie, refusant de voir que ses amis n'étaient pas ceux que nous aurions choisis. Elle lui donnait de l'argent, beaucoup trop à mon sens. Ce soir-là, elle lui avait même donné un calmant. Pour l'aider à s'apaiser… Elle n'était de toute façon plus en état de penser. Mais Aurore n'est pas allée au lit, elle est partie seule dans la nuit, bien ou mal accompagnée, je ne sais pas. Aurore est partie boire pour oublier… et… et elle n'est jamais revenue… C'était sans doute ce qu'elle avait voulu… Elle… elle s'est… Elle avait choisi de… Je n'y arrive pas… Je suis désolé… Je ne peux pas le dire…

Ses mains tremblaient, il les posa sur la poignée de la porte-fenêtre et ouvrit, peut-être pour que le vent lui donne du courage. Je n'osais plus respirer.

— On a retrouvé son corps le lendemain dans les toilettes d'une boîte de nuit sordide. Le « Paradis perdu ». Tu parles d'une prophétie. Ma petite fille… si gentille… Elle s'était droguée… Avec l'argent que sa mère lui avait donné. Plus l'alcool, le calmant… On a retrouvé tout cela dans son sang. Elle s'est endormie pour ne jamais se réveiller. La belle au paradis perdu… Et c'est ce qu'elle avait voulu. C'est ça le pire, tu comprends… Ce n'était pas un accident…

Jean pleurait maintenant à chaudes larmes. Les voix des deux femmes s'étaient éteintes. Je me sentis minable, j'avais la nausée, les entrailles vrillées. Il alla ouvrir une petite vitrine et se servit un cognac dans un verre en cristal, puis revint s'asseoir sur le canapé. Je restais figée.

— Un cognac à 11 heures… Pardon, mais je n'ai pas d'autre idée pour me remettre. Cela fait des années que je n'ai pas parlé de cela. Tu imagines la suite ? On m'a appelé pour aller reconnaître le corps. Ma fille, ma petite fille à la morgue, allongée sur une table froide, elle et moi dans une pièce, seuls. Ma princesse qu'aucun baiser ne réveillerait jamais. J'ai essayé, tu penses bien. Face à la mort, on devient idiot. J'ai trouvé sur elle une lettre qui accablait sa mère. Je l'ai brûlée, il était inutile d'en rajouter. J'ai voulu sauver Elvire, il ne me restait qu'elle, mais avec ou sans lettre, elle n'a pas pu affronter les conséquences de sa négligence. Parce que si elle avait été vaillante, elle aurait pu empêcher cela, tu vois. Si elle ne lui avait pas donné de l'argent pour s'amuser un peu… Pendant des mois, elle ne s'est plus levée. Elle est devenue le fantôme de sa fille, puis elle s'est mise à multiplier les tocs et les crises d'angoisse. Elle faisait des phobies sur tout : la drogue, les toxicos, les jeunes, les boîtes de nuit. Et des crises de colère aussi, je ne parvenais plus à la contenir… Le sacristain d'une église m'a appelé une fois, elle hurlait dans la nef et crachait dans le bénitier, j'ai dû aller la chercher. Elle tenait Dieu pour responsable de tout, c'était toujours mieux que de regarder les choses en face.

— Et… et comment avez-vous tenu le coup ?

— J'en ai bavé, mais dans l'adversité, on trouve toujours des forces insoupçonnées, répondit-il tristement. J'ai cherché à cacher son comportement, je me suis accroché. Elvire n'était plus qu'une princesse en guenilles, incapable de supporter l'idée que, par sa faute, sa fille avait préféré mourir. Nous sommes devenus deux étrangers. Un jour, elle est partie, et je ne l'ai pas retenue…

J'étais anéantie. Elvire, toujours si soignée, si parfaite, talons hauts et rouge à lèvres, je ne pouvais l'imaginer comme un spectre errant. Je ne pouvais croire qu'elle en fût arrivée là. La brise nous livra des effluves de printemps. Les oiseaux chantaient.

— Je vous demande pardon d'avoir remué ces souvenirs. Vous n'avez rien à vous reprocher.

— Toi non plus, tu n'y es pour rien. Le plus difficile, en fait, a été de rester. J'ai gardé Elvire jusqu'au bout. Je savais que sans moi elle serait perdue. Et puis à l'époque, on divorçait moins, cela faisait mauvais genre. Quant à donner à voir le spectacle de mon ex-femme dans la misère, cela eût été pire. Mais si elle avait été valide ce soir-là, je le sais, tout aurait pu être évité. Elle ne s'en est jamais remise. J'ai décidé de porter ma croix, de ne pas l'accuser, de tenter de lui pardonner. Après tout, c'est ça le mariage, non ? Pour le meilleur et pour le pire, même quand le pire efface le meilleur. Nous n'avons pas divorcé, nous nous sommes encore supportés pendant près de vingt ans, mais comme si un mal ne suffisait pas, elle a continué à s'enfoncer. Quand elle est partie, j'ai retrouvé goût à la vie. J'ai rencontré Pénélope, une jeune veuve un peu perdue mais qui ne demandait qu'à vivre. Elle était débordée par la gestion des salons de beauté qu'elle avait montés, je l'ai sortie de sa situation bouchée, nous nous sommes mariés.

— Et la famille d'Elvire ?

— Sa famille ? Tu l'as vue, sa famille ? Ils n'ont même pas été foutus de te parler d'elle ! Cela faisait bien longtemps que j'étais son seul horizon… Le silence est le pire des mépris. Taire, c'est tuer une seconde fois. Ils auraient dû t'informer. Elvire aussi d'ailleurs. C'est ça, aimer ? Mentir, blesser ? Sans vérité, il ne peut y avoir de confiance ni d'amour. Je te raconte tout cela parce que tu me le demandes, même si c'est dur et que je mettrai des jours à m'en remettre. Je n'ai pas peur de ternir mon image et de te dire ce que j'ai raté !

— Au contraire, vous avez été formidable. Vous n'y êtes pour rien.

— On déteste toujours ceux qui ont le courage de ne pas mentir. Je crois avoir fait de mon mieux et tu as le droit de savoir ! Entre Blanche la marâtre et la sœur adorée, Elvire était le vilain petit canard. Une beauté que personne ne voulait voir, une fille raffinée qu'on ne cessait de rabaisser. Seule Aurore les reliait encore – un lien plus fin qu'un cheveu… Et encore, Blanche n'avait jamais supporté le fait que notre fille boitait. Elle la voyait comme une tache sur sa famille, même si, entre nous, elles n'avaient aucun sang commun. À sa mort, elles ont rayé Elvire de leur vie.

— Elles savaient, pour la lettre ?

— Bien sûr que non, je n'en ai parlé à personne ! À quoi bon en rajouter ? Quant à son frère, il s'était fait la malle depuis longtemps en Bretagne, on ne l'a jamais revu ! Où était-il quand nous avions besoin de lui pour panser notre peine ? Face à la marâtre étouffante, il avait pris ses cliques et ses claques…

Comme les autres, d'ailleurs. Seule Eugénie est restée dans les jupes de sa mère, mais on ne peut pas dire qu'elle nous ait été d'un grand secours.

Il rit d'un air cynique et reprit une gorgée de cognac.

— Tu vois comment elle était, sa famille ? Ils nous ont laissés seuls face à notre douleur, nous accablant de reproches mortifères, nous calomniant à l'envi. La vérité, ma petite, c'est qu'on ne peut jamais tout contrôler. La dépression, c'est un sale truc. J'ai fait tout ce que j'ai pu et j'ai tout perdu. Ma femme que j'avais tant aimée, et pire encore, ma fille… J'aurai au moins la joie de m'endormir en paix sans avoir quoi que ce soit à me reprocher.

D'une main sûre, il se resservit un verre. Une horloge très design sonna douze coups. Jean, les yeux dans le vide, répéta une nouvelle fois, la voix légèrement pâteuse :

— J'aurai au moins la joie de m'endormir en paix sans avoir quoi que ce soit à me reprocher…

Il n'était plus vraiment là. Je pris congé maladroitement, je n'avais plus la force de rester. Il ne me salua pas. En ressortant, j'étais tellement bouleversée que je me cognai contre son scooter noir garé devant l'entrée. Je me pris à rire nerveusement. Comme je pouvais être sotte…

En descendant l'avenue, je tombai nez à nez avec Pénélope qui ressortait d'une pharmacie.

— Alice, que faites-vous par ici ?

— J'étais dans le coin, bafouillai-je, pour voir un ami.

— Vraiment ?

Je m'engouffrai à mon tour dans l'officine pour mieux la fuir et harponnai la pharmacienne.

— Bonjour madame, je m'inquiète pour la femme qui vient juste de passer. Savez-vous ce qu'elle a ? A-t-elle acheté des médicaments ?

— Je pense que cela ne vous regarde pas, mademoiselle, et je suis tenue par le secret professionnel. En revanche, vous êtes très pâle. Est-ce que vous vous sentez bien ?

Le secret professionnel, une astuce bien pratique pour ne pas tendre la main aux personnes en détresse ! Je sortis, déconfite. Mon service commençait dans deux heures. Ma tête débordait, mon cœur implosait, mes émotions bourdonnaient.

29

Je descendis l'avenue en courant. J'aurais aimé perdre haleine, faire une tachycardie, me retrouver aux urgences, ne plus être torturée de pensées contradictoires. Je cavalai sans réfléchir. Dans la rue Gaston-de-Saporta, je bousculai un accordéoniste qui s'installait nonchalamment pour pousser la chansonnette. Je dévalai la ville à toute allure, les rues, les pavés, les fontaines, tout filait sur les côtés, et je me retrouvai sur le Cours, en sueur, au milieu de cafés trop badins. Je piquai vers le quartier Mazarin pour me mettre à l'abri des hôtels particuliers. J'aurais voulu rentrer dans les pierres pour pouvoir m'y cacher et y pleurer en paix. Elvire me décevait… Sur la margelle de la fontaine des Quatre-Dauphins, je laissai mes larmes se marier au roucoulement de l'eau. Une voix sombre échappée d'une fenêtre vint me tourner autour, chantant un air de Piaf accompagné d'une guitare. *Padam padam padam*. J'avais souvent entendu Elvire chantonner cet air, penchée sur son tricot. La légèreté de l'instrument contrastait avec la gravité de la tessiture. Je levai les yeux, mais la voix trop pudique refusa de me montrer son corps. Le soleil dardait sur moi ses rayons pointus. La guitare passa sans transition à une musique *country* affreusement enjouée. Je fuis. Il me restait une heure à tuer avant le début de mon service. Cette semaine, je finissais tard ; je faisais de mon mieux pour éviter Charles et toute invitation à sortir. Ce n'était pas gentil pour sa main immobilisée, mais il allait déjà mieux et avait clairement insisté sur le fait qu'il se débrouillerait seul. Après tout, ce n'était pas une entorse.

Brusquement, mon regard se posa sur le clocher de Saint-Jean-de-Malte qui crevait le ciel tout au bout de la rue. Le Delacroix… Les portes rouges de l'église m'appelaient, grandes ouvertes. J'entrai. Un chœur grégorien répétait. Je rejoignis d'un pas feutré la chapelle sur le côté et me laissai bercer par ces voix d'hommes venues d'un autre temps. La beauté austère de l'église me rassurait, des pierres sans ornement et qui ne mentaient pas. Le Christ en croix m'accueillit avec chaleur. « Encore toi, mon enfant, toujours toi qui viens pleurer dans mes bras. Si seulement je pouvais les détacher pour les passer autour de toi… Regarde-moi, vois comme je souffre ! Et je ne me plains pas. » Je baissai les yeux, les voix se turent, des chaises raclèrent le sol, les choristes s'esquivèrent. Une torpeur lénifiante m'emporta loin de tout et je restai là, les yeux fixés sur le tableau.

Dans ma tête, le puzzle s'assemblait avec difficulté. Aurore, l'overdose, la haine des dealers, la soupe aux toxicos, la générosité obsessionnelle, Jolie Mamie détroussant les petites frappes pour que cela n'arrive plus, plus jamais. Elvire tricotant des layettes de bébé pour les petits-enfants qu'elle n'aurait jamais. Elvire injuriant Dieu pour sa fille qu'il lui avait volée et qu'il n'avait pas sauvée… Elvire responsable et peut-être coupable… Peut-on se racheter de la mort de son enfant ? Et Elvire qui s'était apaisée. Que s'était-il passé ?

— Est-ce que vous allez bien ?

Je sursautai. La voix chaude s'excusa en riant.

— Pardon, je ne voulais pas vous effrayer. Vous n'aviez pas l'air de prier.

L'homme portait une soutane et me tendit une main et un sourire qui détenaient sans aucun doute les clés du paradis.

— Je suis le père Olivier.

— Merci… Je vous ai vu à un enterrement. C'était beau, ce que vous avez dit.

Il fronça les sourcils. Je précisai :

— L'enterrement d'Elvire Lefèvre.

— Ah, Elvire… Elle nous manque. Je l'appréciais beaucoup. Une femme de cette trempe, on en voit assez peu.

— Vraiment ? Je suis perdue. Je suis sa petite-nièce, mais je ne le savais pas, elle m'avait caché notre lien de sang. Je suis serveuse au café d'en face, et l'on se connaissait de là. J'aimerais comprendre qui elle était. Le sacristain m'a dit qu'il l'avait entendue plusieurs fois crier des insultes.

— Dans les églises, les murs ont des oreilles, et surtout les sacristains ! Ne l'écoutez pas trop, il est gentil mais il ressasse de vieilles histoires que tout le monde ferait mieux d'oublier. J'ai entendu parler de tout cela, vous pensez bien ! Mais j'ai voulu voir ce qu'Elvire pouvait devenir et non ce qu'elle avait été…

— Je n'y comprends plus rien… Je viens de parler d'elle avec son ex-mari. La réalité ne semble pas celle que j'attendais.

Il alla chercher un second prie-Dieu dans un froissement de soutane semblable au bruit des grandes jupes de ma mère autrefois. Ma poitrine picota. Il s'installa à côté de moi.

— La règle de base, quand on est prêtre, c'est de ne jamais s'en tenir à la façade. Si vous saviez le nombre d'églises moches à l'extérieur mais sublimes à l'intérieur ! Moi, je ne crois jamais rien de ce qu'on me dit et encore moins de ce que je vois… Sinon je ne croirais pas en Dieu ! Je ne me fie qu'à mon bon sens. Mme Lefèvre venait crier sa peine, et les bonnes âmes étaient choquées, fort bien, mais au lieu de la blâmer, ils auraient mieux fait de l'écouter ! Le cri d'une mère qui a perdu son enfant, vous avez une idée de ce que c'est ? Marie au pied de la Croix, vous croyez qu'elle souriait ? L'Évangile selon Marie, je crois que ce serait encore autre chose, vous voyez… Sauf que Marie, au pied de la Croix, son enfant mort dans les bras, n'a jamais cessé de croire ni d'espérer. Alors peu m'importent les insultes qu'Elvire a pu proférer, l'essentiel est qu'elle se soit apaisée. Derrière la colère brûlait la souffrance d'une mère orpheline et rejetée de tous.

— Vous avait-elle parlé de la mort de sa fille ?

Il se perdit dans la contemplation de la flamme d'une loupiote qui léchait de trop près le cadre doré du Delacroix. Il la déplaça doucement.

— Oui et non. Jamais de manière explicite. J'ai bien compris qu'il y avait un lien avec les drogués. Mais je n'en sais guère plus. Je pose peu de questions, vous savez. J'écoute et je parle, mais je laisse toujours les gens venir à moi.

— Je crois qu'elle en était en partie responsable. Elle était très dépressive. Elle prenait trop de médicaments. Sa fille s'enfonçait de la voir aussi bas. On l'a retrouvée en boîte, morte d'une overdose, un soir où Elvire était trop mal pour la surveiller.

Il se tourna vers moi et plongea son regard dans le mien. Je baissai le nez. Il était assez jeune, une petite quarantaine, mais ses yeux semblaient avoir vu passer mille vies.

— Si elle était en boîte, elle n'était déjà plus une petite fille. Qui peut prétendre mettre son enfant sous cloche ? Le jour où l'on donne la vie, on sait que, tôt ou tard, elle sera reprise. Elvire Lefèvre n'était pas dépressive, je peux vous l'assurer. C'était une femme joyeuse et bienveillante à l'excès, fantasque et intrépide, mais au cœur grand comme un océan. Je connais bien la dépression. C'est une maladie dont on ne guérit jamais. Il ne faut pas confondre les gens malades et les gens que l'on a rendus malades.

— Je ne comprends pas.

— Nous avons beaucoup discuté, Elvire et moi, en dépit des secrets qu'elle gardait. Je ne m'arrêterais pas aux histoires que l'on vous raconte. On peut vivre rongé de culpabilité si l'on en a été persuadé.

— Comment cela ?

— C'est simple, prenez un enfant. Il vient d'avoir

une petite sœur, il se réjouit pour sa famille mais regrette amèrement le temps où il avait maman pour lui seul. Parfois même, il rêve d'une sorcière qui emporterait le bébé loin d'eux et lui rendrait ses parents. Le bébé tombe malade. L'enfant va se ronger de culpabilité, persuadé que c'est parce qu'il l'a inconsciemment souhaité que la maladie est arrivée. Est-il coupable ?

— Non.

— Eh bien, c'est pareil. Elvire était en souffrance. Son enfant lui a été arraché. Si elle avait été chez elle, en forme mais simplement endormie, aurait-elle pu empêcher son enfant de faire le mur ?

— Mais Aurore n'aurait pas sombré !

— Qui vous l'a dit ? Vous la connaissiez ? Pourquoi Elvire porterait-elle seule cette affreuse responsabilité ? Il y avait bien un père ! Ils ont divorcé vingt ans plus tard. Elle m'en avait parlé. Vingt ans, c'est une vie… Elle avait tenu par peur de détruire le dernier lien qui la rattachait au souvenir de sa fille. Mais je vais vous choquer, parfois il n'y a de salut que dans la fuite.

J'approchai la main des flammes devant moi. Il sourit.

— J'adore les bougies. Ce sont des prières laissées au gré du vent. C'est joli, n'est-ce pas ?

— Oui.

— Mettez-en une pour laisser la lumière vous guider.

Il me tendit une loupiote. Je l'allumai.

— Quelle importance, ce que les gens racontent ?

Ne regardez pas le miroir qu'on vous tend. Vous seule connaissiez l'Elvire qui vous aimait. Conservez-la. Chacun croit détenir une part de vérité, mais aucune ne se ressemble. Fiez-vous à votre instinct.

— Et pour vous, qui était-elle ?

Il sourit.

— Une personne en colère qui avait réussi à s'apaiser. Une femme à la volonté extraordinaire. Je la confessais. Je ne peux évidemment rien dire, mais quelle battante elle était ! Elle est partie en paix, je peux vous l'assurer. Il s'est passé quelque chose de concret, sans doute, entre la femme qui hurlait sa détresse et celle qui s'est mise au service des plus démunis. J'ignore quoi, mais c'était une très belle personne. Elvire avait rappelé l'aurore après une longue nuit. La perle naît d'une blessure dans la chair de l'huître, vous savez, le beau finit toujours par l'emporter.

— Vraiment ? C'est une parabole ?

Il éclata de rire.

— Pas du tout ! J'ai dû lire ça quelque part. Dans un traité de psychologie peut-être ? Ou dans *Pêche magazine* ! Je plaisante, mais les prêtres lisent autre chose que la Bible, et même *L'Équipe* ! Enfin, cela va bien à Elvire. De la souffrance ultime peut naître un joyau, fragile et précieux. C'était elle. Une belle âme… Seuls ceux qui ouvrent l'huître peuvent admirer la perle. Sinon vous ne voyez qu'une pierre grisâtre.

La cloche retentit. Je sursautai.

— Je dois prendre mon service, j'ai complètement oublié. Je peux vous poser une dernière question ?

— Avec joie.

Je fis de mon mieux pour masquer le tremblement dans ma voix.

— J'étais là quand Elvire est… partie… Elle était dans mes bras… Elle a dit quelque chose d'étrange : « Aurore, pardonne-lui, il ne sait pas ce qu'il fait. » C'est dans la Bible, non ?

Il haussa les épaules.

— Cela ressemble en effet aux dernières paroles du Christ, mais elle devait penser à autre chose. Elle n'était pas une exaltée, elle avait les deux pieds sur terre. Et puis, elle parlait à sa fille… Elvire Lefèvre avait beaucoup souffert mais elle avait tout pardonné. Sans pardon, point de reconstruction, elle le savait. L'Elvire que Dieu a rappelée était une femme libérée et réconciliée avec son passé.

Je me noyai dans la contemplation des petites flammes comme si elles pouvaient me donner la réponse. Le prêtre se tut. Le clocher me rappela une nouvelle fois à l'ordre : le quart sonnait, j'étais en retard. À regret, je me levai.

— Revenez discuter quand vous voulez. Je comprends votre besoin d'en savoir davantage.

Je jetai un dernier regard au Christ en croix. J'avais vu sa souffrance, mais je ne m'étais jamais demandé ce qui le faisait le plus souffrir : la mort ou la trahison ? Dehors, le soleil m'éblouit, je dus fermer les yeux. Sur la place devant le musée Granet, deux petites filles sautillaient en faisant la ronde, leurs nattes voletant autour de leur tête : « *Passe, passe, passera, la dernière restera.* »

Je traversai la place ventre à terre, le grelot de la porte me trahit. Valmont se précipita en jappant. Christine m'accueillit en soupirant :

— Quinze minutes de retard ! Mais que t'arrive-t-il ? Je ne te reconnais plus !

30

Ma Gigi,

Toute ma vie, j'ai été sotte comme un papillon. As-tu déjà observé leur danse la nuit ? Ils volent autour de la lumière sans voir qu'elle leur brûle les ailes. Mais c'est plus fort qu'eux, ils y reviennent sans cesse, parfois jusqu'à la mort. Jean était mon soleil, il me captivait. Je pourrais te raconter ses mensonges et comment il nous a laissées couler. J'aimerais te faire comprendre qui il était vraiment quand il cessait de faire le gandin et de se pavaner dans son reflet. Mais on ne plante pas de grain dans une terre gelée. Il faut tourner la page, il faut tout pardonner, sinon on ne vit pas.

Aurore avait su voir de l'autre côté du miroir. Je pourrais te dire tout ça, mais à quoi bon ? Tu ne l'entendrais pas. Et je n'ai plus de temps à perdre, il file déjà trop vite. Je préférerais te dire à quel point ma fille était belle, drôle, amusante, avant de s'évanouir pour ne plus vivre que dans mon souvenir. À sa naissance déjà, elle regardait le ciel. On avait bien failli devoir m'ouvrir le ventre, sa tête ne passait pas, forcément, son nez était tourné vers les étoiles au lieu de contempler le sol... Je n'avais d'yeux que pour ces petites mains parfaites, cette tête polie comme un galet, ces fentes bleues qui me transperçaient. J'étais en extase devant ce miracle de vie. Je l'ai appelée Aurore, car c'est l'heure où la nuit blanchit, et la lumière se levait dans ma vie. Lui ne pouvait détacher son regard de ce pied différent, de cette coquetterie qui me donnait une raison de l'aimer davantage.

Et puis le pire est arrivé. J'ai passé des années à peindre cette nuit de souffrance avec des souvenirs bleus comme un ciel d'été. Il y a des mensonges tellement gros qu'on ne peut les détruire, mieux vaut les recouvrir avec ce que l'on a de plus beau. Les mauvais souvenirs ne s'effacent pas, ils se maquillent.

Le jour où Aurore est sortie de La Vallière, on avait tant dansé ! Elle était grosse comme mon petit doigt. Je voulais rallumer la lumière dans ses yeux, elle ne pouvait pas être triste avec un tel prénom. J'avais invité la môme Piaf à nous chanter un air sur notre tourne-disque, j'avais pris Aurore par la taille, je l'avais forcée à swinguer, et d'un coup, c'était venu, elle s'était mise à rire, mais à rire, et moi aussi ! Tu aurais dû nous voir chanter à tue-tête, Aurore avait la voix des anges, Piaf sa voix de rocaille et moi le timbre sombre. J'avais ressorti mes longs gants, mes sautoirs, mes étoles de renard, je lui avais planté une plume dans les cheveux, j'avais même exhumé de ma vie passée un porte-cigarette jamais utilisé. On avait ri comme des cocottes du bonheur d'être ensemble, car à deux, on est mieux que tout seul, et elle me suffisait. Jean était entré et dans un haussement d'épaules, il avait soupiré. J'avais jeté le champagne débouché en l'honneur de sa fille.

Et quand on faisait des gâteaux ! Elle était petite encore, elle adorait cuisiner, jamais beaucoup manger, mais on s'en donnait à cœur joie ! Debout sur un tabouret, elle léchait le chocolat et s'en mettait jusqu'au bout des nattes. Et toi, Eugénie, tu as eu des moments bleus avec ton garçon ? Du fond des ténèbres, ce sont eux qui te portent. J'ai lu un jour que les Romains croyaient que la lumière venait des yeux. Ils avaient raison. Ferme les paupières, tu verras bien qu'il fait noir. Que la lumière soit, et surtout qu'elle soit dans ton regard ! Si tu ne l'y mets pas, qui le fera pour toi ? J'ai mis du temps à le comprendre. J'ai d'abord été soumise, puis rongée de colère, au point de faire des choses absurdes, mais j'ai réussi à rallumer la lumière. C'est ce flambeau-là que je veux te donner... Gigi, quand tu auras le moral dans les guibolles, là-bas à La Vallière, mets-toi un air de Piaf ! Je t'ai laissé un CD, tu as vu ? Rien de tel qu'un Padam padam padam pour se requinquer. J'invite souvent Aurore à danser avec moi. Nos cheveux se mêlent comme dans l'ancien temps, elle me sourit, parce qu'elle ne m'a pas abandonnée. Jamais. Elle a toujours été de mon côté. Et la lumière de son prénom ne cesse de m'illuminer.

Si tu me voyais, tu rirais bien de moi… Je voulais écrire ma colère à l'encre indélébile, je voulais te parler de lui, de tout ce qu'il a dit et de ce qu'il a tu, mais la magie de Piaf m'a de nouveau sauvée. Je t'ai parlé d'Aurore, d'un bonheur éphémère mais qui valait le coup en dépit de tout, parce qu'il a continué à éclairer ma vie dès lors que j'ai su m'éloigner de la flamme.

Le soleil se couche, je te laisse, petite sœur. Et comme le ridicule ne tue pas, surtout à mon âge, autant t'écrire que je t'aime un peu quand même… envers et contre tout. Ça ne coûte pas plus cher.

Elvire

31

Juin nous aveuglait de chaleur. Aux terrasses des cafés, les gens sirotaient leurs verres en riant. Mon père me posa un ultimatum. Ma grand-mère allait mieux. Bien sûr, il avait appris ce qu'il s'était passé la dernière fois mais je devais y retourner et j'étais priée de ne pas trop la brusquer.

— Ah oui, ajouta-t-il, laisse tomber les histoires de sa demi-sœur. Elle est fragile et, contrairement à ta chère Elvire, elle est encore en vie. N'attends pas qu'elle soit morte pour t'intéresser à elle et remonter le fil de sa vie.

Je promis comme un enfant, les doigts croisés dans le dos. Mon nez dut s'allonger mais, au téléphone, il n'en devina rien. Contre une vie de mensonges à effacer, je faisais peu de cas des humeurs de ma grand-mère. Je raccrochai. Charles était aux abonnés absents, tout le temps en déplacement, nous cultivions une relation épistolaire à base de SMS qui nous convenait pour le moment. Il évitait soigneusement de me demander des nouvelles de mon enquête.

Le week-end se leva paresseusement. Charles devait rendre visite à ses parents, il me proposa de l'accompagner. Je déclinai. Il ne me parlait plus de ses clés, c'était déjà cela de gagné. Je pris donc mon courage à deux mains, le tout accompagné d'un café bien corsé, attrapai un sac dans mon placard et retrouvai au passage l'enveloppe d'Elvire destinée à sa sœur. Je l'avais complètement oubliée. Ce serait l'occasion de la lui donner. J'attrapai Valmont et claquai la porte, direction La Vallière.

Le matin, la terrasse était à l'ombre des tilleuls, c'était un délice de fraîcheur où se réfugier dès que le mercure grimpait. L'infirmière me cueillit à l'entrée en me murmurant que ma grand-mère était très agitée.

— On va dans le bon sens mais il y a toujours des phases d'hébétude et d'autres d'excitation, et là on est en plein dedans. Laissez-la parler, mais ne lancez aucun sujet vous-même si ce n'est pour parler de la cantine ou de la météo. Elle se braque facilement.

Eugénie m'attendait, emmitouflée dans une couverture bien superflue, l'air passablement agacé.

— Alors mamie, comment vas-tu ?

— Mieux, Alice, bien mieux. Je suis en pleine forme et je sors bientôt.

— Ah ?

— Oui, figure-toi que j'ai arrêté de tricoter des bonnets. L'association trouvera quelqu'un d'autre à presser comme un citron. Et de toute façon, des bonnets pour l'Afrique, non mais quelle idée, on crève de chaud là-bas !

Eugénie ne cessait de tortiller la couverture entre ses doigts. Son regard voltigeait sans jamais se poser. La sortie ne me semblait pas encore en vue.

— Tu m'as apporté les petits cannelés que je t'avais demandés ?

Oups, j'avais complètement oublié.

— Christine n'en fait plus beaucoup, c'est dommage, n'est-ce pas ?

— Ah oui, c'est regrettable. Tu sais, dit-elle en baissant la voix, ici la cantine est chaque jour plus détestable. Et puis, on nous prend pour des gâteux. Tout est déjà coupé, on nous sert comme des enfants, il ne faudrait tout de même pas que mon voisin sénile de quatre-vingt-dix ans me saigne à blanc avec un couteau à beurre !

Eugénie redevenait caustique comme de l'acide chlorhydrique : elle reprenait du poil de la bête. Voilà qui ferait plaisir à papa.

— Ce n'est pas une maison de retraite, mamie, ici. Tu sais, il y a même des jeunes.

— Je sais, l'autre Aurore y était même passée. C'est une vraie maison de famille !

Je renversai mon thé brûlant sur ma main et sur le chien qui couina à mes pieds. Et dire que mon père m'avait suppliée de ne pas aborder le sujet !

— Que dis-tu ?

Eugénie me regarda comme une petite fille coupable, bien contente d'avoir mis les pieds dans le plat.

— Puisque tu as décidé de fourrer ton nez dans cette histoire sordide, autant te dire la vérité. Les maisons de repos à Aix se comptent sur les doigts d'une main. Aurore aussi avait pris ses quartiers ici.

— Mais pourquoi ?

— Anorexie. Elle n'était pas plus grosse qu'un

gressin. Déjà qu'elle boitait, maintenant elle était maigre à faire peur…

Elle baissa la voix, de crainte, peut-être, que les mortes ne l'entendent.

— Et en plus elle avait réussi à se faire mettre un truc dans le nez et un là sur le sourcil, tu te rends compte ? Déjà qu'elle en avait plein sur les oreilles… Il avait bien fallu que quelqu'un lui donne une autorisation pour faire ça, je te dis, Elvire ne contrôlait plus rien. Quand on pense à la beauté qu'elle était, c'est tout de même bien malheureux, surtout qu'elle ne s'habillait plus qu'en noir. Et pour ses dix-huit ans, il paraît qu'elle s'était même fait faire des tatouages… Pas étonnant que son père l'ait reniée ! Maman était catastrophée…

Je restai la bouche ouverte, ne sachant que répondre. Après tout, l'infirmière m'avait invitée à la laisser parler, autant ne pas l'interrompre. Eugénie venait d'ouvrir la boîte de Pandore et je comptais bien voir les malheurs s'en échapper.

— Jean m'a parlé de sa fille avec beaucoup d'admiration.

Ma grand-mère leva les yeux au ciel, écarta brusquement une libellule qui tourbillonnait à ses côtés et pouffa brièvement.

— Jean ? Tu parles ! Aurore était partie à vau-l'eau ! Pourquoi crois-tu que je ne souhaitais pas t'en parler ? De toute façon, vous n'aviez presque rien en commun. Quelques gouttes de sang, ça représente quoi ? Cette petite n'était pas fréquentable. Moi, j'ai toujours su qu'elle tournerait mal. Maman l'adorait comme sa propre petite-fille, ce qui, entre nous, me semblait une belle injustice à l'égard de ton père. On ne peut quand même pas mélanger les torchons et les chaussettes !

— Les serviettes.

— Peu importe ! Je n'ai jamais compris pourquoi ma mère l'aimait, mais bon, elle a toujours préféré les filles. Et puis, c'est vrai qu'elle était belle avant de se percer de partout. Mais entre Jean et Elvire, quel avenir pour cette petite ? C'était la chronique d'un désastre annoncé… Ma mère le disait tout le temps : « Un arbre qui ne pousse pas droit, on lui met un tuteur ! » Sinon le plant de tomates s'effondre sous le poids de ses fruits. Aurore, elle s'est effondrée sous le poids de ses parents. Entre Elvire l'incapable et Jean l'égoïste, que voulais-tu qu'elle fasse ? C'est ce qui a tué maman, j'en suis sûre.

— Blanche est morte des années après !

— La mort est vicieuse, mon enfant, elle peut prendre plaisir à t'emporter à petit feu au moment où tu ne t'y attends plus.

L'infirmière m'interrogea d'un signe, le pouce levé, pour savoir si tout allait bien. Je la rassurai d'un mouvement de tête. Mamie était anormalement agitée et continuait à se débattre avec une mouche qu'elle était seule à voir, mais il était hors de question de couper court à cette conversation.

— Mais mamie, pourquoi tu m'en parles maintenant ?

Elle suspendit son mouvement en plein vol, comme figée, sur le point d'attraper un souvenir dans un filet à papillons.

— Mais parce que c'est toi qui m'en as parlé ! À

l'instant ! Ou la dernière fois peut-être ? Enfin, je n'ai fait qu'y penser… Elvire a toujours eu le don de me tourneboulег. Même ici, elle vient m'importuner, tu te rends compte ? Elle est encore venue la semaine dernière, mais je n'ai pas voulu lui parler…

Je n'osai pas la corriger. Avait-elle refoulé notre conversation, ne retenant que le mot « sœur » qui l'avait fait tressaillir d'horreur ? Le décès d'Elvire était-il finalement difficile à encaisser ? Je versai une cuillère de sucre dans mon thé pour me donner une contenance et bus une gorgée. Puis je repris, l'air de rien :

— Ah ? Elle était ici ? Vraiment ?

Mais Eugénie était partie bien loin sur les ailes du temps. Elle fixait les tilleuls devant elle, emportée par un flot de paroles qu'elle ne maîtrisait plus. Des années de rancœur s'écoulaient enfin.

— Si elle avait été plus présente et moins laxiste, rien de tout cela ne serait arrivé. Regarde ton père, on a toujours veillé au grain. Mais Elvire était ailleurs ! Ma mère s'est occupée d'elle comme de sa propre fille, et à mon détriment, soit dit en passant, mais on ne dresse pas un chien qui a la rage. Et pour quel résultat ! Ça l'a tuée, je te le jure, l'échec, pour maman, était le pire des affronts ! Enfin, on sait bien pourquoi Aurore a choisi d'en finir… Elle a laissé une lettre assez claire.

Je sursautai.

— De quoi parles-tu ?

— De cette lettre épouvantable qu'elle a écrite pour sa mère et que Jean a trouvée.

— Mais tu l'as vue, cette lettre ? Jean m'a dit l'avoir détruite.

— Il nous en a parlé. C'était un homme brisé...

— Mais Elvire, penses-tu qu'il lui ait dit aussi ?

— Aucune idée. Je dirais que non, ça l'aurait achevée. Déjà qu'elle n'allait pas très fort…

Un petit vent désagréable vint nous souffler dans le nez. Mamie resserra sa couverture autour d'elle.

— Et ton frère, qu'est-il devenu ?

— Claude ? Le frère d'Elvire ?

— Oui.

— Oh, Claude était un lâche. Il n'aimait pas ma mère, l'ingrat, il a plié bagage dès qu'il a pu. Et puis, il n'a pas eu d'enfants. Il aimait beaucoup Aurore, il n'a pas supporté.

— Ah, et où est-il maintenant ?

D'un coup, ses yeux se mirent à pétiller, elle me sourit d'un air grivois.

— Il est parti en Bretagne. Il dit toujours qu'il habite à Crozon, c'est plus chic, mais moi je sais bien qu'il est à Camaret. Tu as déjà entendu parler du curé ?

Je secouai la tête négativement.

— Ma pauvre enfant, un peu de culture tout de même, de la vraie, je veux dire, sors un peu de Tite-Live ! De toute façon, cela fait belle lurette que le latin ne sert plus à rien ! Le curé de Camaret, c'est une chanson paillarde, tout le monde connaît…

Elle baissa la voix pour m'avouer l'innommable.

— Il a les coucougnettes qui pendent !

— Ah.

— Et dis-moi, tu ne passais pas le CAPES ?

Sa mémoire lui revenait trop rapidement à mon goût, et s'il y avait bien un sujet que je ne souhaitais pas aborder avec elle, c'était celui-là.

— Si, j'attends toujours les résultats, mentis-je sans vergogne.

— Eh bien, j'espère que tu vas l'avoir. Ton père croit tellement en toi, tu lui dois bien ça.

La conversation prenait un tour qui me déplaisait. Je sortis de mon sac la grande enveloppe d'Elvire.

— Tiens, ta sœur t'avait envoyé une lettre que tu n'as jamais reçue. Je pense qu'elle voulait te dire des choses.

Eugénie leva les yeux au ciel en marmonnant :

— Ses élucubrations séniles ne m'intéressent guère, et ce n'est pas six pieds sous terre qu'on va changer le passé. Ce qui est fait est fait.

Son étroitesse d'esprit commençait à m'agacer. Je posai l'enveloppe sur la table.

— Mamie, ça ne te coûte rien de la lire, et il est peut-être grand temps de vous réconcilier. Pour elle, c'est trop tard, mais en souvenir d'elle, tu le peux. Fais cela pour moi, je ne t'ai jamais rien demandé.

Je fis signe à l'infirmière qui revint immédiatement la chercher et lui tendis moi-même l'enveloppe.

— Mme Martin-Fouque a reçu du courrier. Pourriez-vous l'aider à le porter dans sa chambre, s'il vous plaît ?

Elle aida Eugénie à se lever et toutes deux partirent clopin-clopant, mamie pendue au bras de la jeune femme, frêle comme une hirondelle, la tête chancelante et les jambes faiblissantes. Mon cœur frémit quand je l'entendis exiger à mi-voix :

— La lettre, mettez-la dans mon tiroir, voulez-vous ? Ma petite-fille a insisté pour me la donner mais elle ne m'intéresse pas.

En soupirant, je me penchai sous la table pour détacher le chien. Il n'y était plus.

32

Je partis dans le jardin à la recherche de Valmont. Il pouvait être partout dans ce labyrinthe vert. La brise m'apporta les voix d'un homme et d'une guitare qui fredonnaient ensemble un air de Montand. Mais le chantre se trompait en partie : en juin, les feuilles mortes ne se ramassent pas à la pelle, mais les souvenirs et les regrets si, et en toute saison, c'est ce qu'Eugénie venait de me prouver sans même le vouloir.

Je me laissai guider par la nostalgie de cette voix rocailleuse. Mon cœur était en berne devant ce gâchis. Je comprenais mieux pourquoi mon père n'avait voulu qu'un seul enfant. Tant de rancœur, de guerres fratricides et de ressentiments infondés…

Dans le chœur de la chapelle végétale, je retrouvai Simon, l'ancien infirmier à la tête éventée. Valmont, couché à ses pieds, agita la queue à mon arrivée. Sans interrompre sa rengaine, l'homme m'invita à m'asseoir sur une pierre aux pieds du vieux Cézanne. Cette fois, je gardai mes distances, mais son regard pétillait et son visage semblait rasséréné. Il posa enfin son instrument et caressa le chien.

— Alors belle enfant, que viens-tu faire ici ?

— Je viens chercher mon chien.

Son éclat de rire fut étouffé par les branchages.

— Tu ne viens pas chez les fous juste pour promener ton chien, non ? Mon petit doigt me dit que ce n'est même pas le tien. Je le connais, celui-là, on l'a déjà vu par ici, tu vois, il m'a reconnu. Raconte au vieux Simon, qui viens-tu voir ici ?

— Ma grand-mère Eugénie.

— Ah oui, une habituée, comme moi. Dis donc, entre nous, elle est pas commode.

— Et vous, vous avez l'air d'aller mieux, non ? La dernière fois, vous m'avez giflée, vous vous en souvenez ?

Il se mordit les lèvres pour cacher son amusement. Je ne savais ce qui le mettait dans une telle hilarité.

— Petite, dans la vie, il y a des moments où la tête ne contrôle plus rien. J'ai passé des années ici. D'abord à travailler, ensuite à y habiter de temps à autre. Rassure-toi, on ne perd pas la boule au contact des fous. Pour moi, c'est autre chose. Je suis désolé de m'être mal comporté, mais allez, y a pas mort d'homme, comme on dit.

— Et vous m'avez donné un fil en me disant de garder mes distances !

— Eh bien, c'est plein de bon sens, qu'en penses-tu ?

Mon regard sautillait sur des dizaines de petits galets peints de toutes les couleurs disposés aux pieds du peintre d'argile.

— Et ça, qu'est-ce que c'est ?

— Des regrets, des rêves d'une vie normale, des fragments d'âmes brisées...

Il en attrapa un, le retourna : un prénom y était écrit.

— Tu vois, là c'est ALBAN. Je me souviens bien de lui, c'était il y a dix ans peut-être ? Un pauvre gars que la vie avait boursouflé. Enfin la vie, elle a bon dos, c'était surtout sa copine qui l'avait laissé tomber. Mais il n'avait personne d'autre. Personne... Il était détruit. Il s'en est tiré, parce que c'était un gars qui s'accrochait, Alban, pas comme tous, non, pas comme tous...

Il reposa le galet et interrogea :

— Petite, tu as déjà touché le fond ?

Je n'osais répondre oui. Mon échec au CAPES m'avait anéantie, mais au regard de ce que je percevais ici, je sentais que c'était bien futile. Je fis non de la tête.

— T'en as de la chance ! Mais c'est parce que t'es encore trop jeune pour t'être vraiment frottée à la vie. Alors mets-toi bien ça dans la tête : quand tu touches le fond, tu peux toujours te relever. Tu vois, Alban, il s'est reconstruit. Ça tenait à rien, pourtant. Parfois, c'est un petit caillou comme ça qui va pouvoir t'aider, je te jure, c'est pas une blague. Quand t'as plus rien, il te reste toujours la lumière d'un matin, les notes d'un oiseau qui te bercent, la rondeur d'un nuage amusant. Ici, les gens réparent leur âme et apprennent à cueillir dans la rosée tous ces petits bonheurs oubliés. Une aurore dorée, une fleur qui te dit son nom aux premières heures du jour. Ici, on n'est pas chez les fous, j'ai eu tort d'utiliser ce mot. Les fous, on les met à l'asile et on les oublie, parce qu'on ne peut rien pour eux. Ici, il n'y a que des âmes brisées. Des gens qui ont explosé en mille morceaux contre les chocs de la vie. Mais on peut les recoller, tu sais pourquoi ?

— Non.

J'étais suspendue à ses lèvres. J'en venais à douter de la réalité de ce prophète mal peigné, qui une fois me donnait un soufflet et la fois d'après m'ouvrait les yeux sur la réalité.

— On peut les réparer, parce qu'ils savent encore rêver. Tant qu'y a des rêves, y a de la vie, petite. Souvent, y a beaucoup de colère aussi, ça va avec quand t'es un grand brûlé… À toi de faire en sorte que ton rêve te dévore plus que ta colère, sinon tu ne t'en sors pas.

— Mais… mais pourquoi les cailloux ?

— Ah, les cailloux… Parce que venir ici, choisir un caillou, y écrire son nom, c'est hurler qu'on existe. Alban, tu vois, il est toujours là dans cette pierre, on se souvient de lui. Et il est pas tout seul, y a tous les autres aussi, et ceux qui ont roulé un message dans le mur. Tu as vu les messages dans le mur ?

— Oui.

— On peut se demander : ça sert à quoi ? Ça sert à se dire qu'on a encore de l'espoir. Vivre ou mourir, ici, tu vois, c'est une vraie question...

Il frotta les hanches du chien.

— Et ta grand-mère, elle est là pour quoi ?

— Épuisement, surmenage, elle se met la barre trop haut.

— Et tu t'es jamais demandé pourquoi ?

— Non.

Il me montra à nouveau les petits cailloux du doigt.

— Des âmes brisées, je te dis, ici, y a que ça, des âmes brisées et des cœurs cassés. Le syndrome d'épuisement, c'est une expression des médecins pour rassurer, mais on est d'accord que ça ne veut rien dire du tout. Mais bon, c'est plus simple à expliquer que de dire « elle a le cœur en mille morceaux ». Ça fait plus sérieux pour un toubib, tu vois. Mais les gens, en fait, ils sont comme les arbres. Toi, moi, Alban, ta grand-mère, on est tous empêtrés dans des racines qui nous empêchent de bouger. Regarde le chien, lui, les racines, il en a que dalle. Il se cogne pas mal de son passé, et t'as vu comme il est heureux ?

Je buvais ses paroles comme du petit-lait. Je ne m'étais jamais demandé pourquoi Eugénie était ce qu'elle était. Elle était ma grand-mère, plus sèche qu'un désert, et c'était tout.

Je sursautai quand Simon se mit à parler tout bas au chien en lui caressant les oreilles.

— Vous devriez prendre un chien, lui dis-je, il vous ferait du bien.

Il rit amèrement.

— Malheureusement, dans ma situation, je ne pourrais pas le garder. C'est ça qui est dur quand on est une quille comme moi. Il y a des moments où on est vraiment bien, et d'autres où on perd les pédales. J'aimerais bien être comme ce chien. Il connaît bien ce mur, tu sais, il venait tout le temps ici, quand sa maîtresse venait rendre visite à sa sœur. Moi, à l'époque, je vivais ici aussi. Ça n'allait pas très fort.

— Elle venait ici ?

— Mais oui, j'ai beau avoir la tête qui déraille, ma mémoire ne flanche jamais. Ta grand-mère, elle a déjà passé du temps ici il y a quelques années, pas vrai ? Et la dame qui venait la voir, la maîtresse du chien, elle venait ensuite ici. Elle a mis un caillou aussi. Et je la connaissais, moi, j'oublie jamais un visage. Les gens ici, ils sont trop marqués pour que tu puisses les oublier. Ils te racontent des choses, beaucoup de choses, des choses qui se sont passées il y a tellement longtemps qu'il n'y a que moi ici pour m'en souvenir.

Il s'arrêta pour chercher une image au fin fond des branchages. Il toussota, marmonna quelque chose, je me rapprochai pour ne pas perdre une miette de ses secrets.

— Trente-cinq ans que je suis là, comme infirmier ou pensionnaire, tu penses comme j'en ai vu passer ! La fille de la dame au chien, je la connaissais aussi. Maigre comme un coucou. Tu vois, là aussi, faut toujours se poser des questions. La gamine, elle était maigre parce qu'elle mangeait rien, mais à ton avis, pourquoi elle mangeait rien ?

— Je ne sais pas.

— Ça remonte tout ça… Je venais de commencer ici. On n'oublie jamais ses premières fois, pas vrai ? Alors les premiers patients, tu imagines… Surtout quand c'est une gamine plus jolie qu'un cœur avec des yeux à faire perdre la tête. Quand t'es jeune, tu peux pas supporter ça.

Je le suppliais des yeux de continuer, j'avais peur que le son de ma voix ne brise l'instant.

— Et… ?

— Et quoi ? Sa mère l'adorait, rarement vu un amour pareil.

— Et son père ? Il venait ?

— Peu. Il voulait pas trop qu'on sache que sa fille était ici. En vrai, y a pas de honte, je te l'ai dit, ici on n'est pas chez les fous, si tu savais le nombre de personnes qui font une halte ici ! Et pas que des paumés, y a même des mecs importants qui dirigent je sais pas quoi. Un jour, elles sont parties, la mère et la fille, main dans la main, je m'en souviens bien, parce qu'elle avait grossi et qu'on lui a signé un papier disant qu'elle était prête à affronter la vie. Alors on s'est dit que c'était bon, que les rêves avaient été plus forts. Seulement, on lit le journal ici aussi. On a appris ce qui s'était passé… La belle au paradis perdu, qu'on l'a appelée… La gamine, elle s'est piquée avec une cochonnerie, sauf qu'elle, elle ne s'est jamais réveillée. Va savoir ce qui s'est passé dans sa tête ce soir-là… Ça nous a brisé le cœur.

Je cueillis une pâquerette et en arrachai nerveusement les pétales. Je relevai la tête en entendant un reniflement. Le vieux Simon avait les yeux embués.

— On n'oublie pas ses débuts, j'te dis… Quand je l'ai revue, la mère, même autant de temps après, je savais bien qu'elle me disait quelque chose. À l'époque, y avait que moi pour me souvenir de tout ça, les autres infirmiers, ce sont tous des petits jeunes. Surtout que j'étais passé de l'autre côté du miroir, tu vois. Après la gamine, on s'occupait maintenant de la sœur, tu parles d'une famille ! Doit y en avoir du linge sale à laver par chez eux ! La dame au chien, elle venait souvent ici, je la voyais pleurer, une fois je m'étais caché dans les arbres juste pour être sûr qu'elle allait pas faire de bêtises elle aussi. Les larmes d'une mère, y a pas de mots pour ça… Y a pas plus injuste dans la vie que de te donner un enfant et de te le reprendre. Elle a mis un petit caillou, je sais pas trop où il est celui-là, mais je l'avais vue le colorier sur la table près de sa sœur… Et elle a mis un papier aussi, et celui-là, petite, je crois bien savoir où il est ! Les messages dans le mur, ça fait des années que je les lis tous. Parce que quand tu n'as plus de rêves, autant s'accrocher à ceux des autres pour continuer à les faire vivre.

— Où ? Où est-il ?

Mon cœur battait à sortir de ma poitrine. Il se leva, saisit sa guitare et se dirigea vers la maison.

— Faut que j'aille prendre mon traitement, ici, ça rigole pas, ils vont m'attendre.

— Non, s'il vous plaît, dites-moi où est le papier d'Elvire !

Il était parti dans un craquement de brindilles. Je l'entendis crier derrière un arbre.

— En bas à gauche, dans le coin le plus sombre, celui que la lumière du soleil n'atteint jamais… Et les racines, petite, n'oublie pas les racines !

Je me jetai fiévreusement sur le coin du mur, certains papiers étaient enfoncés, d'autres cachés sous le lierre. Je voulais faire vite, je ne voulais pas être surprise ici. Je me retournai un ongle, je grattai dans la mousse comme une forcenée. Je ne me reconnaissais pas. Je déroulais religieusement les petits rouleaux, puis les remettais en place avec précaution pour qu'ils ne s'envolent pas… Et je l'ai trouvé.

Quand on aime, on ne blesse pas.
Elvire, 2014

C'est tout ? C'était cela, son message, le rêve derrière lequel elle courait ? Quand on aime, on ne blesse pas… Merci bien, la belle affaire ! Mon cœur se pinça, je revis l'enveloppe que j'avais confiée à ma grand-mère. Qu'est-ce qui m'avait pris ? J'étais vraiment idiote, je ne pouvais pas réfléchir parfois ? J'aurais mieux fait de l'ouvrir et de la lire avant de la lui remettre. Jean était-il cet homme poli et charismatique ? Il m'avait affirmé n'avoir jamais parlé de la lettre trouvée sur sa fille, et voici qu'Eugénie semblait être très au courant. Un frisson me saisit. J'avais autorisé Jean à venir vider la chambre d'Elvire. Et si Dolores avait raison ? Si Jean en avait profité pour faire disparaître ni vu ni connu des papiers compromettants ? En même temps, elle n'était qu'une harpie, mais Charles aussi avait été gêné par la façon dont il avait parlé à sa femme. Et cette scène à l'hôpital… Jean me subjuguait, mais avait-il quelque chose à cacher ? Ma vie tournait au mauvais *Cluedo*. Elvire avait été tuée par un scooter devant un café ; j'étais seule à jouer et cette partie me détruisait.

Mon téléphone me rappela à la réalité. Un message de mon père.

Comment va ta grand-mère ?

Je n'eus pas la présence d'esprit de prendre des pincettes.

Mal.

33

Le temps s'écoulait doucement, la main de Charles s'était remise. La journée avait bien commencé. Le ciel bleu brillait de mille feux et aucun nuage ne semblait vouloir le contrarier, jusqu'à ce que Pénélope franchisse la porte du café. Là, je compris que le vent était en train de tourner. Je rattrapai de justesse le plateau que j'étais en train de servir à mes chapeautées, occupées à célébrer les oiseaux et le beau temps. Elles en avaient de la chance, pour un peu j'aurais souhaité être vieille et libre de tout souci ! Les miens m'assaillaient de tous côtés, mon avenir s'était fait la malle, mes amours battaient de l'aile, ma grand-mère perdait la tête et mon cœur perdait confiance.

Pénélope s'installa, la mine longue comme un jour sans pain, les yeux cernés sous son fond de teint. Un tapis roulé sous le bras, elle sortait manifestement de son cours de pilates mais semblait plus contrariée que régénérée. Elle se mura dans le silence, observée en coin par Dupond et Dupont. Nul doute qu'Éliane et Rosie se souvenaient d'elle. Christine passa la tête hors de la cuisine pour saluer sa cliente et retourna prestement à son fourneau. Elle ne l'avait manifestement pas reconnue. Je respirai.

— Mademoiselle, un thé au miel et un cannelé. Merci.

Concis, laconique, chirurgical, sans un sourire ni un regard. Je passai derrière le comptoir et préparai sa commande le plus lentement possible pour retarder la confrontation. Pourvu que Christine reste en cuisine !

— Dites donc, chère madame, ça n'a pas l'air d'aller. Vous prenez un thé avec nous ?

Je ne remercierai jamais assez Éliane d'avoir tenté de décrisper l'atmosphère, même si elle se fit envoyer sur les roses.

— Tout va très bien, je vous remercie.

Je me cachais toujours derrière le comptoir. La bouilloire finit par me houspiller, voyons Alice, il est temps de servir ! Je versai l'eau dans la théière, lentement, lentement, disposai la boule à thé dans une assiette avec un petit pot de miel, un joli cannelé doré dans une autre, mis et remis les coupelles. Pénélope toussota. Éliane ne put s'empêcher de remettre son grain de sel.

— Alice, ma chère, je crois bien que madame attend.

— J'arrive, j'arrive tout de suite.

Le plateau était léger comme une plume et mes pieds lourds comme deux enclumes. Pénélope avait été informée de ma visite surprise, c'était sûr, d'autant qu'elle m'avait rencontrée devant la pharmacie. Notre ami Jean ne semblait pas savoir tenir sa langue. À cet instant, le coucou piailla : il fallait se préparer au coup de feu du déjeuner. Pénélope le prit comme une invitation et passa à l'attaque au moment où je posais d'une main tremblante sa tasse sur la table. Dans l'espoir de ne pas être entendue par la table voisine qui avait beaucoup d'oreilles, elle murmura :

— Je croyais avoir été claire, Alice !

— Je ne comprends pas...

La lâcheté, on n'a encore jamais rien trouvé de mieux pour gagner du temps. Qui sait, Pénélope faisait peut-être référence à autre chose ? Les quiproquos fleurissent dans les pièces de Molière, pourquoi pas dans la vraie vie ? Pénélope se lèverait tout sourire, me dirait qu'elle s'était trompée et mes deux toquées préférées riraient de notre comédie.

— Vous plaisantez sans doute ?

À cet instant, Christine surgit, un plateau de gâteaux dans les mains. Je tressaillis. En retournant à ses fourneaux, elle jeta un œil sur sa cliente et me lança un regard qui, cette fois-ci, ne laissait pas de place au doute. La destinée toquait à ma porte comme une symphonie de Beethoven. Pénélope attendit que ma patronne disparaisse de nouveau, les yeux rivés sur ses ongles parfaits, puis reprit sans me faire l'aumône d'un regard :

— Alice, je sais que vous êtes passée chez moi et que vous avez vu mon mari. Il m'a tout raconté. J'avais été très claire, il ne veut plus vous voir. Je vous prie instamment de nous laisser en paix, sinon...

— Sinon quoi ?

— Sinon les choses tourneront mal !

Était-elle vraiment en train de me menacer ? Piquée au vif, je répliquai :

— Détrompez-vous, il n'avait pas l'air ennuyé et m'a accueillie avec chaleur. Vous seule ne souhaitez pas ma présence auprès de lui, je crois que c'est ça le vrai problème, et j'aimerais bien comprendre pourquoi.

Elle reposa sa tasse et pinça les lèvres d'un air agacé.

— Comment osez-vous dire une chose pareille ? Cela fait des jours qu'il pleure. Vous avez déterré tous les vieux démons que j'avais mis des années à enfouir. Que voulez-vous ?

— Comprendre !

— Mais il n'y a rien à comprendre ! Elles sont mortes, vous comprenez, mortes !

— Elvire était de ma famille !

— Elle-même n'avait pas souhaité vous le dire !

Le ton montait. Éliane en renversa son thé, Rosie se précipita pour chercher une éponge. Pénélope se mit à sangloter. Christine entrouvrit la porte de la cuisine. Je sentis son regard me fusiller dans le dos. Quitte à y laisser mon boulot, autant jouer le tout pour le tout ! Je tirai une chaise et pris place à côté de Pénélope. Je posai ma main sur la sienne, elle tressaillit. Je fis signe des yeux aux commères de retourner fourrer leur nez au fond de leur théière.

— Pénélope, je vous ai vue aux urgences l'autre jour. Vous aviez l'air terriblement mal ; votre pouce était bandé. Et à la pharmacie aussi…

Elle me dévisagea, stupéfaite.

— Aux urgences ? Parce que vous me suivez, en plus ?

— Non, Charles s'était blessé, mais vous, vous n'aviez pas l'air bien.

— J'étais terriblement fatiguée.

— Sans doute. Et votre pouce ?

— Je n'ai pas de comptes à vous rendre.

— Lorsque je vous ai croisée à la pharmacie, vous étiez de nouveau très pâle et aujourd'hui, vous avez triste mine. Cela fait deux fois que vous vous dérangez pour m'imposer de ne plus venir. De quoi avez-vous peur ?

— Ou de qui ?

Je foudroyai Rosie du regard. Pénélope, nerveuse, s'empara d'une dosette de sucre qu'elle perça à même la table. Un petit tas de grains blancs s'en échappa. Elle les balaya de la main puis me lança un rire qui sonnait faux.

— Peur ? Jean est un vieil homme, vous le mettez en danger. Voilà ce qui m'effraie ! À votre âge, vous ne savez peut-être pas ce que c'est que d'aimer ! Que d'être sauvée, aussi. Je lui dois tout, vous entendez ! J'étais perdue, désespérée, sans lui je ne serais qu'une sotte égarée. Il est mon pilier. À mon tour de le protéger.

— Il ne vous parle pas toujours bien, lâchai-je en repensant aux remarques de Charles.

— Taisez-vous ! Il est mon plus grand succès.

— Vous avez dit que vous dirigiez trois salons de beauté. Vous aviez réussi. Il ne cesse de vous rabaisser !

— Il m'aide à me construire et à progresser. Vous

ne pouvez pas comprendre, vous n'êtes qu'une gamine trop gâtée.

— C'est lui qui vous a blessée ?

— Que dites-vous ?

Elle attrapa brusquement son sac, je la retins par le poignet, c'était ma dernière chance de pouvoir vraiment lui parler.

— Pénélope, écoutez-moi ! Elvire n'était pas cette femme insensée que vous décrivez, j'en ai l'intime conviction. Il s'est passé quelque chose entre Jean, Aurore et elle, quelque chose qui va au-delà d'une sordide histoire de drogue, quelque chose que nous devons comprendre, moi pour boucler cette histoire, et vous, pour vous sentir mieux et que je cesse de vous embêter, je vous le promets. Jean a emporté des papiers en vidant la chambre d'Elvire. Peut-être les a-t-il rapportés chez vous, peut-être y a-t-il là quelque chose qui nous a échappé, je vous en prie, essayez de chercher ! C'est notre seule chance…

Ses yeux s'écarquillèrent de colère.

— Vous… Vous accusez Jean d'être venu voler quelque chose ? Alors qu'il a passé la matinée à vous aider ? Mais vous êtes folle à lier ! Pour qui vous prenez-vous, pour me dicter ce que je dois faire ou m'expliquer comment je vais ? Tant que vous y êtes, accusez-le de meurtre !

— Elvire a été écrasée par un scooter noir… comme celui de Jean.

J'étais allée trop loin, comme toujours. Ses lèvres se mirent à trembler. Elle me fixa étrangement et se contenta de me cracher un « vous êtes complètement cinglée ». Puis elle sortit sans payer, en claquant la porte.

Derrière moi, Éliane et Rosie étaient comme momifiées, la bouche ouverte, la mâchoire presque luxée. Personne n'osait ni parler ni me regarder. Finalement, une voix aigrelette s'éleva.

— Le syndrome de Stockholm, j'ai bien connu ça…

Christine, qui avait dû assister à la scène, ne nous laissa pas le temps de disserter et me tira par le bras vers la cuisine, sous les yeux éberlués d'Éliane qui marmonna :

— Ça va chauffer comme une bouilloire…

Piteuse, je gardais les yeux rivés au plancher.

— Alice, je t'apprécie beaucoup mais ça ne peut plus durer. Tu te rends compte que tu viens d'accuser le mari d'une cliente d'être un meurtrier ? Tu dérailles !

En larmes, je bafouillai « je suis désolée, je suis désolée », mais cela n'excusait rien. C'était trop tard.

— Écoute, Alice, ce qui vient de se passer ne doit plus jamais arriver, jamais ! Je sais que tu as eu une année difficile mais il faut te ressaisir. Tu vas prendre quinze jours de vacances, je me débrouillerai. Si dans quinze jours tu as fait la paix avec toi-même, la porte t'est ouverte. Sinon, mieux vaut ne pas revenir. Je suis désolée…

Je hoquetais tant et plus. Je perdais le seul endroit où je me sentais protégée, accueillie, utile… Entre mes larmes, je trouvai la force de balbutier :

— Et le chien ?

— Prends-le, s'il te plaît.

Je sortis de la cuisine en reniflant, mis le chien en laisse, ramassai ma besace et m'éclipsai sous le regard atterré de Rosie, qui clopina derrière moi pour me rattraper sur le trottoir. Elle me tendit une serviette en papier sur laquelle elle venait de griffonner quelques chiffres.

— Alice, pour Valmont, si tu as un problème, tu m'appelles. Je te redonne mon numéro au cas où. Je crois aussi que tu as besoin d'une pause.

— Merci.

— Tu reviendras, tu verras, j'ai confiance en toi.

— J'ai le don pour tout foutre en l'air, on dirait.

Elle passa doucement sa main fripée sur ma joue, comme pour en balayer les chagrins.

— La vie continue, Alice. Un boulot, un exam, ce n'est pas ça, l'important. Qui peut dire à ton âge que tout est fichu ? Une vie réussie ne se mesure pas à l'aune de tes échecs mais à ta conviction de vouloir les dépasser. File, va où ta petite voix te porte et n'écoute jamais tes regrets. Et encore moins ceux des autres.

Je levai les yeux vers Rosie, elle rayonnait de cette beauté propre aux personnes âgées. Il y a au creux de chacune de leurs rides une expérience qui ne demande qu'à être partagée.

34

— Petite, tu as déjà touché le fond ?

Cette question, je l'ai tournée et retournée, mâchonnée, étirée, sans pour autant trouver la réponse. Quand sait-on qu'on ne peut plus couler davantage ? L'échelle se raccourcissait de plus en plus sous mes pieds, mais je tenais bon. Après tout, Christine ne m'avait pas encore officiellement virée. J'étais là, sur la place, les joues encore roses d'émotion et les cheveux au vent, sac à l'épaule et chien en laisse. Il battait de la queue pour mieux balayer mes peines. Je m'accroupis, il me lécha les mains. Assise sur les marches de Saint-Jean-de-Malte, je confiai mon chagrin à une peluche au grand cœur qui tenta de l'effacer d'un coup de langue. Charles, depuis sa tour d'ivoire, nous aperçut. Il descendit en trombe et me serra contre lui. Je me laissai faire, j'avais tellement besoin de lui ! Nous sommes restés là pendant quelques minutes, accroupis sur la place, le chien presque étouffé entre nos deux poitrines.

— Alice, fais tes bagages ! Ce week-end, je t'emmène quelque part, on doit se reconstruire, toi, moi et personne d'autre !

J'avais la réponse à la question de Simon. Non, je n'avais pas touché le fond, Charles me lançait une nouvelle fois une bouée.

J'appelai Rosie qui accepta avec joie de pouponner Valmont. Je ne savais lequel des deux avait l'air le plus heureux. Elle le couvrit de bisous, il ne fut pas en reste, elle me jeta un regard plein d'amour et la porte se referma sur le début d'une idylle à six pattes. Et le vendredi après-midi, Charles me fit monter dans le premier avion.

— On va où ?

— Là où il restait des billets ! Mais le hasard fait bien les choses, je t'emmène voir la terre de mes aïeux ! J'y ai passé toutes mes vacances d'enfant !

Une heure plus tard, nous nous posions à Brest. Nous venions de perdre dix degrés, le vent frais et vivifiant balaya mes doutes. Charles avait loué une petite voiture.

— Une décapotable, mon cher, on ne se refuse rien !

— Il ne restait que ça ! C'est parce qu'il pleut tout le temps, les gens ne les louent pas, tu penses bien !

— Pourtant le ciel est magnifique !

— En Bretagne, il ne pleut que sur les imbéciles, c'est bien connu. En attendant, c'est toi qui conduis… Avec ma main tout juste remise, je ne préfère pas. Montre ton permis !

— Waouh, ça fait un siècle que je n'ai pas touché un volant !

Je m'installai et je fis ronfler le moteur, très excitée.

— C'est la première fois que je mets les pieds en Bretagne.

— J'espère que tu ne tiens pas trop à ta coiffure !

— On va où ?

— À Morgat !

Le soleil se frotta les yeux à notre arrivée, étirant dans le ciel des rayons fatigués. Charles nous avait dégoté un hôtel près du port, je humai avec délice le parfum iodé. Sur la plage, je me roulai dans le sable. J'étais libre, enfin ! Envolés les soucis, balayés par le vent qui nous enlaçait sensuellement. Avec un peu de chance, il les expédierait jusqu'au fond de l'océan où ils seraient croqués par de vilains poissons. Je me jetai dans les bras de Charles. J'avais envie de le retrouver, de rire, de m'amuser. Hirsute et du sable plein les cheveux, je l'entraînai déguster une crêpe beurre-sucre-citron.

— Et demain, Charles, on dort où ?

— Ce soir ici, demain ailleurs, tu verras.

Je m'endormis dans ses bras. Je voulais profiter de chaque minute de ce week-end sans penser à rien, je devais bâtir de nouveaux projets pour pouvoir avancer. La Bretagne m'offrit dès le matin ses paysages ébouriffants. La pointe de Dinan, je ne savais même pas qu'il existait des endroits aussi captivants ! Les bruyères se jetaient dans la mer du haut des falaises, les vagues fouettaient les roches grises, le vent se déchaînait. J'étais sous le charme de ce pays. Mon cœur se mit à palpiter au son d'une cornemuse qui bourdonnait doucement dans les rafales.

— En Bretagne ? Je croyais que c'était écossais !

— Ignare ! Pas du tout, on en joue ici aussi !

Itinéraire obligé des touristes, nous nous arrêtâmes dans une biscuiterie pour déguster un kouign-amann tout transpirant de beurre ; puis notre route longea la côte. Jamais je n'avais connu une telle plénitude, cette idée romantique que les choses s'étaient pacifiées et que la tempête me régénérait.

Je conduisais, Charles avait posé sa main sur ma cuisse. Notre silence était complice, nous étions bien ensemble, c'était comme une évidence. La route dévoilait à chaque virage sa dentelle escarpée. Nous fîmes escale sur une étendue de sable sertie entre deux falaises. La marée nous avait dérobé la mer, laissant devant nos pieds un cimetière d'algues, de coquillages et de crevettes égarées dans les flaques. Les mouettes les guettaient en se léchant les babines. La marée basse, pour une Provençale, c'est exotique.

— Charles, viens courir avec moi !

Je l'attrapai par la main et le forçai à courir derrière moi, comme des gamins. Je ris de l'entendre me maudire quand il tomba dans une flaque et pester parce qu'il était trempé. Il remonta dans la voiture en caleçon.

Puis la route nous emmena dans un village coloré, accroché comme une moule à un port presque à sec. Les bateaux languissaient sur le flanc à même le sable, les oiseaux piétinaient en cherchant des crabes. Une tour carrée en briques rouges dominait l'ensemble, repoussant ce ciel trop bleu qui cherchait à rejoindre la mer. Émerveillée, je soufflai :

— Où sommes-nous ?

— À Camaret ! On dort ici ce soir.

Ma belle humeur reçut un coup de poing dans le nez.

Camaret.

Je connaissais si peu la Bretagne que je n'avais pas fait le lien.

La presqu'île de Crozon… Eugénie m'en avait parlé.

Son petit rire grivois.

Et le curé, bien sûr… Celui qui a…

Camaret.

Et Claude, le demi-frère rejeté, réfugié dans un village, protégé par des remparts de vagues, loin, si loin des fantômes familiaux. Il devait porter le nom de jeune fille d'Eugénie, évidemment. Claude Philippe. Il ne devait pas être bien compliqué à trouver dans ce village de poche. C'était une chance unique et inespérée, quand reviendrais-je en Bretagne ?

Je ravalai mes idées folles. Charles m'offrait l'occasion de tout recommencer, moi, lui, nous, notre amour. *Ce week-end, je t'emmène quelque part, on doit se reconstruire, toi, moi et personne d'autre.* Il me désirait plus que jamais, me soutenait, mais là, je le savais, il ne me suivrait pas. Sa patience était à bout. Charles voulait vivre.

— Alice, tout va bien ?

Je lui souris faussement.

— Camaret ? J'ignorais qu'on était à côté.

— Je venais ici tous les étés. Mes grands-parents avaient une maison là-haut, accrochée aux rochers.

Dès le matin, j'invitais la mer à mon petit déjeuner. J'ai ce sang de tempête qui coule dans mes veines. J'aime l'océan noir, les vagues inquiétantes, la falaise qui résiste, la mer qui s'agrippe violemment à la terre, le départ des sous-marins pour des mois de tréfonds. Ici, la vie revêt une intensité dramatique, la mer est à son paroxysme, on vibre au rythme des tempêtes ! Demain, je t'ai concocté un programme d'enfer pour te montrer tout ça. Tu vas adorer, tu verras !

Mes yeux oscillaient entre les crêtes des vagues qui se brisaient sur la plage et ce petit village innocent qui m'attirait comme un aimant. Il était là, j'en étais sûre, mais il ne faisait pas partie du programme de Charles. Je me mis à tripoter nerveusement la main de mon cavalier. Je devais fuir les sirènes d'Elvire, oublier, reconstruire.

— Allons nous promener, Alice.

Main dans la main, nous avons longé le port jusqu'à une adorable chapelle au clocher décapité.

— Une sombre histoire d'Anglais. Viens voir, dedans il y a des tas d'ex-voto en forme de bateaux.

L'endroit invitait au voyage. Une musique celtique résonnait doucement, des cierges batifolaient au fond du chœur et des bateaux de toutes les couleurs se balançaient à leur bon gré. Charles buvait du petit-lait, excité comme un enfant d'ouvrir pour moi sa boîte à souvenirs. Je souriais, la tête aussi absente que le clocher de la chapelle.

Pour le dîner, Charles avait déniché un adorable bistrot aux murs décorés de filets de pêche. Il me dévorait des yeux, se réjouissait d'un rien, s'arrêtait pour me regarder puis repartait dans un monologue enjoué. Son cœur vibrait de la joie de nous retrouver enfin, nous qui nous étions tant aimés, sa poitrine explosait de ce qu'il rêvait de demander, mais j'étais trop absorbée pour m'en rendre compte. Il finit par s'en étonner.

— Alice, qu'y a-t-il ? Tu étais rayonnante et d'un coup tout a basculé. Profite de ce week-end à deux, oublie ton boulot, oublie tout. De toute façon tu n'allais pas faire ta vie dans ce café, non ?

Je baissai les yeux pour ne rien lire dans les siens.

— Camaret… C'est ici que vit le frère d'Elvire, mon grand-oncle. Claude Philippe. C'est une chance unique de le rencontrer, non ?

Je n'avais pas besoin de relever la tête pour deviner sa déception. Il lâcha dans un soupir :

— Eh bien, on peut dire que tout se ligue contre moi. Tu veux le voir, c'est ça ?

— Oui.

— Et tu t'es demandé à quoi cela te servirait d'exhumer les fantômes d'un vieil homme que tu n'as jamais vu et ne reverras plus ? Est-il toujours en vie, et si oui, a-t-il seulement sa tête ?

— Il n'y a jamais eu d'Alzheimer dans la famille.

— Et que te dira-t-il ? De refermer les tombeaux, de laisser le passé reposer en paix et de ne pas assombrir ta vie avec les tourments des autres !

— Il pourrait m'éclairer sur la responsabilité d'Elvire. Je l'aimais beaucoup, elle n'est pas celle qu'ils décrivent, je ne peux pas le croire…

Il essuya mes larmes pour mieux masquer son impatience.

— Alice, ce week-end, c'est nous deux et personne d'autre. Cette histoire te ronge. On est là pour re-scotcher notre amour et ta vie en mille morceaux, pas pour continuer une enquête stérile et inutile.

— Charles, c'est la première fois que j'ai la chance de le rencontrer !

— Mais il y a quelques semaines, tu ne savais même pas qu'il existait !

Mes lèvres tremblaient. Il avait raison.

— Oublie ça, Alice, reste avec moi, je t'en prie. Prouve-moi que je suis plus important que lui, et je te le promets, nous reviendrons ensemble pour voir ton grand-oncle. On prend les billets en rentrant. Et on le préviendra, on fera les choses bien. Cette année a été éprouvante, c'est toi que tu dois reconstruire, pas le passé d'Elvire.

Il se leva d'un bond.

— Viens, j'ai un endroit magique à te montrer !

Je l'aimais, je l'aimais et même à la folie. Je balayai l'idée d'une visite, ma place était avec lui, et oui, qui nous empêchait de revenir plus tard ? La nuit était tombée. Notre décapotable grimpa sans effort une route et nous laissa en bordure d'un chemin. Je ne voyais rien. Charles attrapa ma main. Une brume avait enlacé l'horizon.

— Viens, Alice, fais-moi confiance.

Les nuages s'écartèrent, la lune dessina quelques menhirs isolés surgissant de la brume. Je n'en avais encore jamais vu. Un alignement aux pointes tranchantes se dressa devant nous, comme des pèlerins d'un autre temps figés dans la pierre pour l'éternité. La lune s'entoura de nouveau de sa cape de nuages, les menhirs se blottirent dans l'obscurité. Charles m'attira vers lui. J'avais conscience de vivre un moment parfait et je n'avais pas l'idée que j'allais le détruire en un battement de cils. La lune revint nous éclairer. Charles, tout contre moi, murmura :

— Alice, je suis fou de toi. J'y pense depuis longtemps, mais tu n'allais pas bien. Est-ce que tu… tu voudrais m'ép…

Mon cœur se mit à battre beaucoup trop fort pour moi. J'avais rêvé d'un moment aussi romantique mais je n'étais pas prête, pas maintenant. Sans réfléchir, je mis mon pouce sur sa bouche.

— Ne dis rien, je t'en prie… C'est un moment magique. Je t'aime plus que tout mais ne dis rien maintenant. On profite seulement de ce moment…

La brume engloutit son regard. Il lâcha ma main et se retourna brusquement. J'aurais juré le voir essuyer une larme.

35

Je ne fermai pas l'œil de la nuit, écartelée entre la danse macabre de mes démons et la consolation suave du bras de Charles autour de moi. J'étais bourrelée de remords. Il avait dû tourner et retourner sa question dans tous les sens et moi, je lui intimais de se taire. J'avais lu la tristesse dans son regard. Je tentai vainement de m'endormir. En principe, la nuit doit porter conseil, mais personne n'a jamais dit que c'était le bon. Il en allait pourtant de la survie de notre couple. L'aurore se glissa dans la chambre, aspirant mes remords et me susurrant tout un tas d'idées folles. J'avais gâché la fête, autant aller jusqu'au bout. Je saisis mon portable, les pages blanches de l'annuaire avaient sûrement quelques secrets à me révéler. Aucun réseau, forcément, c'est toujours quand on en a besoin que l'on ne trouve rien. Je tendis subrepticement le bras vers le téléphone de Charles posé sur sa table de nuit et je pianotai ma recherche. Juste pour voir. Claude Philippe. Mon cœur faillit se décrocher lorsque je vis apparaître l'adresse sur l'écran. L'itinéraire était simple et ne me prendrait qu'une vingtaine de minutes. Charles roupillait comme un enfant et n'était pas du matin. Il était tôt et lui dormirait sans doute jusqu'à 10 ou 11 heures : je n'avais rien à perdre. La maison serait probablement vide, personne ne m'ouvrirait et je serais bien vite rentrée, jetant aux oubliettes tous mes regrets.

Je trouvai un papier et y griffonnai à la hâte un mot qui sentait le mensonge à plein nez.

7 h 30

Je pars faire un tour, je reviens très vite.

Appelle-moi quand tu te réveilles.

Alice

L'odeur d'iode m'insuffla du courage, je courus dans les ruelles, c'était facile, il suffisait d'aller tout droit, puis de prendre à gauche à flanc de coteau. J'arrivai, haletante, je sonnai. 8 heures, un dimanche matin, l'impolitesse ne m'étouffait pas, le démon de la vérité, si. J'étais si sûre qu'il n'y aurait personne, j'allais bientôt récupérer ma vie. Un pas s'approcha, mon cœur se figea, la porte grinça, un vieil homme me dévisagea.

— Claude Philippe ?

— Oui.

J'en eus le souffle coupé. Je ne m'y étais pas attendue, c'était trop facile… Je pris une grande inspiration.

— Je suis Alice Martin, la petite-fille d'Eugénie.

Il m'invita sans un mot à entrer dans son petit salon aux couleurs chatoyantes. Dans une cage entrouverte, un perroquet gris et rouge se réveilla en sursaut et crailla de manière stridente. Mes tempes palpitaient. Je me laissai tomber dans un gros fauteuil en cuir fendillé, je mis mon portable sur vibreur. J'étais prête. Je ne pouvais plus reculer.

— Je suis tellement confuse de vous déranger à cette heure !

Il soupira en me tendant un café.

— Oh, tu sais, à mon âge, mieux vaut être dérangé qu'être mort. Je peux te tutoyer ? Tu ne déranges personne, ici il n'y a que moi. Je suis bouleversé de te rencontrer, Alice.

Une cataracte rendait ses yeux doux et absents.

— Tu ressembles à Aurore, c'est fou…

J'allais finir par croire que j'étais belle ! Je pris mon courage à deux mains et lui racontai la mort d'Elvire. Il se leva avec difficulté et se traîna avec sa canne auprès de la fenêtre, le regard noyé entre la mer et l'horizon. Le perroquet se mit à faire un tumulte d'enfer.

— Eugène, ça suffit !

Je sursautai. Avait-il vraiment donné à son oiseau le nom de sa petite sœur ? Il claudiqua jusqu'à la cage.

— Toi, toi, toi, il faut toujours qu'on ne s'occupe que de toi !

Il ouvrit la prison dorée et laissa la bestiole sortir dans le salon. Elle fila se jucher sur un perchoir d'où elle nous toisa. Claude retourna à la fenêtre. Je ne pouvais voir son visage. Après un long silence, il finit par reprendre :

— J'ignorais pour Elvire. Je l'ai aimée, tu sais, jusqu'à ce qu'elle ne veuille plus de moi dans sa vie.

Si Jean n'a pas pris la peine de nous prévenir, qui aurait pu le faire ?

Il haussa les épaules.

— Alors, petite, que veux-tu savoir ? Cette histoire n'est pas belle à entendre.

— Parlez-moi d'Elvire, la vraie Elvire, celle que vous aimiez.

— Mais on en a pour des jours !

— Ne vous en faites pas.

À dire vrai, je ne savais même pas à quelle heure était notre vol de retour. Les yeux perdus dans un monde en noir et blanc, Claude dessina pour moi une galerie de portraits aux traits nets.

— On n'a pas eu la vie facile, Elvire et moi. Imagine un gamin qui perd sa mère… J'avais six ans, Elvire quatre. C'est terrible pour une mère de partir comme ça, de ne laisser quasiment aucun souvenir, parce que tes propres enfants sont trop jeunes pour garder une trace du plus grand amour qui soit.

— De quoi est-elle morte ?

— Ah, on était en 1944… On ne m'a jamais trop expliqué, et en grandissant, j'ai préféré ne pas savoir. Elle a disparu du jour au lendemain. Papa a cru bien faire. Il voulait une maman pour nous, Blanche lui a vendu un rêve qui n'existait pas. Elle ne nous aimait pas. La naissance d'Eugénie a exacerbé son agacement à notre égard. J'ai reçu ce prénom comme une gifle, enfin, quand j'ai été en âge de le comprendre… Eugénie, la « bien née », en grec, la petite sœur au sang pur, pas comme nous. Tu as des frères et sœurs, Alice ?

— Non.

— Eh bien, tu as de la chance. Grandir dans

l'ombre d'un autre enfant est le pire des châtiments. Nous vivions heureux, Elvire et moi, quand le vent a renversé notre château de cartes.

— Blanche n'aimait qu'Eugénie ?

Il fut pris d'un rire amer.

— Blanche n'aimait pas forcément plus Eugénie que nous, mais elle le lui faisait miroiter, et la pauvre fille s'accrochait à ce trompe-l'œil comme un crustacé à son rocher. Blanche n'aimait qu'elle-même. Tu as déjà rencontré une personne comme ça ?

— Je ne crois pas.

— Tant mieux, et si cela t'arrive, éloigne-toi. Eugénie faisait de Blanche une mère socialement accomplie. À l'époque, une femme sans enfant, ce n'était pas convenable. Avec moi, c'était vivable, elle aimait plaire et j'étais un homme. Même enfant, il y avait ce jeu de séduction. Mais Elvire était de trop et Blanche le lui a fait payer ! Elle l'a minée, rongée, empoisonnée à petit feu en sabotant chaque jour davantage le peu d'estime qu'il lui restait d'elle-même.

— Mais pourquoi ?

— Parce qu'elle était d'une beauté stupéfiante et que Blanche ne le supportait pas ! Où qu'Elvire aille, elle dévissait les têtes, à sept ans, quinze, vingt… Ça la rendait folle !

— Mais… et votre père, mon arrière-grand-père, il ne disait rien ?

— C'était un faible. Un gentil faible, mais faible quand même. Toujours absent, au demeurant. Ce n'était pas sa faute, c'était aussi l'époque. L'homme au bureau, la femme aux fourneaux. Il nous avait trouvé une mère, il ne s'immisçait pas dans les soucis du quotidien et acquiesçait à toutes les remarques de Blanche.

Il se retourna enfin, tâtonna, ébloui, pour trouver une chaise. Mon portable vibra, j'y jetai un œil. Charles… Mon cœur se roula en boule comme un papier froissé. Déjà ? J'enfonçai le téléphone tout au fond de ma poche, je resservis un thé à ce grand-oncle inconnu et l'aidai à s'asseoir. Il avala une gorgée.

— J'ai résisté à Blanche, tu sais, j'étais le seul garçon et, à l'époque, cela comptait, pour mon père en tout cas. J'avais un statut à part. Il se préoccupait de ma scolarité, veillait à mes résultats, à mes fréquentations. Elvire était la fille-sandwich. Sois belle et tais-toi… Blanche aurait rêvé qu'elle soit laide. Elle l'a minée comme un vampire qui suce le sang de sa victime. Elvire ne réussissait plus rien. Ses résultats chutaient. À dix-sept ans, on l'a fait entrer à l'atelier.

— Eugénie m'a dit que sa sœur était une incapable.

— Eugénie est un perroquet qui répète ce qu'on lui a mis dans le crâne pendant toutes ces années ! Elle a passé sa vie à courir après l'amour de sa mère, elle aurait fait n'importe quoi pour l'amadouer. Pas étonnant qu'elle se mette encore la tête à l'envers pour des bonnets à tricoter, si j'ai bien compris ce que tu m'as raconté. On ne peut même pas lui en vouloir. Elvire a pris la route de l'atelier pour s'affranchir du joug de la marâtre, moi j'ai fui. Dès que j'ai pu. J'ai suivi des études de médecine, j'ai pris un poste le plus loin possible. Et je me suis construit une vie bien à moi.

— Vous vous êtes marié ?

— Non. Je ne voulais pas d'enfant. Je me suis

contenté de jouir de ma tranquillité. Excuse-moi si cela te semble abrupt.

Il se leva. Sa canne renversa sa tasse de thé qui se brisa sur le plancher.

— La balayette est dans la cuisine, sous l'évier. Peux-tu aller la chercher, s'il te plaît ?

Je me précipitai et en profitai pour jeter un regard furtif à mon téléphone. Trois appels en absence et un message qui me faisait de l'œil.

Alice, tu es où ? Je m'inquiète.

Mes doigts pianotèrent honteusement :

Tout va bien, je suis partie prendre l'air.
Je rentre vite.

L'appareil n'apprécia pas mon mensonge et se remit à vibrer. Je le fourrai au fond de ma poche, le cœur battant comme celui d'un enfant pris en flagrant délit. Je devais finir ce que j'avais commencé. Je revins prestement nettoyer le plancher. Claude m'attendait.

— Elvire était trop naïve. Pour échapper à Blanche, elle s'est jetée au cou du premier baratineur qui l'a embobinée. Elle qui avait le monde à ses pieds, c'est bien malheureux, elle est allée se choisir un mari à l'ego gonflé à l'hélium. Elle était béate d'admiration, persuadée qu'elle ne valait rien sans lui à ses côtés.

— Jean ? Je crois qu'il a beaucoup souffert aussi. La mort d'Aurore, cela a dû être terrible…

Claude sursauta, sa voix enfla.

— Sa fille ?

Il fut saisi d'un rire plus acide qu'un citron.

— Il n'a jamais supporté l'idée qu'elle était boiteuse !

Mon portable vibra une nouvelle fois.

Alice, réponds-moi.
Dis-moi que tu n'es pas allée voir ce frère.
J'ai trouvé l'adresse de Claude sur ma page Google.
Dis-moi que je compte plus que tout ça.

J'en eus la nausée. Claude reprit une gorgée de thé, tendit la main vers son perroquet pour lui chatouiller le bec et se mit à ruminer des relents amers de souvenirs.

— Je l'aimais tant, cette gosse… C'était ma filleule. Mais j'étais loin, tu comprends. Si j'étais resté, peut-être aurais-je pu la sauver ? Elle me faisait confiance, elle me parlait beaucoup, elle m'écrivait. Je me faisais tant de souci de la voir maigrir ainsi ! Et puis après, les mauvaises fréquentations, les vêtements noirs, les piercings, la drogue. Sans doute pas tout le temps, peut-être juste une fois. Une fois de trop… Elvire l'aimait à la folie, mais ça n'a pas suffi.

Je lui pris la main et la caressai doucement. Claude avait perdu sa superbe et n'était plus qu'un petit bout d'homme avachi sur un tabouret, un grand frère orphelin, triste et solitaire, avec pour tout compagnon un perroquet braillard. Des larmes coururent se cacher dans les stries de ses joues. Le portable au fond de ma poche continuait de me supplier de courir rafistoler ma vie auprès de Charles au lieu de recoller les fragments d'un passé stérile. Je finis par prendre Claude dans mes bras et le dorlotai comme un enfant.

— Ce n'est pas votre faute. C'est Elvire qui s'est laissée sombrer… Sa dépression…

Il rugit dans le creux de mon bras.

— Sa dépression ? Qui t'a raconté ces bobards ? Elvire n'était pas dépressive, elle était dévalorisée. La vraie question, c'est qui tirait les ficelles ? Blanche ? Jean ? Je lui ai écrit, j'ai cherché à la secouer, je l'ai invitée à quitter ceux qui la blessaient, à fuir et à vivre chez moi, je sentais bien qu'il y avait quelque chose qui ne tournait pas rond, mais elle ne disait rien. Et surtout, je voulais arracher la gosse à tous ces gens qui pouvaient lui faire du mal, tu comprends ? Mais on l'avait persuadée que, toute seule, elle n'y arriverait jamais !

— Qui, on ?

— Tous ! Ils étaient tous les mêmes ! Et mon père, il était déjà six pieds sous terre. Sinon, j'en suis sûr, il aurait protégé sa petite-fille et fait pour elle ce qu'il n'avait pas fait pour nous. Il vaut mieux y croire, en tout cas. On n'en serait peut-être pas arrivé là, à ce soir-là, dans une boîte de nuit sordide.

— Aurore s'était disputée violemment avec sa mère ce soir-là, vous le saviez ?

— Qui t'a dit cela ? Aurore ne se disputait jamais avec Elvire. Elles s'adoraient.

— Jean. Il m'a dit qu'Aurore avait laissé une lettre terrible pour Elvire, mais qu'il l'a détruite pour la protéger.

— Je n'y crois pas une seconde.

Il se leva et partit sonder les tréfonds d'un vieux tiroir. Il en ressortit une enveloppe jaunie qu'il agita sous mon nez.

— Tu n'imagines pas, Alice, les cicatrices d'une enfance ravagée ! Tu es jeune et tu as été aimée, je l'espère, en tout cas. L'amour ne blesse pas, tu sais, sinon, il est un leurre. Elvire a cru sincèrement que Jean la tirerait vers la lumière. Elle lui a fait confiance. Elle disait oui à tout ce qu'il disait. Pour ne pas le perdre, pour qu'il continue à l'aimer. Pas comme sa mère qui s'était évaporée, pas comme Blanche qui l'avait rejetée. Elvire avait juste besoin d'être aimée. Et sa fille l'adorait. Alors quand elle est partie, tu imagines ?

Je pensai au petit rouleau qui pourrissait dans le vieux mur. *Quand on aime, on ne blesse pas.*

— Blanche me semble avoir été une méchante femme. Mais Jean…

— Blanche, Jean, ce sont des gens à part. Ils sont comme ça, c'est tout. Sans même s'en apercevoir. Ils ne savent pas ce qu'ils font. Ils sont comme des miroirs, lisses et polis en surface mais si noirs quand on gratte. À dire vrai, je sais ce qu'on pouvait trouver quand on grattait le vernis de Blanche. Je n'ai jamais voulu d'enfant, tu vois. Après tout ça, je n'avais pas le courage. J'avais trop peur d'être un mauvais père. Pour Jean, je n'ai jamais trop su. Il avait ce truc qui ne me plaisait pas. Trop parfait, trop tout… La suite m'a donné raison, non ?

Le perroquet crailla d'une voix de stentor ; mon

téléphone ne cessait de me rappeler à l'ordre. Je le coupai.

— Il y a quelqu'un qui t'attend ?

— Non.

— S'il y a quelqu'un qui t'attend, ne le laisse pas sans réponse.

— C'est bon.

De toute façon, le mal était déjà fait. Il ne cessait de retourner l'enveloppe jaunie entre ses doigts gonflés d'arthrose.

— Quand Aurore a été hospitalisée parce qu'elle était trop maigre, j'ai écrit à Elvire pour lui dire de venir, de quitter Jean, de protéger sa fille. Un gosse ne peut pas grandir comme ça entre un père peu aimant et une mère terrorisée.

— Vous pensez qu'Elvire était battue ?

— Je ne crois pas. La violence se passe très bien de coups. C'est la pire, d'ailleurs, insidieuse, invisible, personne ne la soupçonne. Elvire n'a rien voulu entendre. Alors j'ai écrit à Aurore, dans sa maison de repos. Je lui ai dit de venir me voir, qu'elle serait la bienvenue chez moi, ici, en Bretagne. La lettre est tombée entre les mains d'Elvire. Elle m'a appelé, elle était dans une colère terrible. Elle m'a insulté, m'a dit de ne plus me mêler de sa vie privée. Qu'ils étaient une famille heureuse. Elle pleurait, je me doutais bien que non… C'était ça, le bonheur ?

Il froissait l'enveloppe de plus en plus nerveusement.

— Et puis un jour, Aurore m'a écrit. Elle venait d'avoir dix-huit ans, elle avait gagné trois sous avec un petit job, elle voulait venir chez moi… Pour de bon. Elle voulait en finir avec ses vieux démons et surtout avec son père.

Il ouvrit la lettre en tremblant, me tendit un vieux papier chiffonné par le chagrin et les années.

— Lis-la. Tu comprendras mieux pourquoi je ne crois pas à cette histoire de dispute.

Je regardai la date. 25 mars 1985.

Claude,

Je ne peux plus me laisser détruire. Maman a coulé, c'est trop tard pour elle, mais j'ai le droit de me battre encore pour moi. Je veux vivre. Il ne m'aime pas, me reproche en permanence mon pied, mon poids, mes notes en maths... Je ne peux plus le regarder en face, je fais tout pour le faire hurler et je hais cette personne que je suis devenue. Tu m'acceptes toujours chez toi ? J'attends ta réponse pour chercher un billet.

Merci, merci d'être là,

Aurore

Je le regardai d'un air effaré.

— Aurore détestait son père ?

— Cela semble clair. Était-ce une simple crise d'adolescence ? Je ne crois pas. Bien sûr, je l'ai appelée, j'ai réussi à lui parler sans tomber sur Elvire, je lui ai dit que je l'accueillerais s'il le fallait, même si abandonner sa mère n'était pas forcément une solution. Elle n'en démordait pas. J'ai fini par accepter, au moins temporairement, le temps de tirer tout cela au clair. Je voyais bien que personne n'allait bien chez eux... Sauf que...

Ses épaules se mirent à tressauter, il bafouilla :

— Elle est morte juste après... Avant que j'aie pu la sortir de là. Alors tu vois, cette lettre dont parle Jean, moi je n'y crois pas. Le problème, c'était lui et sa relation avec elles deux. Et au fond d'elle, Aurore voulait vivre. C'était un accident. Ça ne peut être qu'un accident. L'unique fois ? La fois de trop ? D'où sortait-elle l'argent pour acheter une chose pareille ? Je pense que Jean a fait porter à Elvire toute la responsabilité. C'était mieux de jouer les victimes. Mais je n'y crois pas.

Le perroquet lança un long cri plaintif qui finit par mourir en me glaçant les sangs. Mon téléphone s'y mit aussi.

— Pardon, j'étais sûre de l'avoir mis sur silencieux.

— Pourquoi ne décroches-tu pas ? Il y a quelqu'un qui t'attend, ça se voit.

— Eh bien, il attendra. Il sait que je suis là.

— Moi j'aurais aimé que quelqu'un m'attende... Allez, petite, je crois que tu dois filer. Je suis fatigué.

Je me mordis les lèvres.

— Comme quoi, reprit-il, même à mon âge, la vie est pleine de surprises. J'avais appris ta naissance, bien sûr, mais j'ignorais tout de toi. Et tes traits ne mentent pas. Tu es de chez nous, tu as la beauté d'Aurore. Reviens me voir si d'aventure tu repasses par là avec la personne qui t'appelle. Ça me fera plaisir d'avoir de la visite.

Je ne voulais pas m'en aller, j'avais la gorge serrée à l'idée de la dispute qui s'annonçait.

— Mais… Elvire n'a jamais su qu'Aurore voulait s'enfuir ?

— À ce moment-là, non, soupira-t-il. Je ne le lui ai pas dit. Elle était tellement brisée, je n'ai pas voulu l'accabler davantage. De toute façon, cela n'avait plus d'importance. On s'est vu à l'enterrement. Elle était hébétée, sidérée, elle ne pouvait plus parler.

— Mais après ? Elle n'a quitté Jean qu'au bout de vingt ans ! Que s'est-il passé ?

— Après ? Elle a continué comme avant, se laissant convaincre qu'elle était seule responsable de tout ce gâchis. Je l'ai appelée des dizaines de fois mais, dans sa tête, elle était partie. Loin, très loin. Sa colère la brûlait de l'intérieur, elle a vociféré que Jean était tout ce qui lui restait, qu'il la gardait en dépit de tout. Et un jour, Jean m'a appelé pour me dire qu'elle ne voulait plus me parler et que je ne devais plus les importuner.

— Jean ?

— Lui-même. Elle ne m'a jamais recontacté. Tu comprends, tout ce que Jean disait, elle le faisait.

Mon cœur jouait au bilboquet dans ma poitrine.

— Mais après avoir quitté Jean, elle ne vous a pas rappelé ?

— Si, hésita-t-il, et elle pleurait. Elle m'a dit qu'elle savait que j'avais voulu aider Aurore. Elle m'a dit qu'il n'était pas trop tard, que l'on pouvait tout reconstruire, qu'elle me pardonnait… Qu'elle avait trouvé une lettre qui changeait tout. Et j'ai honte, mais cette idée d'être pardonné, ça m'a fait sortir de mes gonds. Comme si j'y étais pour quelque chose ! Je me suis mis en colère. J'avais tellement souffert ! Je l'aimais, cette gosse…

Il se tut un instant. Puis il respira profondément et reprit :

— Je lui ai dit qu'elle se réveillait trop tard pour faire revenir les morts. Trop tard pour moi, en tout cas. Et qu'il y avait des choses qu'on ne pouvait pas reconstruire. Qu'on parlait de sa fille, que c'était leur faute à tous les deux et que je ne voulais plus rien entendre. Jamais.

Il sanglotait.

— Elle m'a tendu la main et je l'ai refusée. J'aimais Aurore, tu comprends. Je me suis laissé aveugler par la peine. Je n'ai pas réussi à leur pardonner.

Il revint s'asseoir lourdement dans le canapé.

— Et puis tu vois, on a vieilli comme deux idiots, sans se reparler. Et maintenant il ne me reste que mes yeux pour pleurer. Parce que plus on est vieux, plus le temps passe vite. On finit même par oublier qu'un jour, nous aussi, on sera gommé de cette triste réalité. Comme Aurore. Et on se croit trop occupé pour passer un coup de fil et pardonner… On peut être sacrément bête parfois, non ?

— Et Eugénie ? Elle est toujours en vie, Eugénie.

— Cela fait bien longtemps que l'on n'a plus rien à se dire, tu sais.

— Vous devriez peut-être essayer ? Il n'est pas trop tard.

Il saisit sa canne, sonnant le glas de notre conversation.

— Ne crains rien, Alice, je ne te laisserai pas mes

chagrins en héritage. J'ai légué par anticipation tous mes biens à des associations. Elvire n'a pas voulu mal faire, elle t'aimait sans doute tendrement.

— Pourquoi pensez-vous qu'elle ne m'a rien dit ?

Il sembla se moquer de ma naïveté.

— Mais si elle t'avait dit qui elle était, tu l'aurais peut-être rejetée ! Elle ne savait pas ce que les autres t'avaient raconté. C'était plus simple comme ça, une bonne vieille dame qui prend soin d'une jeune fille. Elle n'a pas voulu t'effrayer. La question est plutôt de savoir comment elle t'a retrouvée. Elvire rêvait d'être aimée mais pensait ne jamais le mériter.

Il me désigna mon téléphone de l'œil qui vibrait de nouveau.

— Je crois que la personne perd patience, tu dois vraiment y aller.

— Je ne peux pas vous laisser comme cela.

— Ne te soucie pas des larmes d'un vieil homme. Elles sont comme l'eau sur une terre asséchée. Elles y font pousser un peu de vie. Maintenant tourne cette page, Alice. La vie est merveilleuse à qui sait la saisir, ne la laisse pas se flétrir et décroche ton téléphone, bon sang, crois-en un vieux gâteux !

La porte se referma. Mon téléphone refusa évidemment de retrouver du réseau. Je courus à l'hôtel. La chambre était vide. Il ne restait plus que ma valise.

Sur la table de nuit, un mot et un écrin.

36

Ma petite Gigi,

En t'appelant ainsi, je me fais croire à moi-même que tu m'as aimée. Plus le temps passe, plus je cherche à me raccrocher à des souvenirs qui n'existent que dans mon imagination. C'est la beauté de l'âge, que veux-tu, de pouvoir tout réinventer. Certains diront que j'ai la bobine qui se débine, moi je dirais plutôt que je prends des libertés avec la réalité. Et si ça suffit à me rendre guillerette, ce n'est pas interdit. Le bonheur n'est rien de plus qu'un état d'esprit. Il vaut mieux vivre en arrangeant ses souvenirs plutôt que dans un vide de souvenirs.

Si tu voyais là où j'habite ! Je ne suis guère mieux qu'une cocotte décatie entretenue par son ex-mari et une vieille femme grognon. Notre maison est tout sauf coquette, mais Dolores a la générosité de m'héberger à l'œil dans la chambre de ses parents. Feu ses parents, ils dorment entre quatre planches depuis bien longtemps. Ma chambre est d'un orange cafard, mais elle est à moi. Je m'y sens protégée.

L'autre jour, en faisant du rangement, je suis retombée sur une photo de 1951. Je te l'apporterai à La Vallière, ça te sortira peut-être un peu de ta torpeur. On avait ri, tu te souviens ? Et quelle raclée je m'étais prise ! On nous avait endimanchés comme des poules qu'on mène au concours, toi dans ta jolie robe à smocks, Claude engoncé dans un nœud papillon cousu à la va-vite, et moi exceptionnellement coiffée de deux nattes et de petits rubans. L'heure était grave, il s'agissait du portrait officiel qui trônerait sur la cheminée pendant les deux prochaines années. Comme une famille heureuse...

Je m'en souviens comme si c'était hier. En arrivant dans le studio, papa et Blanche s'étaient arrêtés pour parler au photographe. Nous, on était entrés. J'avais crié de joie devant le faux décor d'hiver, le cerf et la biche en papier mâché et j'avais eu cette envie folle de me rouler dans les flocons de coton. Claude m'avait imitée en riant, et toi tu étais restée terrifiée, nous suppliant de nous calmer. Mais ma petiote, tu ne comprenais pas ! Ta mère avait la main leste, que l'on soit sage ou non ! Alors mieux valait rire quand on pouvait, c'était toujours ça de pris. Alertée par le chahut, Blanche avait pointé sa tête de fouine et j'avais lu dans son regard que ça allait barder. Elle avait fait de son mieux pour me mettre le plus au bord de la photo possible, elle m'avait regardée de son air pincé tout en minaudant pour faire bonne impression. Et ensuite, je m'étais pris une sacrée dérouillée...

J'ai passé des années à rejouer le carnaval de nos vies. Tout le monde y était masqué. Toi aussi, d'ailleurs : tu as vécu dans l'ombre de ta mère, mais au moins elle ne te brisait pas. Tu te bouches les oreilles, n'est-ce pas, tu détestes cette vérité-là, mais pardi, mieux vaut ouvrir les yeux tant qu'on peut encore le faire. J'ai appris qu'il n'est jamais trop tard pour se reconstruire. Tu te jetais comme une charogne sur le moindre lambeau d'amour qu'elle daignait te jeter. Tu n'étais guère plus que son gentil toutou, et c'est bien pour cela qu'elle consentait à t'aimer. Blanche était peu aimable, tyrannique, narcissique, redoutable pour ceux qui ne l'admiraient pas, mais elle était tout de même capable d'une poussière d'affection. « Miroir, mon beau miroir… » La plus belle devait être elle. Je pense que tu n'as pas idée de ce que j'ai souffert. C'est terrible, pour un enfant, de ne pas être aimé. J'en ai pleuré des nuits entières, mon ours rose dans les bras, le seul qu'il me restait de ma maman à moi. Je ne comprenais pas ce que j'avais fait pour mériter cela. J'étais jolie, polie, je faisais tout pour que l'on soit fier de moi mais ce n'était jamais assez. Quoi qu'il se passe, je n'étais pas à la hauteur. J'ai fini par m'en persuader. Blanche m'en imposait, Blanche me terrifiait, Blanche me brisait. J'étais tiraillée entre mon envie de bien faire pour que mon père soit fier et cette conviction chevillée au corps que je n'y parviendrais pas. Blanche a miné ma confiance en moi. Sois belle et tais-toi. Tu connais la suite, Gigi, mais ce n'est pas pour autant que tu l'as comprise. Tout était écrit mais je dois te le dire avec mon encre à moi pour effacer ce que les autres ont jugé bon d'écrire à ma place. Je me suis jetée dans les premiers bras consolants qui se sont refermés sur moi. Cet homme m'a rassurée, m'a juré qu'il me sortirait de cette famille qui ne me méritait pas, m'a promis de tenir ma main chaque jour qui passerait, qu'ensemble, on serait plus forts... Il n'attendait que moi. J'étais malléable comme une glaise encore vierge, il fut mon Pygmalion.

Quand Claude a choisi la Bretagne et une vie de cocagne, je n'ai pas caché mon désarroi. Encore un qui me laissait... Et quand il n'a plus voulu me parler, je me suis brisée contre les rochers. J'ai su bien plus tard que Jean l'avait appelé, lui demandant de s'éloigner, ce serait mieux pour ma santé. Je lui avais déjà raccroché au nez plusieurs fois, c'est vrai, il m'avait mise en colère, mais je n'étais pas dans mon assiette. Aurore n'était plus là, je n'étais plus tout à fait moi. Et Jean s'en est mêlé. Sans doute ai-je eu trop peur de le contrarier pour véritablement m'en soucier. Claude n'appelait plus, je m'étonnais, Jean me convainquait que c'était mieux pour moi et m'exhortait de l'oublier. Quand j'ai voulu recoller les morceaux, c'était déjà trop tard. Je lui pardonne, tu sais. Je devrais encore essayer de lui parler, c'est bête de se refermer comme des huîtres, mais je l'ai tant aimé que cela me demande une force bien plus grande que celle de t'écrire. Les morts nous ont pourri la vie, Eugénie. Je rêve que l'on se revoie tous les trois avant que l'un de nous ne se fasse la malle. Une journée ? Un dîner ?

Quand Aurore m'a quittée, j'ai planté un rosier. Quand je suis partie, j'en ai cueilli les roses pour les faire sécher. Le bouquet est toujours dans ma chambre. Quand Claude m'a envoyée paître, j'ai planté un prunier. Des reines-claudes bien sûr. Pour le coup, il était difficile à emporter, je me suis contentée d'un noyau dans un pot. Il a bien grandi. Cela me rend heureuse. Tu vois, il m'en faut peu. Maintenant que j'y pense, je n'ai pas d'arbre pour toi. Demain, j'irai acheter un cyclamen, il paraît qu'il est symbole d'amour tendre et durable.

Allez, Eugénie, je préfère te laisser. À défaut d'avoir partagé une folle enfance, ne manquons pas nos derniers instants. C'est mon vœu le plus cher.

Elvire

37

La chambre d'hôtel était vide. Sur la table de nuit, un mot et un écrin. Charles était parti.

« Petite, tu as déjà touché le fond ? »

Je crois que cette fois, je pouvais répondre oui. Je lus le mot en tremblant.

Alice,

Le feu derrière lequel tu cours est éteint depuis longtemps et tu t'y brûles encore les ailes. Nous ne regardons plus dans la même direction. Tu remues des cendres sur lesquelles nous ne construirons rien. Je rêve pour nous d'un avenir aux joues roses et aux mains potelées. Je t'aime, je t'aimais tant et tant, je t'aimerai encore, j'aime ton esprit, ton visage, ton adorable folie qui rendait la vie douce, mais je crois que c'est cela, l'amour, se sacrifier quand on a tout donné et que cela n'a pas fonctionné. Puisque tu ne veux pas de moi, je te rends ta liberté. Tu trouveras dans l'écrin ce que je voulais te dire hier soir entre les menhirs... Une bague vaut mieux que mille mots et je n'aurai pas la force de t'entendre la refuser. Garde-la, je t'en prie, je serai heureux de savoir qu'il reste un souvenir de moi autour de ton doigt.

Prends soin de toi, tu le mérites, et ne te réveille pas trop tard, la vie ne t'attendra pas. Mon amour n'a pas suffi. À défaut de m'épouser, garde-moi une petite place dans tes souvenirs.

Je t'embrasse,

Charles

P-S : je pars en bus, je vais avancer mon vol. Le tien est à 18 h 25. Je te laisse la voiture, elle est à ton nom. Il te suffit de rendre les clés.

Charles était mon pilier, il m'avait toujours tout pardonné. J'étais allée trop loin, persuadée qu'il encaisserait encore et encore. Mais il voulait construire une maison en pierre quand je bâtissais des châteaux de sable. J'avais tout gâché, tout saccagé, j'étais au sommet de ma médiocrité. Il ne me restait plus qu'à me taire et à pleurer.

J'ouvris l'écrin blanc en chancelant. Un petit diamant rond chercha vainement à allumer une étincelle de joie dans mes prunelles. Je refermai la boîte. Je n'étais pas une belle huître pour mériter une perle, j'étais une pierre toute grise et insignifiante.

Le cœur lourd, je fis un baluchon d'une légèreté navrante. Ainsi donc, ce week-end se résumait à ces quelques affaires ? Je me présentai à la réception, Charles avait eu l'élégance de tout régler. Je devais être bien pâle, le concierge s'inquiéta. Je sortis respirer l'air marin et laissai mes pieds errer sur le port, suivre un instant le sillage d'un cormoran et le voir s'évanouir dans le creux d'une vague. Charles était-il vraiment parti ? Il allait revenir, c'était sûr, mes yeux scrutaient vainement l'horizon. Il me faisait une farce, juste pour m'effrayer un peu. J'avais beau l'avoir épuisé ces derniers mois, jamais il n'avait fui. Prise d'un éclair subit, je tentai de l'appeler une fois, deux fois, trois fois. Son téléphone était coupé. Mes pas perdus me ramenèrent finalement jusqu'à la petite chapelle aux bateaux multicolores. Elle m'offrit une lumière dorée plus rassurante que ce ciel décidément trop bleu. J'aurais préféré la pluie, l'orage, on était en Bretagne, après tout ! Alors quoi, le ciel ne pouvait-il pas s'effondrer et m'écraser une bonne fois ? Je me réfugiai sous une maquette de bateau rouge qui se balançait au gré des courants d'air. Pourquoi avais-je tant douté devant nos différences ? Comment avais-je pu penser que, par peur de construire, il valait mieux détruire ? Charles était mon autre, c'était une évidence. Il ne s'en était pas caché, il l'avait proclamé à cor et à cri, puis il était parti sur la pointe des pieds, chassé et humilié. *Quand on aime, on ne blesse pas.*

Je me recroquevillai, la tête dans les bras, les bras sur les genoux. Je ne sais combien de temps je restai ainsi. Une odeur de tabac froid vint soudain me chatouiller les narines, puis un pantalon de ciré et une grosse paire de bottes prirent place à côté de moi. Avec un peu de chance, c'était un korrigan venu m'emporter. Une voix grave fit battre mes espoirs en retraite.

— Eh bien, eh bien, faut pas pleurer comme ça, gamine. Y a pas plus beau qu'un ciel bleu en Bretagne ! Va vite faire un tour dehors pour te remettre les idées au clair.

Je levai les yeux. Un vieux marin à casquette rouge s'était assis à côté de moi, devant la statue de la Vierge. Je ne sus que bafouiller :

— Il… Il… voulait me demander en mariage.

— Ah ben voilà, c'est formidable ça !

Sa joie se fracassa contre ma stupeur.

— Mais j'ai tout gâché…

L'homme leva les yeux vers le bateau rouge sang qui s'agitait toujours au-dessus de nous.

— Des tempêtes, dans ma vie, j'en ai vu des tas. Et j'ai même fait naufrage une fois. Je m'en suis tiré pourtant. Tu vois ce bateau rouge, c'est moi qui l'ai offert. Après cette nuit-là où j'ai cru que j'm'en sortirais pas. Tu peux te prendre en pleine poire la pire des tempêtes, tu peux chavirer autant de fois que tu veux, tant que t'es pas à croupir au fond de l'eau, tu peux toujours t'en sortir. Faut juste faire confiance et ne pas perdre espoir. Crois-en un vieux marin…

— Les marins ne sont peut-être pas des lâches.

— Crois-tu ? Je ne connais personne qui ignore la peur.

Je baissai les yeux. Il se releva et lissa sa barbe broussailleuse.

— Qu'es-tu venue faire dans cette chapelle ? Prier ?

— Je ne crois pas en Dieu. Je ne savais pas où

aller, c'est tout. J'aime bien les bateaux, la musique, l'ambiance. Et vous ?

— Moi je viens rendre visite à mon petit bateau. Me dire que j'aurais pu ne pas être là et que, du coup, j'ai franchement intérêt à en profiter, tu vois. Ça me rassure dans mes vieux jours. Allez, je file, j'ai une barque à vider.

Il se releva et se dirigea vers la sortie. Arrivé sur le seuil, il se retourna.

— Si la chapelle ne parvient pas à te réconforter, lâcha-t-il, je connais un remontant plus païen. Longe le port jusqu'à la boulangerie et offre-toi un kouign-amann. Le chagrin ne résiste pas aux douceurs.

Et il disparut. Ce n'était pas un korrigan, mais peut-être un esprit marin envoyé par les flots pour me sauver du naufrage. Je saisis mes affaires et courus rassasier ma tristesse avec un gâteau doré. Le beurre breton fait des miracles. Cela doit être le sel. Je récupérai ma voiture et regagnai Brest.

38

J'avais plus d'une semaine à tuer avant de pouvoir retourner au café. Mon unique échappatoire. Plus de concours, plus d'amoureux, il ne me restait que cet endroit tant aimé. Je ne pouvais pas le perdre. J'avais beau appeler, Charles ne décrochait pas. Le chagrin avait fait place à la colère. Tout était sa faute, bien sûr : comment avait-il eu le toupet de m'abandonner au bout de la France dans un village rongé par la tempête ? Il me laissait tomber au moment où j'avais le plus besoin d'être épaulée, c'était ça, son amour ? Je filtrai consciencieusement les appels de mes parents, de ma mère en particulier, trop inquiète, trop soucieuse, qui m'aurait parlé de lui. Elle n'aurait pas compris.

Il ne me restait plus qu'une occupation pour faire le ménage dans mon esprit. Dolores piaffait d'impatience sur mon répondeur. Elle avait trouvé une personne pour reprendre la chambre, il fallait vider de toute urgence, je n'avais pas beaucoup avancé, et le nouveau locataire arrivait dès que possible en juillet. J'attrapai un rouleau de sacs-poubelle pour engloutir toutes ces vieilleries, du scotch, des ciseaux et des étiquettes, et j'allai sonner au 43, rue de la Paix. Il n'y avait personne. Je sortis ma clé, pris une grande inspiration et poussai le portail noir, toujours encombré de ronces. Les roses avaient fleuri et embaumaient la cour qui, sans les crottes de chien, reprenait belle allure. J'aperçus un petit arbre fruitier dans un pot. Un prunier ? Il m'encouragea en balançant ses feuilles. Valmont le gratifia d'un pipi chaleureux puis rentra en battant de la queue.

Un rapide coup d'œil me confirma que Dolores était absente. Je soupirai d'aise. Il fallait reconnaître qu'elle avait été très patiente. La chambre presque nue me sembla soudain terriblement pauvre. Qui pouvait vouloir louer un endroit pareil ? J'avais toujours du mal à imaginer Elvire dans ce taudis sans âme.

L'ampleur de la tâche était moins impressionnante que dans mon souvenir. Les vêtements avaient tous été pliés et donnés, la penderie me regardait bêtement, la bouche ouverte. Dans la cuisine et la salle de bains, toutes les affaires personnelles avaient été triées. Dolores n'avait rien voulu garder, hormis les roses séchées qu'elle tenait pour le plus beau des trésors. Il ne restait plus guère que la bibliothèque et les photos au mur.

J'avais envie de les regarder une à une avant de les jeter. J'avais tellement de temps et si peu de passe-temps… J'aimais les vieilles photos et leurs teintes défraîchies. Les pêle-mêle semblaient organisés par ordre chronologique. Je retrouvai une Elvire jeune fille puis adolescente, grandissant en beauté et en sourire crispé. Sur un portrait de mariage digne d'un reportage royal, Jean et Elvire se tenaient côte à côte, beaux comme le jour, la main levée pour saluer. L'image du glamour et du bonheur l'espace d'un matin. Je jetai la photo dans un carton, elle virevolta et se posa face contre terre. Elvire, au dos, avait griffonné un mot de son écriture tremblotante :

Ce jour où je croyais encore
que tu pouvais m'aimer.

Je décrochai fébrilement les autres photos. Presque toutes étaient annotées, mais la graphie ne laissait aucun doute. C'était celle d'une main âgée. Toutes les notes avaient dû être écrites à peu près au même moment. La vie d'Elvire déroulait sous mes yeux un miroir de bonheur et un revers chagrin. Une photo me vantait le bonheur d'un dîner aux chandelles et d'un Jean rayonnant. Son verso criait au mensonge.

Ce soir où j'avais passé des heures
à préparer ton plat préféré.
Tu m'as asséné que tu le détestais.

Une Elvire rayonnante devant sa machine à l'atelier portait pour légende :

Cette fois où tu m'as convaincue
d'arrêter mon travail
qui te faisait trop honte.

Au dos d'une Elvire en tenue de gala :

Sois belle et tais-toi…
Ce dernier gala où tu m'as emmenée.
Tu m'as demandé
de ne plus parler à tes collaborateurs,
j'étais vraiment trop sotte.

Les photos se succédaient, détricotant l'illusion d'une famille heureuse. Je retombai sur cet instant de complicité volé entre Aurore et Dolores, du moins je le présumais, un été sur la plage, entre une jeune femme brune au visage chevalin et un enfant au pied légèrement difforme. Aucun commentaire n'y était inscrit. Je la mis dans ma poche sans trop savoir pourquoi, le regard déjà aimanté par un autre cliché de la petite fille. Aurore en robe à smocks tenait la main de sa maman devant un sapin de Noël lourdement décoré. Le dos criait la vérité.

Cette dernière fête de Noël de ton usine
où tu as emmené ta fille.
Après, tu lui as expliqué qu'avec son pied,
mieux valait ne pas se montrer.

J'en eus la nausée. L'image de Jean n'était-elle vraiment qu'un leurre ? L'envers était bien sombre.

Les reproches pleuvaient.

Ce soir où tu as humilié ta fille
pour une mauvaise note en maths.

Ce soir où tu l'as insultée
pour avoir osé te dire
que tu me maltraitais.

Cette nuit où tu m'as dit
que je te pourrissais la vie.

J'avais fini de défaire un pêle-mêle et le posai contre le mur. Il bascula. Au dos était punaisé un article.

Le Méridional, 6 avril 1985

LA BELLE AU PARADIS PERDU

Je n'avais pas besoin d'en savoir plus pour comprendre ce dont il s'agissait.

Une jeune fille nommée Aurore, âgée de 18 ans, a été retrouvée morte hier matin d'une overdose au Paradis perdu.

Plus bas, une note tremblante et une tache d'encre tombée comme une larme :

Cette nuit où tu as brisé nos vies.

Je me précipitai aux toilettes pour vomir mon dégoût. *Quand on aime, on ne blesse pas…* Mal aimée par une marâtre despotique, Elvire avait fui pour mieux reproduire le cycle infernal. Jean le rassurant, heureux de se pavaner au bras d'une femme que tout le monde lui enviait, Jean, irréprochable à ses propres yeux, pleurant devant moi qu'il partirait en paix sans avoir quoi que ce soit à se reprocher… « Aurore, pardonne-lui, il ne sait pas ce qu'il fait. » Voici donc pourquoi Jean et Blanche se détestaient, peut-on aimer son double ? Elvire s'était réfugiée dans les premiers bras qui s'étaient ouverts alors qu'ils ne cherchaient qu'une jolie compagne à dominer. Je repensai au scooter noir avec effroi.

Une musique se mit à hurler, me glaçant d'épouvante. Le chœur lugubre du *Requiem* de Mozart envahit la maison. La main sur la cuvette, je vomis une seconde fois, portée par cette assemblée de voix sombres qui chantaient la mort. Une terreur sourde me retourna les tripes. Et si j'étais enceinte ? Le chœur, derrière moi, accéléra sa lamentation. La tête me tournait. Il ne manquerait plus que cela pour m'achever ! Comme quoi, même quand on a touché le fond, on peut toujours s'enfoncer encore. Cela ne pouvait être vrai…

La porte s'ouvrit brusquement.

— Ah, t'es là, toi ? Ça a pas l'air d'aller, dis donc ! Viens par là que je t'aide à te relever.

39

Je n'avais pas entendu Dolores arriver. Mon cœur faillit chavirer d'effroi au son de sa voix grinçante. Avais-je vraiment cru que ce chœur funeste était une armée d'anges venue me chercher, plutôt que de déduire tout simplement que Dolores était rentrée et écoutait un CD ? La sorcière clopina vers un placard à balais, en sortit une serviette élimée, essuya la sueur qui perlait sur mon front, me releva d'une main ferme et m'entraîna dans le salon.

— Je vais m'occuper de toi, on n'a pas idée de rester comme ça par terre.

Je me blottis, un peu perdue, dans le canapé en velours orange aux franges rongées par le temps et une tasse de tisane apparut dans mes mains sans que je sache comment. Valmont était couché à mes pieds. Dolores s'assit en face de moi et me sourit.

— Ça va mieux ?

Je fis oui de la tête.

— T'es toute seule aujourd'hui ? Il est où le prince charmant ?

Je haussai les épaules en gonflant les joues.

— Il est pas parti, quand même ?

— Si.

— Le salaud ! Les hommes, ils sont tous pareils. Prennent ce qu'y a à prendre entre les jambes et ensuite… *pfft*, y a plus personne. Crois-moi, on s'en passe bien, à vingt ans comme à quatre-vingts. Pour ce que ça lui a apporté, à Elvire… Que des soucis !

Dolores se leva en maugréant, le CD était fini. À mon grand soulagement, elle opta pour une atmosphère moins lourde. *Les Quatre Saisons* de Vivaldi envahirent le salon. Le vent de l'hiver me rafraîchit en plein été. Je plongeai ma main dans ma poche sans même y penser et y retrouvai la photo

— Dolores ?

— Oui ?

— Aurore, vous l'aimiez ?

Son sourire s'embua, son regard se figea et s'envola loin, bien loin, sur une plage en été, une petite fille boiteuse s'agrippant à sa main. Ses lèvres frémirent.

— Si je l'aimais, Bonne Mère ? Comme ma propre fille ! De toute façon, je voulais pas de gosse, ben oui, j'ai jamais voulu d'homme, et à l'époque, c'était pas comme maintenant, on faisait pas de poussin quand on n'avait pas de coq. Pas d'homme, pas de gosse, c'était pas compliqué. Sinon je me serais laissé tenter. Aurore, je l'aimais beaucoup, beaucoup trop. Le Jean a tout fait pour m'écarter. Il m'appelait « la gueuse », et puis, c'est vrai que quand on est ado, on a envie d'autre chose qu'une pauv'fille comme moi. Elle s'est éloignée. J'aurais donné ma vie contre la sienne, tu sais. J'ai tout fait pour la sauver… Mais j'pouvais pas grand-chose, en fait.

Je lui tendis la photo.

— Gardez-la. C'était un temps heureux. Vous n'y êtes pour rien.

— Heureux, heureux, p'être ben qu'non. Mais on y est toujours pour quelque chose… Mon cœur, le jour de sa mort, il est devenu aride comme l'Afrique. Alors celui d'Elvire, tu imagines ?

— Non.

La nausée me reprit. Dolores marmonna, comme si on nous épiait :

— Il les a détruites à petit feu. Sans un bruit, sans que personne s'en rende compte.

— Qui ?

J'avais besoin d'entendre la réponse de sa bouche.

— Jean.

Sans doute pour ne plus sentir le poids du silence et du passé, elle se leva, disparut dans la cuisine et ressurgit quelques secondes plus tard avec une tasse pour elle aussi. Elle se mit à boire lentement. Il avait beau faire une chaleur épouvantable, ma tisane me revigorait dans cet hiver de Vivaldi.

— Comment vous connaissiez Elvire ?

— C'était ma copine d'enfance, pardi, ma copine de l'école. Elvire, quand je l'ai connue, j'étais pas plus haute que trois pommes. Dans la cour de récré, elle me défendait contre les grandes nigaudes qui me traitaient comme un bourricot. J'étais toute maigre, on mangeait pas beaucoup chez moi. Alors j'étais bien contente de l'avoir trouvée. En plus, à cause de sa famille que tout le monde connaissait, les garces n'osaient plus venir m'embêter. Mais bon, fallait voir la Blanche, ma tête lui revenait pas… Les pacoulins, elle voulait pas de ça chez elle.

— Et avec Elvire, vous ne vous êtes plus quittées ?

— Jamais. À la vie à la mort… Y a des choses de la vie qu'on peut pas oublier.

— Vous travailliez ensemble à l'atelier ?

— Comment tu sais ça, toi ?

— Venez.

Je l'entraînai dans la chambre et lui montrai la photo d'équipe de l'atelier retrouvée parmi les autres. Elle soupira tristement.

— Ah oui, les photos. Elle en mettait partout. Ça m'avait inquiétée. Quand elle est arrivée ici, ça n'allait pas très bien dans sa margoulette. Ça allait, ça allait plus, ça allait, ça allait plus, pire qu'un yoyo. Elle tournait en rond, elle parlait toute seule. Elle se promenait partout dans la maison en tenant un bout de papier et en punaisant des photos.

— Un bout de papier ?

— Oui, un truc du genre, une lettre pliée dans une enveloppe peut-être. Elle la sortait et la lisait en permanence. Je l'ai même vue l'embrasser.

— Qu'est-ce que c'était ?

— J'ai jamais osé lui demander, elle allait déjà pas bien, fallait pas en rajouter. Pour moi, c'était pas bon de ressasser comme ça. Si j'avais pu jeter ce papier et le brûler, je l'aurais fait. Fallait avancer, tu comprends. Alors j'ai jamais trop posé de questions. Et elle a mis des photos partout. Il fallait tout figer, ne rien oublier, ça la bouffait, les photos. Puis un jour, elle a arrêté, j'ai plus revu la lettre, et elle a recommencé à respirer. Elle est redevenue l'Elvire de quand on était petites, sauf qu'on jouait plus à la marelle, avec nos gambettes de vieilles dames, c'était plus possible, mais elle riait, elle aidait tout le monde, tout le temps, elle voulait vivre, rire, et être aimée aussi. Je crois qu'elle avait enfin accepté. Elle a même essayé de reparler à sa sœur, mais ça, ça n'a pas marché.

Son regard butina des souvenirs d'une photo à l'autre, puis revint se poser sur celle des maroquinières en blouse.

— Ça, c'était avant. Avant qu'elle rencontre Jean. On n'était pas riches, la Blanche ne lui donnait rien, tu penses, mais on était heureuses.

— Vous y avez travaillé longtemps ?

— Toute ma vie, petite. Tu vois, moi, j'avais pas le choix. Les études et tout ça, c'était pas pour les gens comme moi. Elvire, c'était pas pareil. Elle aurait dû faire mieux, c'est juste qu'on lui avait mis dans le carafon qu'elle valait pas mieux qu'un pois chiche. Pourtant, je peux te dire qu'elle était intelligente, très, trop pour certains. Et son métier à l'atelier, elle l'aimait. Elle avait des doigts de fée et une habileté incroyable. Quand tu crées quelque chose avec tes mains, tu sens le cuir qui se plie sous tes doigts, et puis il sent bon, le cuir, il est épais, il donne envie. Quand tu crées, c'est comme si tu faisais un bébé, moi ça m'a toujours fait de l'effet, sauf que t'as pas besoin d'être en cloque pendant des mois… Et puis elle a tout planté quand elle a épousé son richard.

— Pourquoi ?

— Ben parce qu'il lui a demandé. Ça lui plaisait

d'avoir épousé une beauté, tout le monde les zyeutait mais fallait pas trop qu'on sache qu'elle était ouvrière, et puis il pouvait pas avoir l'œil sur tout ce qu'elle faisait. Du coup, le mieux, c'était de lui faire arrêter un travail qu'elle adorait. Comme ça, plus de problème. Moi, je crois que si elle avait pas arrêté, elle aurait eu la force de résister.

— À quoi ?

— À tout le mal qu'il lui a fait, pardi !

Son corps long et frêle fut secoué d'un rire caustique. Je relançai pour la faire cesser :

— Et après son départ, vous avez continué à vous voir ?

— C'est que j'lui ai pas laissé le choix, au Jean. J'étais là avant lui, moi, j'étais pas une marionnette qu'il pouvait diriger. Elvire, je l'ai suivie jusqu'au bout de la nuit. J'avais une dette, vous voyez. Je l'ai jamais laissée tomber.

Je me sentais mieux. Elle alla ouvrir la fenêtre de la chambre en marmonnant « Fait sombre ici ». Le soleil illumina la pièce de ses rayons rassurants. Une rose grimpante vint nous saluer par les carreaux ouverts.

— Vous aviez une dette ?

— Peux bien te dire, après tout, ils sont tous morts. Sauf le Jean. C'est toujours les pires qui restent le plus longtemps. À l'atelier, y avait un contremaître qu'était un sacré chien. Il se croyait tout permis, avec droit de cuissage sur les filles, si tu vois ce que je veux dire. Personne touchait à Elvire, elle était fiancée à un ami du patron, ç'aurait été péché, mais une souillonne comme moi, tout le monde s'en foutait. Le type m'a entraînée un soir au fond de la peausserie. Il faisait sombre, les cuirs, faut pas leur mettre trop de lumière sinon ils s'abîment, et derrière les rouleaux, on voyait rien. Sauf qu'Elvire, comme elle me trouvait plus et qu'on devait rentrer ensemble, elle m'a cherchée partout.

Elle rit avec cynisme.

— Fallait voir la tête du salaud quand Elvire est arrivée, pile au bon moment, j'étais pas encore passée à la casserole… L'ordure, il avait le pantalon tout en bas des guibolles et moi qui me débattais. Il faisait plus le mariole. Elle l'a dénoncé au patron, le gars a été viré le soir même, j'avais pas les moyens de faire mieux avec un avocat, j'm'en suis contentée. Heureusement pour lui qu'il avait pas eu le temps de faire toutes ses p'tites affaires, sinon il serait parti direct pour la taule. Elvire, je l'aimais déjà comme ma sœur, surtout que bon, c'était pas l'amour de sa vraie sœur qui l'étouffait, mais là, après ça… J'suis une fidèle, moi. Les hommes, j'te dis, on s'en passe bien. Même ton prince charmant, tu sais pas qui il est vraiment.

— Si…

Mon cœur se comprima à la pensée de Charles, je ne voulais pas qu'elle le souille en l'associant à un salc typc. Ellc n'avait pas eu de chance, Elvire non plus, mais il ne fallait pas jeter tous les hommes au vide-ordures pour autant. Elle me regarda, légèrement méprisante.

— Penses-tu ! C'est parce que t'es jeune, t'as encore rien vu.

— Et Jean ?

— Jean ? Il l'a détruite. C'est pour ça que j'ai

jamais voulu être trop loin, tu comprends. J'voulais garder l'œil sur elles deux. Mais j'ai pas réussi à les protéger. Jean, il est vicieux comme une vipère, quand tu le vois, tu te dis qu'il ferait pas d'mal à une mouche avec son regard d'ange, jamais un mot plus haut que l'autre. Il tend une jolie pomme et la princesse tyrannisée par sa marâtre, ben elle y croit, forcément. On y a tous cru, sauf que moi, j'ai vu Elvire, je l'ai vue se faner comme une fleur. Je la connaissais trop pour me laisser berner, y avait un truc qui clochait et dont elle voulait pas parler. Faut s'méfier de l'eau qui dort, qu'on dit. J'ai mis du temps à comprendre que Jean était une pourriture…

— Et Aurore ?

— Pardi, leur gamine, détruite aussi… Elle voyait sa mère se faire dézinguer pour un oui pour un non, rien n'était jamais assez bien pour Jean. En plus, la malheureuse, elle avait ce pied qu'était pas très beau. Elle aurait eu trois yeux que ç'aurait été pareil pour lui. Un pied, mais on s'en fiche, non ? C'est pas avec les pieds qu'on attrape les mouches. Elvire disait jamais rien, mais moi je savais, j'en étais persuadée, j'avais pas de preuve mais je la connaissais comme un sac que j'aurais cousu moi-même. Je voyais dans son regard quand ça clochait. Comme quand elle était gamine et que Blanche la traitait de nigaude, elle finissait par croire que c'était p't-être ben vrai. L'autre, il lui a vendu du vent, il a promis qu'il serait gentil, qu'il l'aiderait à se reconstruire, il lui a offert une jolie bague. Tu parles… Il l'a détruite comme un vilain gamin son jouet. Pour rien, juste pour montrer qu'il était le plus fort. Les critiques, les reproches, ça pleuvait de tous côtés. Elle parlait pas souvent, mais j'ai réussi à recoller les petits morceaux. J'ai compris qui il était derrière son sourire trop brillant.

— Mais pourquoi ? Je ne comprends pas.

— Est-ce que je sais pourquoi le diable est le diable ? Pour sûr, même lui, il le sait pas, il en a aucune idée en fait. Pour être le maître ? Quand on dit que ce sont les femmes qui sont des salopes… C'est bien une parole d'homme, ça ! Elvire, elle était fragile comme un fil de couture. Elle faisait confiance aux autres et jamais à elle-même, la faute à sa belle-mère, si tu veux savoir ce que j'en pense, alors elle se laissait embobiner et tout le monde l'écrasait. Un vrai aimant à problèmes. Et la petite, on n'a pas pu la sauver. Elle a été entraînée par les démons. Le diable ne vient jamais seul, tu sais, il apporte toujours plein de vilaines choses dans ses poches…

— Vous croyez qu'Aurore a vraiment voulu ce qui est arrivé ?

Ses lèvres se figèrent. Elle reprit une gorgée de tisane et resta un moment silencieuse.

— Sais pas, finit-elle par dire. Elle était perdue, cette gosse. À la fin, elle s'habillait tout en noir, avec des pics dans les oreilles et sur le nez, c'était triste. Au début, elle était pas comme ça. Belle comme le jour, qu'elle était. Puis après, belle comme la nuit avec tous ses tourments… Mais elle aimait sa mère, ça pour sûr. J'pense pas qu'elle l'aurait laissée. Mais on saura jamais, pas vrai ? Qui sait si l'autre enfoiré lui a pas balancé en pleine poire un truc qui l'a tuée ?

Sa voix se brisa. Elle ravala un sanglot. Je posai ma tasse et me rapprochai d'elle sans oser la consoler.

— Mais je ne comprends pas pourquoi Elvire est restée après la mort d'Aurore ?

— Incroyable, hein ? Vingt ans, qu'elle a tenu. Et moi je lui filais des coups de pied dans le derrière pour qu'elle accepte de faire sa valise. Et pourquoi elle est partie d'un coup comme la colique ? Je sais même pas. Mais pendant toutes ces années, il l'a mise sur un bûcher et l'a laissée brûler à petit feu, en l'accusant de tout. Et fallait voir à l'enterrement les gens qui lui serraient la main : ah, le pauvre Jean qui a perdu sa fille, déjà que sa femme allait si mal, même pas capable de s'occuper correctement de sa gamine. Après, ça a continué bon train : quel saint homme, et dire qu'il la garde, il lui a pardonné, le nombre de couples qui auraient sauté ! Pardi, ils étaient deux parents, non, comme le coq et la poule ? Le père qui détruit la mère et la fille avec, pourquoi ce serait Elvire qui trinquerait pour tout le monde ? Et elle, elle a tout accepté.

— Mais pourquoi ?

— Elle s'était collé dans la cervelle qu'en restant, elle payerait pour son péché. Encore fallait-il qu'y ait eu un péché, c'est pas elle qui est allée verser la poudre dans la bouche de sa fille, ou dans son nez, ou je ne sais quoi. Rester, pour elle, c'était la seule manière de se faire pardonner. Et puis, elle croyait qu'en partant, elle perdrait les seuls souvenirs qu'il lui restait de sa fille.

Elle me montra les photos.

— Les souvenirs, ça sert à rien, c'est du vent. Le mistral, il souffle dessus et les emporte au loin. Faut vivre pour demain, faut pas rester enfermé dans hier. C'est c'que j'ai essayé d'lui dire au moins mille fois…

Je sursautai. C'était incongru de l'entendre dire cela, elle qui semblait captive de tant de vieux démons. Je ne pus m'empêcher de penser à Charles. Mon cœur s'effrita.

— Pourquoi est-elle partie ? Il y a forcément une raison.

— Après la mort d'Aurore, elle avait une sacrée rage au ventre, elle a fait le grand vide autour d'elle. Même son frère a laissé tomber, et pourtant, Dieu sait qu'elle l'adorait. Et je te parle pas de Blanche et d'Eugénie, elles l'ont écrasée comme un cafard, l'occasion était trop belle. Et puis un jour, elle a tout envoyé valser et je l'ai vue arriver ici comme une fleur, avec une vieille valoche dans une main et un bouquet de roses dans l'autre. Et elle m'a dit : « Dolores, tu veux bien que je vienne ? » J'ai répondu « Oui, pour sûr », j'ai ouvert la porte et elle s'est installée. J'lui ai jamais rien demandé. Elle a posé ses fleurs près de la fenêtre et les a fait sécher. C'est pour ça qu'je veux les garder.

— Mais il s'est forcément passé quelque chose !

— Cette histoire de lettre peut-être, dit-elle en sou levant les épaules. J'ai jamais su ce que c'était… Je suis pas du genre à aller fouiner, moi, j'ai pas cherché à la lire dans son dos. Mais j'ai bien cru qu'elle se l'était cousue dans les doigts tellement qu'elle la lâchait pas.

Les yeux écarquillés, comme frappée d'une révélation, elle me prit le bras.

— C'est lui, j'en suis sûre ! J't'avais bien dit de pas

faire entrer Jean ici ! Si y avait un truc à chaparder, faut lui faire confiance, il l'aura trouvé. Ce bout de papier, si il était là, j'en mets ma main à couper qu'il l'a volé.

— Mais rien ne nous dit qu'il était ici !

J'essayai de me réconforter mais je perdais courage. Il n'y avait aucune chance pour que Pénélope m'aide. Je revis sa mine triste, ses yeux hagards à l'hôpital, les remarques acerbes de Jean lors notre première visite. Je n'avais pas voulu y prêter attention, Pénélope m'insupportait, trop pomponnée, trop laquée, trop jalouse, elle n'avait jamais trouvé grâce à mes yeux. Mais quelque chose clochait, elle n'avait pas l'air heureuse, elle non plus. Et Jean ne manquait pas une occasion de lui lancer une pique. Charles en avait été choqué pendant que je me noyais dans le bleu de ses yeux. *« Tu épilerais des maillots dans ton institut au lieu de bichonner tes narcisses adorés. »* Il fallait absolument que je la recontacte. Elle m'avait donné sa carte, où l'avais-je donc fourrée ?

Nous avons passé la fin de la journée à vider les derniers effets d'Elvire. J'eus beau ouvrir, fouiller, vider tous les tiroirs, je ne trouvai aucune lettre. Je tombai en revanche sur d'autres cahiers de poèmes recopiés à la main. *Demain, dès l'aube* s'y retrouvait plusieurs fois, comme une rengaine. Dolores m'aida sans un mot, terrassée par ses souvenirs et la fin d'une époque qui avait occupé presque toute sa vie. La nuit fit son lit sur une chambre bien vide. Je voulais emporter quelques cartons, notamment les photos. Dolores me proposa de me ramener dans sa vieille 4 L rouge. Le portail noir se referma sur les ronces en grinçant.

— Et votre nouveau locataire, qui est-ce ?

— J'sais pas trop. Une âme perdue, sans doute. Qui voudrait vivre chez moi ? De toute façon, ça n'a plus d'importance…

Son visage s'était refermé comme une huître. Elle nous déposa, Valmont, mes cartons et moi, au pied de mon immeuble.

— Merci d'avoir vidé la chambre, Alice. C'était trop difficile pour moi toute seule, tu comprends.

Puis elle redémarra en trombe, peut-être pour ne pas me montrer son chagrin. Je remontai dans ma chambre et jetai les quelques boîtes de photos et de souvenirs dans un placard. Je ne supportais plus mon univers clos. J'avais rêvé de mon CAPES et d'un métier pour m'offrir une demeure plus avenante. Tout me semblait triste, vide de chaleur, vide de Charles… Son odeur semblait s'évanouir jour après jour, mais son souvenir s'exacerbait. Je le cherchais partout, sur le canapé, au creux des coussins, au bord de la fenêtre ou dans ma tasse de café. Il fallait que je quitte cet endroit. Peut-être pourrais-je mettre à profit le petit pécule d'Elvire pour me trouver autre chose ?

40

Les rues fleuraient bon l'été et l'insouciance. Les cafés se souriaient d'un côté à l'autre de la rue. J'avais enfin repris mon poste au Lapin Blanc et je m'agrippais fiévreusement à cette bouée, la seule qui m'empêchait de sombrer. Christine fut ravie de me retrouver apaisée et mes chapeautées aussi. Certes, Rosie avait compris que le navire avait pris l'eau quand j'étais passée reprendre le chien après notre escapade à Brest, mais elle n'avait posé aucune question. Et j'avais lu dans son regard sa tristesse de me rendre Valmont. L'odeur du café et des cannelés frais me grisait, les clients m'appréciaient et me saluaient. J'arrivais le matin en rasant les murs, je levais discrètement les yeux vers le bureau de Charles, espérant l'apercevoir, lui faire comprendre à quel point il me manquait et combien je regrettais. Je priais pour qu'un pigeon lui envoie un message à ma place. Un fleuriste zélé, un appel de ma mère, une illumination de Rosie, j'étais ouverte à toutes les options pourvu que je n'aie pas à supplier. J'attendais qu'il fasse un pas vers moi. Ma fierté prenait racine comme un baobab et m'empêchait d'avancer. Je ne vis donc jamais Charles ni ne perçus aucun signe, si ce n'est l'agacement de Christine quand elle me voyait plantée là comme un tournesol à chercher le soleil. « Si une pie arrive par la droite, il reviendra, j'en suis sûre, il reviendra… »

— Va donc lui parler ou oublie-le une bonne fois, mais décide-toi ! Tu n'as pas toute la vie devant toi.

Avait-il demandé à changer de place pour s'éloigner de la fenêtre ? Avait-il déjà tourné la page ? L'avais-je poussé à ce point dans ses retranchements ? J'aurais tout donné pour apercevoir une branche de lunettes par la fenêtre ouverte, pour me rassurer sur le fait qu'un amour radieux avait bien existé et surtout qu'aucune blonde trop maquillée ne m'avait remplacée. Je me pomponnais le visage et le cœur, me mettais de la poudre aux yeux pour lui plaire et cacher ma pâleur. Seul Valmont semblait remarquer mes efforts. Ma chevelure était domptée, mes jupes parfaitement repassées. Je ne l'avais jamais autant aimé que depuis qu'il était parti. Charles n'était plus nulle part mais je le saupoudrais dans tout ce que je faisais. J'avais même abandonné mon thé du matin pour un café serré comme celui qu'il prenait. Sa bague languissait au fond de mon tiroir, je devais la lui rendre. J'avais peut-être là une excuse toute trouvée pour me donner le courage de monter ces fichus escaliers.

Un matin, en changeant de sac à main, je retrouvai dans une poche la carte de Pénélope. Je la saisis, le cœur battant. C'était vain mais l'idée de cette lettre d'Aurore me trottait toujours dans la tête. Où était ce papier auquel Elvire tenait tant puisque nous avions tout vidé ? S'en était-elle débarrassée ? Vu les vieilleries que nous avions jetées, j'avais du mal à le croire. Et surtout, où chercher la dernière pièce du puzzle ? Je continuais à ressasser, pourtant j'y avais déjà bien assez laissé de plumes. Après tout, j'avais reconstitué presque toute la vie d'Elvire. Mais voilà, Pénélope me chiffonnait… Pénélope et sa broderie qui n'en finissait pas. Pénélope et son sourire surfait qui cachait trop de silences. Pénélope était la pièce manquante. Sa mine défaite aux urgences, sa manière de raser les murs pour entrer dans la pharmacie, son regard incertain quand elle venait défendre son homme. Les messages égrenés par Elvire au dos de ses photos étaient autant de petits cailloux conduisant l'enfant perdu tout droit à la maison de l'ogre. Je n'avais rien à perdre. Je pris ma respiration et laissai mes doigts pianoter sur l'écran.

Chère Pénélope, je m'inquiète pour vous.
Est-ce que vous allez bien ?
J'ai besoin de votre aide.
Je pense qu'il y a chez vous une lettre d'Aurore
qui peut nous éclairer. Faites-moi signe, Alice

Le temps passait avec indolence. Chaque jour appelait une nouvelle nuit qui m'aspirait dans son obscurité, me relâchant exsangue sur une aurore blafarde d'ennui. C'était lent, infini, somnolent. Juillet rayonnait et m'étouffait. La plage ne m'attirait guère, je voulais simplement qu'on me laisse servir des cafés en paix dans le ventre du Lapin protecteur. Christine en profita pour emmener sa petite famille quelques jours en vacances. Un matin, Charles traversa la place à toutes jambes en tentant vainement de nouer sa cravate. Son regard croisa le mien, la théière que je tenais versa sur la main de Rosie son liquide brûlant. Elle cria, je m'excusai, je relevai la tête, il avait disparu… Elle me tapota la main.

— Envoie un message.

— Je l'ai déjà fait dix fois.

— Demande pardon alors.

— De quoi ?

— On a toujours une bonne raison de glaner un pardon. Même si tu ne veux pas voir pourquoi, lui l'attend et l'acceptera. C'est la clé universelle pour résoudre toutes les disputes. Excuse-toi, même si tu n'y es pour rien.

— C'est lui qui est parti.

— C'est toi qui l'as chassé !

— C'est vous qui m'avez asséné qu'il valait mieux être seule que mal accompagnée !

— C'est Éliane. Moi, j'ai toujours pensé que tu étais bien accompagnée. Un homme qui t'aime non pas pour toi mais malgré toi est forcément à garder.

Mais la rancœur avait grignoté ma fierté. Il était hors de question que je demande pardon.

Christine rentra de congés, le vent du nord tourna et m'apporta deux Mary Poppins accrochées à leurs parapluies. Mes parents débarquèrent un matin au café comme si de rien n'était. Je faillis m'évanouir en les voyant entrer. Ils avaient fait des centaines de kilomètres pour venir m'épauler et cela m'irritait.

Dieu sait pourtant à quel point j'avais besoin de leur tendresse !

Papa me servit une excuse réchauffée. Ma grand-mère sortait enfin de sa prison dorée, ils s'offraient un aller-retour éclair pour la réinstaller et me requinquer et bla-bla-bla. Ils avaient ouï-dire que je n'avais pas bonne mine. Ils étaient donc venus sans crier gare, de toute façon je ne répondais plus à leurs appels.

— Et si j'avais été absente ?

— On nous a tenus informés.

— « On » qui ?

Mon père fit mine de ne pas entendre. La perspective d'un bilan avec mes chers parents me torturait. Papa me presserait de recommencer mon année, il me fallait bien un métier, tu ne peux pas rester comme ça, Alice, et tu n'as pas d'autres projets. Par projet, entendons un *business plan* bien ficelé et une vision à trois ans.

Le soir venu, faute de mieux, je sonnai donc chez ma grand-mère. Une voix pète-sec me cria : « Et déchausse-toi avant d'entrer ! » Eugénie était de retour, les valises éparpillées entre le hall et la chambre à coucher.

Ma mère m'enlaça. Son parfum me ramena à de jolis souvenirs d'enfance. Dans le creux de son bras, je me mis à pleurer.

— Viens par là, me dit-elle en m'attirant dans la chambre de ma grand-mère.

Elle m'assit sur le lit et me serra contre elle.

— Maman, je t'ai menti, je ne vais pas bien.

— Je sais, mon Alice, c'est pour cela que je suis là.

— Je ne suis plus avec Charles. Il est parti.

— Je sais.

Je levai vers elle un regard étonné. À cet instant, mon père l'appela pour une histoire urgente de portefeuille égaré.

— Attends-moi ici, je reviens.

Je restai seule dans la chambre. Tout y était trop parfait. Le couvre-lit était impeccablement tiré, les draps étaient trop blancs, les rideaux sans aucun pli, les livres disposés au cordeau sur la table de nuit. Tout cela manquait cruellement de vie. Ouverte sur un petit banc, une valise attendait d'être vidée. J'essayai vainement de me concentrer sur son contenu pour m'apaiser. Je me levai et farfouillai discrètement. Une antique trousse de toilette sur laquelle une main avait brodé un E maladroit en fil doré, des culottes de vieille dame grandes comme les fesses d'un cheval, incongrues pour le gabarit de brindille d'Eugénie, des collants trop fumés, un bonnet de bain à fleurs ; je ne savais même pas que cela existait encore, et on pouvait se demander quel besoin elle en avait. Je ris. Mes mains se glissèrent sous les vêtements, mon sourire se figea. L'enveloppe d'Elvire était là, toujours fermée. Je l'avais oubliée. Je tendis l'oreille, mon père retournait le salon en quête de ses affaires, accaparant maman comme un petit enfant. Eugénie les poursuivait en piaillant.

— Mais enfin, c'est quand même dingue, je l'avais posé sur le buffet !

J'ouvris la porte. Ma besace était abandonnée devant la porte d'entrée. À pas de loup, je me glissai dans le couloir, la saisis, revins dans la chambre, fermai la porte et y glissai l'enveloppe, les tempes battantes. Eugénie avait eu tout le temps de lire ce courrier et ne l'avait pas fait. Je ne lui volais rien. Mieux valait l'emporter discrètement, sinon il finirait sa vie au fond d'une poubelle. Ma mère entra, je sursautai comme une voleuse.

— Je sais que tu n'es plus avec Charles. J'ai de la peine pour vous. Il… il m'a appelée la semaine dernière pour me le dire.

— Pardon ?

— Oui, il s'inquiétait pour toi.

— Tu plaisantes ? Comment avait-il ton numéro ?

— Eh bien, nous sommes dans les pages blanches, il suffit de nous chercher.

— Il t'a appelée ? Toi ? Pour te dire que je n'allais pas bien ?

Je crus que j'allais exploser. Ainsi donc il m'avait vue, il savait où me trouver, comment j'allais, il voyait ma mine défaite sous mon maquillage exagéré, mes jambes trop maigres et mes yeux cernés ! Ainsi donc il prenait le temps d'appeler mes propres parents pour les alerter sur mon état de santé, alors qu'il lui suffisait de descendre pour me parler, me consoler, me récupérer ? Me prenait-il pour une enfant ? Je sentis mes narines frémir, ma respiration s'accélérer. Je tentai de me contrôler et fermai les yeux. Ma mère passa un bras autour de mes épaules.

— J'ai trouvé ça touchant. Et je lui en suis reconnaissante. Il se soucie encore de toi… Et moi encore plus. Tu ne nous dis rien ! Je ne sais pas ce qu'il s'est passé entre vous, je ne veux pas le savoir si tu ne souhaites pas en parler, mais cette année, tu as eu des soucis, beaucoup de soucis. Profite de l'été, lève le pied, arrête ce travail inutile au café, rentre avec nous à Paris, va te reposer chez ma sœur à Annecy, ce que tu veux, mais coupe… Oublie Elvire, Charles, le chien et tous les autres !

Elle me frotta le dos gentiment mais rien ne pouvait me réconforter. Il m'avait abandonnée en Bretagne et maintenant, il se sentait obligé d'aller cafter à mes parents ce que je leur cachais pourtant avec soin. Très bien, le message était clair. Je ne sais pas moi-même quel message j'y voyais, j'étais aveuglée de colère. J'avais enfin trouvé mon bouc émissaire sur lequel passer mes nerfs.

Je mâchonnai mon silence pendant tout le dîner. Mes parents échangeaient des regards inquiets et Eugénie ne cessait de me questionner sur mes études, c'était une torture.

— Tu vas recommencer ton CAPES, bien sûr ?

— Je ne sais pas.

— Mais enfin, que vas-tu faire sinon ?

Eugénie regarda mes parents d'un air horrifié. Je restai muette. Mon père soupira. Au moment de partir, il me rattrapa à la porte pour me murmurer :

— Ne fous pas ta vie en l'air, Alice, réveille-toi ! Tu avais un gars bien, tu brillais dans tes études, tu as tout lâché, tout, pour suivre des fantômes. Oublie ça, veux-tu ? Je t'en prie !

Je ne sus déceler l'amour et l'inquiétude dans sa voix. Je n'y sentis que du froid. En claquant la porte, je lâchai :

— De toute façon, il n'y a que la réussite qui compte pour toi.

Je rentrai chez moi, me jetai toute habillée sur mon lit, vidai le contenu de ma besace à même le sol, y compris l'enveloppe. Je me sentais trahie, abandonnée, trompée. J'envoyai sans réfléchir un message peu affable à Charles, peut-être un jour le lirait-il.

Si tu t'inquiètes à ce point,
viens voir toi-même comment je vais,
comme ça tu pourras reprendre ta bague.
Laisse mes parents en dehors de tout ça.

Je comptai chaque seconde de cette nuit trop longue. L'aurore m'emporta finalement dans ses bras. Mon téléphone me réveilla en sursaut. Charles ?

— Alice, c'est… Pénélope… Je… j'ai trouvé… une lettre… dans un carton au fond du grenier.

J'en eus le souffle coupé. Elle parlait très bas, comme si elle craignait d'être entendue. Elle ravala un sanglot.

— Alice, je vous attendrai ce soir devant le café. À 18 h 30. Sur la place.

Elle sembla hésiter puis balbutia :

— Ça ne va pas très bien.

Je restai bouche bée à contempler mon écran vide. L'heure qui s'y afficha me rappela brutalement à l'ordre. 9 h 30 ! Mon Dieu, j'allais être en retard, Christine serait furieuse. Moi qui avais juré en revenant que tout irait pour le mieux !

41

Ma Gigi,

Aujourd'hui encore, tu ne m'as pas vue. Il faisait bien beau, c'est dommage, c'eût été le moment idéal pour une conversation. Mais, que veux-tu, je reprends donc ma plume. Ce que j'ai à dire aujourd'hui me fait frémir de colère…

Quand Aurore était ado, elle avait toujours le nez fourré dans ses livres, tu te souviens ? Il y avait ce bouquin, L'Étrange Cas du Dr Jekyll et de Mr Hyde. Elle l'adorait, en dépit d'une couverture que je trouvais terrifiante. Elle l'avait lu des tas de fois !

Et puis elle est partie… Pendant des années, j'ai erré dans sa chambre comme un fantôme en quête d'une miette d'indice qui me rendrait ma fille, qui viendrait me dire que non, elle n'avait pas voulu cela et que je me réveillerais bientôt de cet affreux cauchemar. Elle ne pouvait pas être partie comme ça, sans un mot, sans un regard, sans un dernier baiser ! Pas ma petite à moi... Tu me trouves ridicule ? L'histoire m'a donné raison. En attendant, j'errais, et j'ai lu le moindre bout de papier griffonné qu'elle avait pu laisser. En vain. J'ai ouvert tous ses livres, et puis j'ai lu Dr Jekyll. J'ai enfin compris pourquoi elle l'adorait, car bien des années s'étaient écoulées et j'avais pris suffisamment de distance pour voir ce qu'il signifiait. Mon Dieu, Aurore avait compris qu'il n'était qu'un seul homme...

Que sais-tu vraiment de Jean, ma très chère Gigi ? De quoi parliez-vous quand vous vous côtoyiez à ces déjeuners de famille ennuyeux comme la pluie ? T'a-t-il seulement posé une question sur toi ? Sur ce que tu faisais ? Je me souviens du jour où tu nous as présenté Auguste, il était tombé sous le charme en deux coups de cuillère à pot. « Elvire, votre Jean est extraordinaire ! » Je lui ai demandé ce dont ils avaient parlé : de lui, de lui, toujours de lui. Jean était le soleil de son système, il subjuguait son monde en projetant son reflet dans le fond de nos yeux. J'ai été la première à me noyer dans son regard d'acier, comme un oiseau qui boit trop près de la fontaine. Oui, aux yeux de tous, il était formidable. Beau, intelligent, fin, fier de son épouse et de sa fille battante. Tout le monde ne cessait de me rappeler quelle chanceuse j'étais.

J'étais une fleur coupée qui avait besoin d'eau. Il m'a arrosée, j'ai cru qu'il m'aimait. J'étais en fait comme un beau diamant sur son cadran de montre, je lui donnais de la valeur. Nous avons vécu des mois de braise, il a éveillé mes sens, rassasié mon besoin d'être aimée. Il était doux et prévenant. Il m'a arrimée à sa destinée, je lui devais cette merveilleuse liberté, j'étais prête à tout pour le combler. Je suis tombée enceinte. Aurore a pointé le bout de son nez et de son pied difforme. Une ombre a obscurci ses yeux, j'ai soufflé dessus pour la faire partir et l'oublier bien vite.

Les jours ont filé entre nos baisers, entre lesquels sont venus se glisser, au fil des années, des chapelets de reproches de plus en plus aiguisés. La méchanceté est comme une infiltration d'eau dans les flancs d'une falaise. Elle prend son temps, elle s'insinue discrètement, on ne la voit pas arriver. Tu me trouves ingrate ? C'est bien là que la manipulation est un art, elle ne se voit pas. Blanche était officiellement une pimbêche, tout le monde le savait. Haïssable mais sans malice, comme un vulgaire narcisse imbu de lui-même. Jean nous mystifiait. Il était aussi dangereux qu'une fleur empoisonnée.

Jean a détruit ma joie puis la vie d'Aurore. Car à la nuit tombée, quand son public partait se coucher, il devenait un autre et décortiquait consciencieusement les faux pas de ma journée. C'était toujours « trop ». Je m'étais montrée trop apprêtée, trop négligée, trop aguicheuse, trop enjouée. Je riais trop fort, c'était déplacé. Je souriais trop à table, il se sentait trompé. Mes talons étaient trop plats ? J'étais boudinée. Mais s'ils étaient trop hauts, les hommes me convoitaient. J'avais trop d'amis, il fallait les écarter. « Tu comprends, Elvire, notre amour, c'est toi et moi. Et ton frère, tu lui fais trop confiance, il téléphone sans cesse. Si tu ne lui dis pas de nous ficher la paix, je le ferai pour toi. » Et mon travail que j'adorais ? Il m'obnubilait.

Il y a eu ce soir où j'avais passé des heures à préparer un dîner. J'avais dressé une table, allumé les bougies, cuisiné pendant des heures ses plats préférés. Jamais mon Paris-Brest n'avait eu cette mine-là, j'étais un cordon-bleu et j'étais fière de moi ! Il l'a trouvé amer. Et où donc avais-je eu la tête, il détestait l'agneau ! Je m'étais mise à pleurer. Il buvait mes larmes jusqu'à la dernière goutte et se repaissait de la culpabilité qu'il faisait jaillir. Plus j'étais affaiblie, plus il me dominait, et plus je prenais des cachets.

Il m'écrasait de son tourment, mais ce n'était pas suffisant, personne ne devait connaître l'ampleur de ma médiocrité. Mieux valait me cacher. La honte me dévorait, je préférais me taire et me retirer. Côté pile, nous étions glamour comme les Kennedy, côté face, la comédie était bien noire. Il m'a coupée progressivement de tout ce que j'aimais, sans même avoir à le demander. J'ai arrêté mon travail, renoncé aux dîners, aux sorties, aux amis. J'appréhendais bien trop les scènes qui suivaient. Je ne savais plus que faire pour lui plaire, car pour mon malheur, je l'aimais. Et quand je pleurais sur mon incapacité à le satisfaire, il venait m'enlacer et me murmurait que grâce à lui, j'y arriverais. Nous nous réconciliions sur l'oreiller et tout recommençait. C'est ça, l'emprise... Un engrenage infernal, aimer et détester, fuir mais toujours revenir.

Comme un papillon fasciné par la flamme, qui s'approche et s'éloigne dès qu'il s'y est brûlé. Cet homme merveilleux s'intéressait à moi, je ne pouvais le décevoir. Au fil des années, je me suis enfoncée, persuadée que j'étais de ne pas le mériter. Je ne voyais pas son jeu.

Aurore était mon tout, c'est elle qui m'a fait tenir, même bien après sa mort. J'ai tout fait pour la préserver, j'ai caché mes larmes sous des sourires trop blafards. Elle avait droit au bonheur, c'était ma faute si j'étais si médiocre. Je n'y suis pas arrivée. Plus elle s'enfonçait, plus Jean me confirmait que je ne valais rien. La voir souffrir me détruisait. J'étais coupable, responsable, il ne pouvait en être autrement. Aurore a bu jusqu'à la lie les reproches qui pleuvaient sur nos épaules fragiles. Elle aussi était trop. Trop fille, c'était sa première tare, trop difforme, trop distraite, trop débauchée, trop mal élevée... Aurore a vécu. Elle est venue, elle est partie, comme une étoile filante éclairant ma nuit de sa traîne de lumière. Je me suis laissé submerger par la colère et les regrets.

Je me suis mal comportée, tu sais. À cette époque, toi et moi ne nous voyions plus. J'ai détesté Dieu sans y avoir jamais vraiment cru, mais c'était pratique, ce bouc émissaire invisible. Il m'en fallait bien un ! Je le détestais de m'avoir faite comme j'étais. La rancœur me grignotait le cœur. Je devais vivre pour payer. Vivre pour ne pas l'oublier, elle, mon amour. Mais j'avais lu Stevenson et au fond de mon cœur solitaire et glacé se dessinait l'idée que quelque chose clochait et que c'était peut-être lui, et pas forcément moi.

Et puis il y a eu ce jour où je me suis piquée au plus abject des secrets. Celui qui m'a enfin réveillée… Mon cœur est trop effiloché, ma main tremble, une larme a coulé sur le bas de ma page. Ce jour-là, j'ai trouvé ce que je cherchais, ce message qu'Aurore m'avait laissé et qu'il avait dissimulé. Et ce même jour, je suis partie. Ce fut comme un électrochoc. Je n'arrive pas à en parler…

Jean s'est trouvé une autre dulcinée, intelligente, brillante, mais veuve et endettée, qui n'attendait que lui. J'ai essayé de la prévenir, elle m'a claqué la porte au nez. Je savais que la mante religieuse allait de nouveau se réveiller. C'est son instinct et, pour dire vrai, il n'y est pour rien. Il ressemble aux orties. Ce sont des plantes bien jolies, elles ne savent pas qu'elles font mal. Et si tu es assez bête pour te jeter dedans, elles te brûleront malgré elles, parce qu'elles ne savent pas faire autrement. À quoi bon blâmer les orties ? Il faut juste les arracher de notre vie.

Je te laisse, ma Gigi, je n'ai guère le courage pour la suite, j'ai déjà trop écrit. Oublie cette larme qui a taché mes mots.

Je t'embrasse.

Elvire

42

Pénélope m'avait rappelée, je n'osais y croire, et j'allais devoir attendre la fin de la journée. J'avais l'impression d'être prisonnière d'un sablier bouché. Le temps s'écoulait trop lentement mais chaque seconde qui passait m'étouffait davantage. Je sursautais dès que la porte faisait tinter ses grelots, certaine qu'un intrus allait faire capoter notre rencontre.

Ma mère passa pour le déjeuner, je déployai des trésors d'assurance pour me donner bonne contenance. Malheureusement ma fébrilité était aussi visible que le nez de Cyrano, je réagissais de travers à toutes ses remarques, riais d'un air absent quand elle évoquait la mauvaise santé d'Eugénie, pleurais quand elle me rappelait de jolis souvenirs d'enfance. La mine inquiète, elle me passa la main sur le front, me suggéra de consulter et finit par prendre congé. Elle avait tant à faire avant leur train qui repartait.

« Pourvu que Christine s'en aille, pourvu que Christine s'en aille. » Je répétais cette phrase en boucle comme une incantation. Normalement, le jeudi, elle ne restait jamais bien tard, pourquoi était-elle toujours là ?

— Tu n'emmènes pas tes jumeaux au foot ?

— Alice, on est en juillet, ce sont les grandes vacances !

Je souris, impassible, mes mains dansant au fond des poches de mon tablier.

— Ah, je suis un peu déphasée…

La malchance n'arrivant jamais seule, Éliane et Rosie, chapeaux flambant neufs vissés sur la tête et lunettes de soleil de starlette, poussèrent la porte du café à une heure où elles n'y mettaient jamais les pieds.

— Notre bridge est annulé, clamèrent-elles sur le seuil.

Et nous voilà toutes les quatre à attendre la tempête, même si j'étais seule consciente de l'orage qui grondait. Le clocher sonna la demie. Je respirais péniblement, mes mains étaient moites. Soudain, une voiture se gara sur le trottoir devant le café.

— Eh bien elle est gonflée celle-ci, fit remarquer Christine, on ne peut plus entrer chez nous !

Sous nos yeux médusés, Pénélope sortit précipitamment du véhicule et s'engouffra dans l'église.

Éliane demanda, songeuse :

— Tiens, n'est-ce pas la mijaurée qui a volé l'époux d'Elvire ?

— Oui, soupirai-je, mais c'est plus compliqué que cela. Pénélope ne va pas bien, il faut l'aider.

Christine se rapprocha et me murmura d'un ton las :

— Alice, dis-moi que tu n'as rien à voir là-dedans, je suis épuisée.

Quelques minutes de silence et un scooter noir vint s'arrêter juste devant la voiture, l'empêchant habilement de pouvoir manœuvrer pour redémarrer. Jean descendit à son tour, rangea son casque dans son coffre et balaya la place des yeux.

— C'est l'ex-mari d'Elvire, soufflai-je, le cœur battant.

D'une main ferme, il poussa la porte du café et demanda avec flegme :

— Bonjour, est-elle ici ?

— Qui ? demanda Christine interloquée.

— Ma femme !

— J'ignore de qui vous parlez, monsieur, bafouilla-t-elle.

— Demandez à cette jeune personne, je suis sûr qu'elle le saura !

Il me montra du menton puis tourna les talons. La porte claqua de toute sa colère. Jean semblait saisi d'une fureur glaciale, sans vague et sans remous. Il traversa la rue d'un pas mesuré, pile à l'endroit où un scooter avait emporté sa première épouse, un scooter comme le sien. Je le vis tourner en rond quelques instants sur la place, puis il fut à son tour gobé par l'église comme un moustique par une langue de grenouille. Je restai muette devant la fenêtre, les deux chapeautées à mes côtés.

— À votre avis, quel drame se joue là-dedans ? interrogea Rosie.

Christine haussa les épaules en débarrassant une table et laissa tomber sèchement :

— J'aimerais surtout que toutes ces histoires restent en dehors de chez moi, Alice. Je te l'ai déjà demandé plusieurs fois… Et si on se remettait au travail ?

Éliane et Rosie restaient collées comme des mouches à la vitrine à contempler la place écrasée par le soleil d'été. Quelques minutes s'égrenèrent, puis Pénélope ressortit au bras de Jean. J'eus l'impression qu'elle tentait de se dégager mais qu'il la tenait fermement par le bras en dépit de son âge. Rosie me jeta un regard entendu.

— Ils n'ont pas l'air d'être bien d'accord. Crois-moi, il y a de l'eau dans le gaz, ça bout comme dans un samovar par chez eux.

Ils traversèrent la rue, Jean ouvrit la portière et Pénélope s'installa au volant, la mine longue. Il lui dit quelque chose que nous n'entendîmes pas, elle resta dans la voiture sans nous faire la faveur d'un regard. Il entra de nouveau. Le grelot carillonna joyeusement. Jean s'avança vers moi d'un pas assuré et me dit tout bas, pour que personne ne puisse entendre :

— Ma chère Alice, j'ai été indulgent et patient, mais il est grand temps que tu nous laisses mener notre vie tranquillement. Je ne sais pas quelles idées folles tu as mises dans la tête de Pénélope, mais elle est très en colère contre moi. Cesse de t'immiscer dans notre couple et laisse les morts reposer en paix. Je n'aimerais pas à avoir à te le redire. Je sais me défendre, bien plus que tu ne le crois.

Puis il ressortit à pas feutrés, aussi élégamment qu'il était entré. La voiture démarra, le scooter la suivit, et ils disparurent tous deux en miroitant dans les rayons du soleil. La fête était finie. Je me retournai, je devais être très pâle, Christine haletait devant moi, rouge de colère, au bord de l'implosion. Je me précipitai pour resservir du thé à Rosie.

— La femme, elle n'osait même pas nous regarder, murmura-t-elle.

Éliane ne pipait mot. Elle se leva subitement, ouvrit la porte, traversa la place, ramassa un objet blanc sur le parvis de l'église et revint en trottinant, les joues rougies par cette folle aventure, la main tremblante, un papier froissé au creux de la paume.

— Alice, j'ai vu la femme jeter ce papier par terre, j'en suis sûre.

Je le saisis fébrilement.

Peinture du Christ

— Peinture du Christ, peinture du Christ, mais ça ne veut rien dire, ça, piaillait Rosie à mes côtés.

Les deux chapeautées étaient tout émoustillées par l'aventure. Je sentis le regard de Christine qui m'écorchait vive. Sans réfléchir ni écouter ce que celle-ci me criait, je traversai la place en courant et me jetai tête baissée dans le ventre de l'église. Je me précipitai vers la petite chapelle latérale. Une gentille dame priait au pied du Delacroix. Qu'avait-elle à se faire pardonner ? J'avisai avec effroi le chapelet qu'elle faisait glisser lentement entre ses doigts noueux. Combien de temps ce manège allait-il durer ? Je piaffais derrière elle, je déplaçais des chaises à grand bruit, exprès pour la faire sursauter. Rien n'y faisait, la bonne dame semblait en extase, le visage illuminé, les yeux désespérément fermés. Enfin, elle se releva, radieuse, me gratifia d'un sourire poli et me souhaita une bonne journée. Je me précipitai. Le Christ me toisait de toute sa douleur. Peinture du Christ. Je frissonnai au souvenir de mon CAPES. La boucle était bouclée sans passer par la case départ ni recevoir vingt mille euros. Enfin, si, j'avais reçu l'argent d'Elvire, mais ce n'était pas tant que cela… J'émis un petit rire amer que je ne reconnus pas. On claudiqua derrière moi, je me retournai. Le sacristain m'observait à travers ses petites fentes vertes.

— Y a une dame qu'est passée.

— Ah oui ?

— Elle a dit : si la jeune fille du café vient, dites-lui de prier pour moi devant le Christ en croix.

— Ah… Merci beaucoup.

— Eh bien, priez alors, qu'est-ce que vous attendez ?

Je m'agenouillai et joignis docilement les mains, attendant que le curieux veuille bien se retirer. Enfin, j'entendis son pas s'éloigner. Je respirai. Doucement, je me relevai. Je regardai derrière les bougies au pied du tableau, dans les fleurs, autour du cadre que je n'osais bien sûr pas toucher, il devait être sécurisé. Rien. Je me laissai retomber sur le prie-Dieu, à genoux. Elle m'avait demandé de prier, cela devait être par là. Je glissai un doigt sous le siège, si bas qu'il reposait presque directement sur le sol. Mon ongle se heurta à un papier. Je le saisis. C'était une enveloppe posée à même le sol. Un post-it rose y était collé.

Trouvée au fond du grenier
dans l'un des sacs rapportés
par Jean de chez Elvire

Je jetai un œil à l'intérieur. Une lettre d'Aurore. Le cœur battant, je la glissai dans la poche de mon tablier et quittai l'église comme une voleuse sous les yeux réprobateurs du sacristain qui trouva sans doute ma prière bien trop courte à son goût.

Au café, Christine m'attendait de pied ferme. Elle m'entraîna dans la cuisine. Le chien aussi m'attendait, déjà en laisse, près de la porte.

— Alice, c'en est trop. Je t'avais prévenue. S'il y a une chose que je déteste, c'est qu'on mette le bazar chez moi. J'aime mon calme et ma tranquillité.

Elle baissa les yeux pour ne plus avoir à me regarder.

— Je préfère que tu t'en ailles. Pour de bon. Ici, c'est un café, pas une série télé. J'aimerais retrouver un peu de sérénité. Je suis désolée. Tu ne peux pas t'en aller comme ça, disparaître, revenir, te disputer avec les clients. Ça ne va plus.

Sans un mot, je partis chercher mon sac, j'y glissai la lettre et je rendis mon tablier. Je traversai le café la tête haute mais la mort dans l'âme, sous le regard navré de mes deux commères qui allaient tant me manquer. Je lus dans leurs yeux tout un monde de tendresse. Rosie chuchota :

— Tu as mon téléphone, mon petit. Appelle-moi. Pour nous raconter. Ou pour le chien… Je peux le garder, tu sais.

Je trouvai au fond de moi la force de lui lancer un sourire, parce qu'un joli sourire vaut mieux qu'un mauvais mot. Puis je pris la laisse des mains de Christine.

— Merci, Christine, pour toutes ces journées de bonheur.

Et je partis sans me retourner. Je l'avais bien mérité. Le soleil insolent me fit cligner les yeux, la chaleur m'enveloppa de sa torpeur lénifiante. J'étais perdue comme un enfant dans une forêt, je m'étais sans aucun doute trompée de route. Si seulement j'avais toujours Charles ! Je marchais mieux quand sa main tenait la mienne… Mais lui aussi était parti. Il me restait le chien. Je me baissai pour le caresser. Un chien, c'était déjà bien. Il frétilla de joie, piétinant mes angoisses dans une indifférence qui relevait presque de l'impertinence.

43

À pas lents, j'entrai dans ma chambre que je trouvai bien solitaire. Je me laissai glisser contre le mur sur l'entassement des petits matelas colorés. Je piétinai le contenu de ma besace toujours éparpillé par terre, l'enveloppe de ma grand-mère, mon portefeuille, peu m'importait. J'étais virée, virée mais j'avais la lettre d'Aurore. Je ne savais si je devais me réjouir ou pleurer. J'espérais que le contenu de cette enveloppe vaudrait le sacrifice que je venais de faire. Elle était épaisse. La lettre était libellée à l'adresse d'Elvire, pas affranchie, jamais postée. Mon regard vacilla quand je lus la date. 4 avril 1985. Sans doute la dernière lettre d'Aurore puisque l'article du *Méridional* était daté du 6. Je la dépliai comme un trésor.

Aix-en-Pce
4 avril 1985

Ma chérie maman,

Ce soir, il s'est passé quelque chose de très grave entre papa et moi. Ce n'est pas la première fois, mais ce sera la dernière parce que je n'en peux plus. Je pars demain. C'était déjà prévu en fait, ce soir n'y change rien. J'ai acheté un billet pour Brest avec les sous de mon job d'été, Claude est au courant. J'ai dix-huit ans et je suis libre. Je passerai mon bac là-bas, ne t'inquiète pas.

Je pars, maman, et je pleure de te laisser chez lui. Rejoins-moi ! Je t'aime mais je m'en vais, c'est la seule façon de me protéger. Je hais celle que je suis devenue, il m'entraîne dans ce que j'ai de pire parce que je le déteste tellement que je suis prête à tout pour le pousser à bout, et même au plus débile. Il faut que je m'en aille.

Ce soir, tu étais dans un état vraiment horrible. Il t'en avait envoyé plein la tête. Comme toujours. Tu es allée te coucher, il était déjà tard, tu as pris des cachets, beaucoup, je t'ai vue. Tu t'es endormie tout de suite. Et demain, comme toujours, tout recommencera, parce que tu lui pardonneras. En fait non, pire, tu lui demanderas pardon pour ce que tu n'as pas fait. Tu le remercieras de te supporter et tu lui promettras de tout faire pour t'améliorer. J'ai pleuré en te voyant comme ça. Te voir dormir, ça m'a fait envie. Quand on dort, on ne pense plus. Tu avais l'air si apaisée, je t'ai volé des cachets. Puis je me suis enfermée dans ma chambre et j'ai pleuré encore. Mais moi, je n'ai pas réussi à dormir. Je l'entendais rire devant la télé. Il m'a dégoûtée. Alors je suis allée lui hurler ses quatre vérités. Qu'il était méchant. Qu'il te détruisait. Qu'il ne nous avait jamais aimées. J'ai fait ça pour toi, maman, parce que toi, tu ne le feras jamais. Tu es tellement prise dedans que tu ne le vois plus.

J'aurais aimé qu'il me gifle, qu'il me frappe, qu'il se mette en colère, j'aurais eu une excuse pour courir chez les flics. Mais non. Il ne s'énerve jamais, c'est ça qui est terrible. Il m'a craché des horreurs, tout doucement, comme il sait bien le faire. « Tu es ma honte. » « J'aurais préféré que tu ne sois pas née. » Ça fait mal, même quand on est habitué. « Regarde-toi, Aurore, tu es un débris, une paumée, une droguée. »

Non, maman, je ne suis pas une droguée, je te jure que je n'ai jamais essayé. Je suis une poule mouillée. Mais j'étais tellement en colère, j'ai voulu le blesser, voir jusqu'où il pouvait aller dans la méchanceté. Je lui ai dit : « Ben oui, je me drogue, tu crois quoi ? D'ailleurs, j'ai pas un rond, t'aurais pas du pognon ? Ça serait bien que j'en finisse ce soir, tu crois pas ? Tu serais libéré une bonne fois ! »

Un père normal aurait réagi, non ? Il a ouvert son porte-monnaie et il m'a jeté des billets à la figure. « Bonne idée. Et ne reviens pas. » Je me suis retenue pour ne pas pleurer encore. J'ai pris les sous, je me suis forcée à rire, je lui ai dit que non, je n'avais pas l'intention de crever, mais que demain, je viendrais défoncée à son bureau pour lui faire vraiment honte, pour que les gens sachent qui il est derrière le beau miroir. Il est devenu tout blanc, il m'a saisi le bras super violemment. Enfin il s'énervait ! « Jamais, Aurore, tu entends, jamais ! » Je suis partie en courant.

Je ne dois pas le faire, je dois résister, et c'est uniquement pour toi. Parce que j'en meurs d'envie. Je te l'ai dit, il me tire vers le pire. Je voudrais lui faire mal comme il te fait mal. Il était en panique. Il ne supporterait pas que j'écorne sa chère petite image. Ce serait bien. Juste une fois. Mais je vais résister. Je reviendrai ce soir très tard pour ne surtout pas le voir, je préparerai mes affaires, et demain, je partirai.

Je t'écris du comptoir d'une boîte. J'ai jeté les billets tout au fond de ma poche pour les oublier. Je serai plus forte que ma colère, comme on m'a appris à La Vallière, et je n'achèterai rien au gars qui est déjà venu me proposer des trucs. J'ai repris un verre. Les cachets ne m'ont pas du tout endormie. Tu comprends pourquoi je dois partir. Pour vivre, sinon je vais mourir. Je ne te reproche rien. Ce n'est pas ta faute s'il te détruit.

Je vais garder cette lettre tout contre mon cœur. Elle prendra peut-être un peu de mon odeur. Demain je te dirai au revoir, comme si de rien n'était et je partirai. Ce sera dur. Je t'appellerai quand je serai arrivée pour te rassurer, et je t'enverrai cette lettre aussi. J'aime bien écrire les choses, on s'en souvient mieux. Pas question qu'il te rende responsable de quoi que ce soit, ce serait bien son genre de t'accuser de tout. J'espère que tu nous rejoindras, maman, il n'est pas trop tard pour tout reconstruire. Je ne me sens pas bien. Il faut vraiment que je parte.

Je t'aime, mamounette, je t'aime. Ne m'en veux pas. Je t'aime, je t'aime, je t'aime et je m'inquiète pour toi. Je ne t'abandonne pas. Jamais, je te le promets. Je t'aime plus que tout.

Aurore

J'étais atterrée. La princesse Aurore haïssait son père. Il l'avait incitée au pire. Sa colère l'avait emportée, aidée par trop d'alcool et de mauvais cachets. Elle avait voulu le provoquer, une dernière fois, juste une dernière fois. Elle y était restée. Je contemplai un long moment cette écriture trop ronde. On aurait pu ajouter des cœurs sur tous les i. Elle n'était qu'une si jeune fille !

Quand je remis l'enveloppe dans mon sac, une rose séchée en tomba. Je n'osai la toucher pour ne pas l'effriter. Le courrier n'avait jamais été posté. Je pouvais aisément reconstituer la suite. Jean était allé reconnaître le corps. Je le voyais trouver la lettre dans les affaires de sa fille et la cacher. Pourquoi ne l'avait-il pas détruite ? Quand et comment était-elle tombée entre les mains d'Elvire ? Sans doute bien tard, après toutes ces années passées à se flageller sur sa supposée responsabilité. Et surtout, pourquoi Pénélope avait-elle finalement décidé de m'aider ? Mon cœur se serra à l'idée qu'elle se retrouvait seule avec cet homme. Je pianotai un rapide message.

Pénélope, du fond du cœur merci.
Cette lettre éclaire tout. J'ignore si vous l'avez lue.
Dites-moi que vous allez bien, je m'inquiète.
Alice

Je me levai pour me verser un verre d'eau et me rafraîchir les idées. La nuit était enfin tombée, les étoiles scintillaient dans un ciel sans lune et sans nuages, la vitre me renvoya un reflet livide. Valmont vint se frotter contre mes jambes.

TOC TOC TOC.

Je sursautai. On frappait doucement. Valmont grogna. C'était elle, j'en étais sûre, qui revenait m'apporter d'autres éléments plus accablants encore ou qui fuyait la fureur de Jean. Je m'approchai sans bruit.

— Pénélope ?

— Non. C'est Charles.

Ma main resta figée sur la poignée. Mes lèvres se mirent à trembler. Le voir ne pouvait que me faire du mal.

— Va-t'en.

J'avais soufflé ces mots si bas que j'eus moi-même du mal à les entendre.

— Ouvre-moi, Alice, je t'en prie.

44

J'ouvris en tremblant de colère. La porte grinça. Charles était là, les yeux cernés, les traits tirés, les cheveux légèrement ébouriffés, ses petites lunettes sur le nez. Son regard semblait ivre. Je le trouvai déraisonnablement désirable, j'aurais voulu le tirer par le col de sa chemise pour le faire entrer, me blottir dans ses bras et y passer la nuit, mais je me ressaisis. Il était terriblement énervant aussi, j'avais envie de le gifler ! Après tout, il m'avait abandonnée, il m'avait blessée et maintenant, il mendiait pour moi les attentions de mes parents. Il devait cesser de me poursuivre et sortir de ma vie pour de bon, sinon je sombrerais à mon tour, comme Aurore. Je détournai les yeux.

— Pars.

— Alice !

— Ne dis rien. Pars.

— Je ne peux pas vivre sans toi ! J'ai essayé. Je n'y arrive pas…

Je restai figée sur le palier, lui dehors, moi dedans, le chien au milieu, séparés par une ligne de haine imaginaire. Mon cœur jouait au yoyo avec mes pensées, mon corps me criait de le faire entrer, mon esprit à bout de forces ne rêvait que de lui claquer la porte au nez. Lui faire mal. L'embrasser. L'écorcher. Ma main repoussa mollement le battant de la porte, il le retint. Toujours sur le palier, il fit un pas vers moi.

Sans franchir cette frontière imaginaire qui nous séparait, il caressa mes joues soudain baignées de larmes, les embrassa, il prit mon visage entre ses mains, lissa mes cheveux, enfouit son nez dans mon cou. Et je le laissai faire, indolente, en extase, les sens au bord de la déflagration. Je fermai les yeux, il fit encore un pas, je reculai, nous entrâmes, la porte claqua. Il murmura entre deux baisers :

— Je t'attendrai, Alice, même si c'est trop tôt pour toi. J'ai cru que j'y arriverais, que peut-être tu reviendrais, mais ça ne marche pas. Je pense à toi tout le temps, je ne bosse plus, je t'espionne par la fenêtre du bureau, le matin quand tu arrives, le soir quand tu t'en vas. J'ai vingt-huit ans, rien n'est urgent, je t'attendrai encore.

En moi un barrage céda, un torrent d'émotions violentes me submergea. Je pleurai. Je pleurai Aurore partie à la fleur de l'âge, je pleurai Elvire qui s'était sacrifiée, je pleurai Pénélope, je pleurai mon amour perdu que je retrouvais, je pleurai de joie en le voyant devant moi et je ris à l'idée qu'il m'aimait assez pour me tolérer telle que j'étais. Notre rancœur s'évanouit sur les petits matelas, une brise d'été écarta les rideaux pour nous enlacer, la nuit ferma les yeux sur notre complicité, nous nous retrouvions, lui, moi, parce que c'était l'histoire que nous voulions écrire à quatre mains, parce que, avant d'avoir peur d'être blessée par l'amour, il fallait que j'accepte d'être aimée, et parce que Charles m'aimait pour moi et en dépit de moi, de mes doutes, de tout ce que je lui avais infligé. La brise d'été sécha nos larmes mêlées et applaudit notre tendresse. Nous nous sommes endormis dans les bras l'un de l'autre, caressés par la douceur d'une nuit sans lune qui se glissait dans la chambre par la fenêtre ouverte. L'aube nous réveilla d'un murmure. Charles m'effleura légèrement l'épaule sans parler.

Nous nous sommes offert un petit déjeuner matinal. Charles devait aller travailler.

— On part ensemble ?

— J'ai été virée.

Sa tasse de café resta suspendue un instant près de ses lèvres.

— J'ai beaucoup de choses à te raconter, mais en fait, je crois que tu en as eu assez. C'est inutile.

— Alice, si je suis revenu, c'est pour t'aider à tourner cette page pour de bon. Ensemble. Parce que c'est la seule chose qui nous empêche d'écrire notre histoire. Moi aussi, j'ai des nouvelles pour toi. J'ai déjeuné avec mon ami du commissariat.

— Et ils ont trouvé quelque chose ?

— Oui. Ils ont arrêté le type qui a renversé Elvire. Un pauvre hère de trente-deux ans, un habitué de la bouteille qui devait être ce jour-là plus imbibé que de l'alcool à brûler. Ils ont réussi à le retrouver grâce à une caméra de surveillance placée dans la cour d'un hôtel particulier, rue Cardinale. Ils ont identifié la plaque. Le gars n'était pas coutumier des vols à la tire. Mais il s'était bêtement endetté sur un pari débile et s'est dit que ce serait une bonne idée pour se refaire.

— Sauf qu'il a renversé et tué quelqu'un.

— Il paraît qu'il était paniqué. Il va être jugé, bien sûr. Homicide involontaire, vol, cela ne se passera pas très bien.

Je soupirai.

— Rien à voir avec Jean, alors…

— Tu as l'air presque déçue. De fait, il y a un lien, mais je ne sais pas si je devrais te le dire. C'est un ouvrier de son ancienne société de miroirs. Mais vu son âge, ils n'ont pas dû se côtoyer beaucoup…

— Quoi ?

— Ne t'emballe pas, Alice, il y a plus d'une centaine de personnes qui bossent dans cette boîte. Je crois vraiment que Jean n'y était pour rien. S'il avait voulu zigouiller sa femme, il l'aurait fait il y a bien longtemps.

— Jean y est pour beaucoup, au contraire, peut-être pas pour le scooter, mais pour tout le reste…

— Tu me raconteras ce soir. Je file.

La canicule s'annonçait. Il me fallait de l'ombre pour affronter cette journée. Je m'habillai paresseusement, respirant le bonheur de cette plénitude retrouvée, comme si le retour de Charles me permettait de tout affronter. Mes yeux voletèrent joyeusement sur mon lit défait, ma chambre en désordre, ma besace renversée, son contenu éparpillé et sur l'enveloppe d'Eugénie. Mon cœur bondit. J'attrapai la lettre et je sortis en claquant la porte. Il était temps de lire ce qu'Elvire avait voulu dire à sa sœur, puisqu'elle-même ne le ferait jamais. Pour que sa voix demeure.

45

Il n'y avait qu'un seul endroit où j'avais envie d'ouvrir cette enveloppe : au Pavillon Vendôme, près de chez Elvire. Il me fallait partir vite, sinon marcher deviendrait trop pénible. Le soleil de juillet écrasait tout sur son passage. Je mis Valmont en laisse et m'offris en route une grande bouteille d'eau et un petit sandwich. L'enveloppe était épaisse et mon petit doigt me disait que j'en aurais pour un moment. Je traversai toute la ville en rasant les murs à la recherche de l'ombre bienveillante et décidai de faire un petit crochet pour saluer la maison d'Elvire. Les volets mi-clos retenaient jalousement la fraîcheur de la nuit. On chantait dans la cour. Je m'approchai. La porte était entrouverte, un homme qui devait flirter avec les soixante-quinze ans jardinait, chapeau de paille vissé sur la tête, sécateur à la main. Les ronces gisaient sur le sol, le portail était grand ouvert, l'homme m'aperçut et me salua de la main. Prise en flagrant délit d'indiscrétion, je me sentis obligée de me donner un but.

— Bonjour, Dolores est ici ?

— Ah non, petite, elle vient de partir.

— Et vous êtes ?

— Le nouveau locataire, pardi !

Il s'esclaffa.

— Enfin, locataire, locataire, vous avez vu l'état de la maison ? On dirait qu'elle garde l'âne depuis des années ! Va y avoir du boulot pour remettre tout ça sur pied. C'est pas cher ici mais ça vaut ce que ça vaut, pas vrai ? Dites donc, il est trognon votre toutou !

— Ah, ce n'est pas le mien, c'est celui de la dame qui habitait là avant vous. Moi c'est Alice, et vous ?

— Marcel Seignol. Pas Pagnol, malheureusement, sinon je serais pas ici. Enchanté ! Eh bien si vous connaissez Dolores, j'imagine qu'on se reverra !

Il se pencha vers moi.

— Entre nous, elle est pas commode, mais vous inquiétez pas pour moi, j'ai l'habitude de faire chanter les jours de pluie. Donnez-moi un peu de temps et vous verrez Dolores danser !

Et il se remit à siffler joyeusement. C'était plus gai que le *Requiem* de Mozart. Je ne pus m'empêcher de sourire en imaginant le drôle de cocktail que donnerait Dolores avec cet homme-là.

Je le remerciai et me dirigeai vers le Pavillon Vendôme. Tout au fond, le long du mur de l'école d'art, il y avait des bancs assoupis dans la fraîcheur des arbres. Je traversai le petit parc, caressai des yeux les carpes qui mouchetaient le bassin de leurs taches colorées et froissaient les nuages en les balayant des nageoires. Je dus retenir Valmont qui se serait bien jeté à l'eau pour les saluer de plus près. Je m'assis enfin et sortis de mon sac la grande enveloppe.

N'HABITE PAS
À L'ADRESSE
INDIQUÉE

Eugénie Martin-Fouque
155, route des Pinchinats
13100 Aix-en-Provence

L'enveloppe me confia son secret avec soulagement, depuis tout ce temps qu'il était resté coincé dans son gosier. Je découvris un petit carnet bleu qu'Elvire avait envoyé à Eugénie et qui lui avait été retourné. Un post-it vert en forme de cœur était collé sur le carnet.

Eugénie, ma petiote,
voici tout ce que j'aurais voulu te dire.
Je ne voulais pas t'enquiquiner, juste t'expliquer.
Si tu ne veux pas me parler, accepte au moins de me lire. Fais-le pour Aurore, si ce n'est pour moi.
Elvire

J'ouvris le carnet.

Aix-en-Provence
18 avril 2014

Ma Gigi,

Ça fait belle lurette qu'on a passé l'âge des petits noms, et je sais que tu détestes celui-ci. Je te vois faire ta tête des mauvais jours, ça me fait du bien rien que d'y penser, de me dire qu'on a été gamines et qu'on a existé. C'est à la pitchounette que tu as été que je veux parler. Quand on était petiotes, on savait encore s'écouter.

Ainsi donc, Elvire avait écrit ce carnet pendant la première hospitalisation de sa sœur à La Vallière. Jérôme et le vieux Simon s'en souvenaient parfaitement. Mais Eugénie avait refusé de lui parler, bloquée dans son mal-être et ses fausses certitudes.

Ma Gigi, laisse-moi te raconter enfin mon histoire, la vraie, pas celle que les vipères qui volaient tout autour de nos têtes te sifflaient à l'oreille. Je voudrais me tailler une petite place, même tardive, dans ton cœur.

Je buvais ces lignes, je ne voulais pas en perdre une miette, j'avais l'impression que tourner ces pages me permettrait enfin de clore ce chapitre qui ne m'avait que trop chamboulée. Eugénie n'avait jamais reçu ce carnet. Elvire avait mis du temps à l'envoyer, l'enveloppe datait, avait-elle perdu le fil des jours ? Et quand elle s'était enfin décidée, le courrier lui était revenu… Et elle l'avait oublié au fond d'une boîte à chaussures.

Elvire racontait tout. Sa petite sœur, son frère, Blanche, et Jean… Un rayon de lumière vint caresser les pages au travers du feuillage. Elvire était près de moi et me lisait sa vie de sa voix un peu sombre. Les pages se noircissaient, elle s'illuminait. Pour moi, elle avait toujours été un rayon de lumière que rien n'assombrissait.

Et puis j'en arrivai à l'évocation de la lettre d'Aurore, celle que je venais de découvrir, d'une violence folle.

Eh bien, Eugénie, après toutes ces années, sais-tu pourquoi je suis partie ? Je sais ce qu'il vous a dit ! Qu'Aurore avait laissé une lettre et que, par bonté d'âme, il me l'avait cachée. Chez moi, les portes ont toujours eu des oreilles, les miennes. Et dire que je l'ai cru ! J'étais dévastée. Non, Aurore n'était pas partie comme ça, sans un mot, sans un au revoir ! Il nous a tous embobinés, comme toujours. Tu comprends, il ne pouvait pas raconter qu'il avait chassé sa fille, qu'il lui avait suggéré de mourir, de ne jamais revenir. Non, il ne pouvait pas ! C'était mieux de mentir et de m'écraser sous le poids de la responsabilité ! Quel père fourre lui-même l'argent de sa mort dans les mains de son enfant ? Quel père fait ça, dis-moi ?

Lui.

Jean qui n'aime que lui, Jean qui ne grogne ni ne rit car on n'est pas dans un conte pour enfants.

Allez, Eugénie, j'entends ta voix aigre d'ici. Je ne suis pas née de la dernière pluie, je sais bien que cette drogue, elle l'a prise toute seule. Elle avait trop bu, elle était aveuglée par la colère, elle avait pris un cachet pour se calmer… et ça a déraillé. Elle voulait gagner le bras de fer, elle avait dix-huit ans, elle n'était encore qu'une enfant… Mais tu sais, je vais être cynique, elle a réussi. Jean est devenu ce père dont la fille meurt d'une overdose dans des toilettes sordides. Quel gâchis ! Et je ne te parle pas de moi. Ma douleur ne t'intéressera de toute façon pas tant que cela.

Comment je le sais, dis-tu ? Aurore m'avait écrit une lettre ce soir-là. Pas du tout celle dont Jean a parlé. Il l'a trouvée sur elle. Bien sûr, il ne pouvait pas décemment me remettre une lettre qui le condamnait ! Moi, à sa place, je l'aurais brûlée. Lui, il l'a scotchée derrière l'un des miroirs du salon. Comme ça, il pouvait contempler sa puissance en même temps que son reflet. Ça devait bien le faire jouir ! Et de savoir que je passais devant dix fois par jour sans m'en douter. Seulement voilà, ce jour-là il y avait beaucoup de pollen. Chose que je n'avais jamais faite, j'ai décroché le miroir pour le nettoyer. La lettre est tombée et a trahi le plus vilain des secrets.

Soudain, un enfant cria. La voix d'Elvire s'évanouit brusquement, je relevai les yeux. Un garçonnet babillait de joie en courant vers le bassin, montrant du doigt les carpes indolentes et leurs rêves de nuages. Il tourna tout autour, le pas maladroit sous ses grosses fesses à couche. Je souris malgré moi. Je me vis tenir un bout de chou par la main. J'effaçai cette pensée. Valmont se mit à l'arrêt devant un pigeon effronté qui lui passait sous le nez. Le soleil rayonnait dans sa superbe indifférence. Je repris ma lecture.

Cette lettre, Eugénie, t'aidera peut-être à revenir vers moi. Je sais maintenant qu'Aurore ne voulait pas mourir. Elle partait mais elle m'aimait... Pour une mère qui a tout raté, c'est quelque chose quand même. Cette lettre a balayé la colère que je traînais depuis tant d'années. J'avais perdu pied, j'avais crié, pleuré, juré, mais tu vois, les fleurs repoussent toujours sur les cendres. J'ai fait ma valise, j'ai glissé la lettre entre mes habits, il a fait l'innocent, j'ai coupé toutes les roses de l'arbuste que j'avais planté pour elle, et je suis partie. Je ne me suis pas retournée quand il a crié que sans lui, je ne serais plus rien. Sans lui, je serai tout sauf rien. Sans lui, je serai moi. Enfin...

J'ai demandé le divorce, il l'a accepté. Je lui ai écrit des lettres de rupture que je ne lui ai jamais envoyées. À quoi bon ? J'ai préféré effacer et faire tout ce qui était en mon faible pouvoir pour qu'une telle chose ne se reproduise plus jamais. On ne combat pas les ténèbres avec l'obscurité. Alors je me suis dit que j'allais essayer de mettre du soleil dans ma vie et dans celle de ceux que j'aimais. J'ai fait des choses un peu folles, je te le confesse ! Mais ce n'est pas à mon âge que l'on doit renoncer à être fada. Un jour, dans l'ombre d'une ruelle, j'ai surpris un pauvre type qui vendait du haschisch. Je crois bien que je suis devenue enragée. Il se fichait du tiers comme du quart que je puisse le voir, une petite vieille, tu parles, et filait je ne sais quelle cochonnerie à une jeune fille encore plus paumée que lui. Une fois leurs petites affaires finies, je me suis approchée de lui et j'ai fait mine de trébucher. Tu me connais, j'ai toujours eu un joli coup de main. Je lui ai chipé quelques enveloppes bien garnies dans sa sacoche, ni vu ni connu. C'était bon, tu n'imagines pas, j'en ai ri *pendant des jours. J'ai jeté toute cette verdure aux carpes du Pavillon Vendôme. Elles en ont rigolé pendant des mois… Qui sait, peut-être en rigolent-elles encore ! Et j'ai recommencé, c'était plus fort que moi. Pour elle et contre lui, comme un pied de nez de petite mamie.*

J'éclatai de rire malgré moi et me précipitai vers le bassin, Valmont sur les talons. Les poissons tournaient toujours en rond. Je les imaginai buller de joie, complètement *stone*. Peut-être étaient-ce toujours les mêmes, les carpes vivent si longtemps ! Sacrée Elvire…

Jean n'a pas mis longtemps à se trouver une nouvelle oie blanche. J'ai essayé d'aller lui parler, de lui dire de se méfier des orties qui sont pourtant si jolies. Elle m'a claqué la porte au nez.

Elvire avait donc approché Pénélope. Bien sûr, le destin de celle-ci n'avait pas été si tragique… Ils s'étaient connus plus âgés, ils n'avaient jamais eu d'enfant. Mais qu'importe l'âge, les orties piquent toujours autant. Pénélope n'était pas aussi joyeuse que son jardin en fleurs le laissait entendre. Je m'inquiétai. Elle m'avait dit qu'elle allait mal, elle ne m'avait pas répondu… Je lui renvoyai un message.

Chère Pénélope, merci encore…
Je m'inquiète beaucoup pour vous.
Appelez-moi, je vous en prie.
A.

Seule sur mon banc, je lus et relus ce carnet pendant que la chaleur montait. Valmont battait de la queue dans la poussière brûlante. Il tirait la langue de soif, je lui versai de l'eau dans un bol en plastique. La chaleur nous faisait suffoquer et j'avais les fesses endolories. Il était temps de rentrer. Je remis le carnet dans l'enveloppe, il me restait encore quelques pages à tourner, mais j'en savais déjà bien assez. Je fis le tour du jardin en longeant le pavillon et ses caryatides avachies sous le poids des années. Je repassai discrètement par la rue de la Paix, le jardinier n'y était plus, les ronces avaient disparu. Les rosiers grimpaient le long de la maison, la cour riait de se voir si belle.

Je traversai la ville sous la canicule en sautillant malgré moi sur les pas de Valmont. Je me sentais si légère, d'un coup ! Je le poursuivis en courant dans les ruelles, je l'emmenai jouer dans les fontaines nichées au creux des petites places. Il se jeta dans l'eau avec joie puis revint s'ébrouer consciencieusement sur moi. Les gouttelettes créèrent des arcs-en-ciel rayonnant de couleurs. Place Richelme, il but dans la fontaine au Sanglier, la chaleur nous torturait, mais je voulais encore courir et déambuler. Un accordéoniste poussait la chansonnette à l'ombre d'une maison. Je me suis approchée, c'était toujours le même, même jour, même heure, qui usait sa vie et ses touches à disperser des notes dans le vent du Midi.

Comment ne pas perdre la tête,
Serrée par des bras audacieux,
Car l'on croit toujours aux doux mots d'amour
Quand ils sont dits avec les yeux…

Je valsais en riant autour de la place, Valmont gambadait tout autour de moi. Ce carnet ouvrait toutes les portes et me libérait comme un bouchon de champagne que l'on fait sauter. J'avais envie de célébrer mes amours retrouvées et ma joie apaisée. Transpirante et collante, je finis par rentrer. Valmont s'effondra tout pantelant sur le plancher. Je ressortis l'écrin de Charles, regardai le petit diamant avec attention puis refermai le couvercle. Je retombai sur mon ersatz de canapé. Il était encore tôt. Je m'endormis.

Un coup de sonnette me sortit de ma torpeur. Charles venait me chercher pour m'emmener dîner. Je rangeai le petit écrin qui trônait sur la table basse, je lui sautai au cou, je voulais profiter de l'instant, tout simplement.

46

À Aix, les soirées d'été sont toujours un délice. Il était près de 22 heures, les terrasses étaient bondées et les étoiles commençaient tout juste leur danse. Charles avait eu la bonté d'écouter mon récit et me regardait d'un air satisfait.

— La boucle est bouclée. Tu sais tout et tu as redoré ton image d'Elvire. Et maintenant, que vas-tu faire ?

J'écrasai de ma touillette le malheureux citron qui lézardait au fond de mon verre.

— Finir le carnet, il me reste quelques pages. J'espère comprendre comment elle est arrivée jusqu'à moi. Puis le lire à ma grand-mère.

— Et si elle ne t'écoute pas ?

— Tant pis, j'aurai essayé. Je la comprends mieux aujourd'hui, elle aussi. Et cette urgence de perfection qui a poursuivi mon père toute sa vie. Ce fils parfait, chéri, adoré, qui n'a jamais déçu. Ça aussi, je le comprends mieux.

— Quand iras-tu ?

— Eugénie est chez elle, elle ne bouge pas de l'été. Inutile de la bousculer.

— Et l'année prochaine, que vas-tu faire ?

Cette question me blessa.

— Je ne sais pas. Je ne suis pas sûre d'avoir la force de tout recommencer…

Il me prit la main. Sur la table, mon portable vibra.

— Excuse-moi, j'aurais dû le ranger. Il n'a rien à faire là.

Mon regard se figea sur le nom qui s'affichait. J'ouvris le message.

Jean est dans une colère terrible,
il s'est rendu compte que la lettre n'était plus là
et la cherche partout.
Rapportez-la-moi, il me fait peur.
Pénélope

Sans un mot, je montrai mon écran à Charles. La lettre était toujours dans mon sac.

— Pénélope est en danger !

— Alice, il a plus de quatre-vingts ans, il ne peut pas lui faire de mal, non ?

— Les mots détruisent tout autant que les coups. Il faut prévenir la police, viens vite !

Je m'emballais. Charles proposa de m'accompagner, et nous avons débarqué au commissariat. On nous dévisagea d'un air perplexe.

— Mademoiselle, vous comprenez bien que nous ne pouvons pas forcer la porte de gens qui n'ont rien fait de concret ?

— Mais cet homme est dangereux, il peut la briser !

— L'a-t-il déjà frappée ?

— Je… je ne sais pas… Je l'ai vue une fois aux urgences, le pouce bandé !

Le policier soupira.

— Eh bien, le pouce bandé, cela ne veut rien dire ! Dites à votre amie de nous appeler elle-même s'il y a un souci. Je ne peux pas coffrer un homme, surtout de cet âge, sans motif valable.

Charles haussa les épaules.

— Je te l'avais dit, on ne peut rien faire tant qu'il ne s'est rien passé. Partons !

J'étais hors de moi. Je pensais à Aurore et Elvire, j'avais déroulé tout le fil de leur vie. Je savais que Pénélope souffrait. Affolée, j'insistai :

— Allons-y, je t'en prie, on prend ta voiture et on va voir. Juste pour nous assurer qu'elle n'est pas en danger.

Charles fit la moue.

— Tu sonneras, il ouvrira, tu n'entreras pas vu qu'il t'a dit qu'il ne voulait plus jamais te voir, il portera plainte et tu ne gagneras rien…

— Alors on espionne ! On est en plein été, les fenêtres seront ouvertes et les lumières allumées. S'il y a des cris, on les entendra et on appellera la police !

— Si cela peut te rassurer… De toute façon, on ira jusqu'au bout de toute cette histoire pour en finir une bonne fois.

Charles gara sa voiture à l'entrée de la traverse qui menait à leur maison. Il faisait noir comme dans un four, quelques réverbères brisaient de place en place les ténèbres comme de grosses sucettes de lumière que les moustiques venaient lécher. Autour d'eux, des pipistrelles menaient leur danse saccadée, apparaissant et disparaissant dans le silence. Sans un bruit, nous nous sommes tapis derrière la grille, enveloppés dans une chape d'obscurité. De l'extérieur, on voyait que les fenêtres étaient ouvertes. Pas un bruit. La nuit nous offrait ses odeurs les plus douces. Quelques grillons se lamentaient. Tout près de moi, une araignée tissait sa toile sans crainte.

— Alice, envoie-lui un message, écris-lui qu'on est ici, qu'elle peut nous rejoindre ! Et dis-lui bien qu'on a la lettre.

Je pianotai rapidement. Aucune réponse ne vint. Je m'assis par terre, le dos contre le mur. Il devait être près de minuit. Charles me rejoignit en riant doucement.

— Si quelqu'un passe, il va nous prendre pour des junkies et appeler la police !

— Les gens sont tous en vacances. Regarde, les maisons sont toutes éteintes.

Le silence était troublant. Mon portable vibra enfin.

Je ne peux pas. Il est là.

Au loin, un grillon se remit à gémir. Et une voix aussi. Quelqu'un pleurait dans la nuit et le vent trahissait son chagrin.

— C'est Pénélope, j'en suis sûre !

— Eh bien, nous l'attendrons. Toute la nuit s'il le faut.

— Ça fait combien de temps que tu n'as pas fait de vraie nuit blanche ?

— Longtemps. Mais finalement, ce que j'aime avec

toi, c'est qu'on ne s'ennuie jamais. Dire que je pourrais être au lit, et même dans tes bras, alors qu'on est là à se faire bouffer par les moustiques !

Si je n'avais pas su que Pénélope était en danger, j'aurais volontiers pouffé. Je posai ma tête sur son épaule et je crois bien m'être assoupie. Je me réveillai en sursaut. Pénélope était devant moi, complètement paniquée.

— Vite, il s'est endormi. Vous avez la lettre ?

Ses yeux étaient gonflés, son visage marbré, elle ressemblait à une statue de sel.

— Pénélope, que s'est-il passé ?

— Rendez-moi la lettre, je vous en prie. Je n'aurais jamais dû vous la donner. J'aurais dû la photographier, je n'ai pas réfléchi. Il est encore temps de la remettre quelque part, même s'il se doute, bien sûr, que c'est moi qui l'ai prise. Il est hors de lui. Je suis idiote, tellement idiote…

— Pénélope, vous avez peur ?

— Il… il n'est pas… toujours gentil, vous savez. Il… m'a dit des choses vraiment blessantes… Je ne pensais pas qu'il pouvait dire cela. Je peux encore réparer. Je suis tellement bêtasse. Je peux encore tout réparer, tout…

Charles se rapprocha.

— Pénélope, vous ne lui devez rien et vous n'avez pas à vous laisser malmener. Pas même par l'homme que vous aimez. Venez avec nous, vous réfléchirez calmement, vous le laisserez digérer sa colère et vous verrez demain.

— Vous me rendrez la lettre ?

— Oui, tenez, la voilà. Mais laissez-le se calmer. Ne

rentrez pas chez vous dans cet état de terreur. Nous reviendrons demain, tous ensemble, et vous verrez, tout ira mieux.

Elle sembla soudain bien chétive, son enveloppe à la main, debout au milieu du chemin. La lune jetait sur nous une lueur timide.

— Vous voulez que je le laisse comme ça, tout seul, et que je parte ?

— Et vous, vous voulez vraiment y retourner ? Vous nous avez dit vous-même que vous aviez peur. Vous êtes libre, libre de partir et de revenir…

Je baissai la voix et j'ajoutai :

— Je sais comment il est, Pénélope. J'ai lu tout un carnet écrit par Elvire. Il vous fait du mal mais vous l'aimez. Alors vous l'excusez. Vous avez beau être souple comme un roseau, vous ployez, vous ployez, mais si vous ne vous sauvez pas, vous vous briserez. Comme Elvire. Comme Aurore. Vous ne vouliez plus me voir, mais vous avez cherché cette lettre. Parce que vous vouliez savoir. Savoir qui il était, savoir où vous alliez… Vous avez droit au bonheur, Pénélope, éloignez-le de vous ! Il y a des gens qu'on ne peut pas changer.

Un sanglot brisa l'obscurité. Charles mena doucement Pénélope jusqu'à la voiture. Il nous déposa chez moi, je l'aidai à monter les escaliers. Valmont la consola avec joie pendant que je changeais les draps. Elle se coucha sans cesser de pleurer. Le sommeil l'emporta au petit matin. Je n'avais pas fermé l'œil, allongée sur mes petits matelas trop minces. Le jour pointait le nez. J'avais besoin d'air frais. Je me levai, griffonnai un mot, et je suivis Valmont jusqu'au parc voisin. Il n'y avait personne d'autre que les pigeons. J'étais épuisée mais il me restait une dernière bataille à mener. Pénélope ne devait pas y retourner.

47

Je n'avais pas vu le temps passer. Quand je rentrai, Pénélope était assise sur mes petits matelas, le carnet d'Elvire sur les genoux. Je l'avais oublié sur ma table basse la veille. Elle leva sur moi un teint pâle et des yeux rougis. Des sillons de rimmel bleu sombre lui creusaient les joues.

— C'est ma vie, murmura-t-elle. Tout ce qu'Elvire décrit, c'est ma vie… Le petit air parfait, les piques toujours bien placées, les méchancetés dissimulées quand personne ne peut les entendre. Elle et moi, on est pareilles. Ça me rassure, je croyais que c'était moi. Il m'avait convaincue qu'elle n'était qu'une gourde qui ne valait pas un clou. Qu'à cause d'elle, il avait perdu sa fille… Mais tout est là. Dans la lettre d'Aurore, dans le cahier. Jamais il n'a évoqué la moindre responsabilité de sa part. Elvire et moi, on est pareilles. C'est lui qui nous a rendues comme ça. Et sa fille… Mon Dieu…

Sa main tremblait, elle frissonnait. Je m'agenouillai et la pris dans mes bras. Comme une enfant, elle posa sa tête sur mon épaule et renifla contre ma robe.

— J'ai cru qu'il m'aimait. Tout ce temps-là, je croyais qu'il m'aimait.

— Mais il vous aimait, Pénélope. À sa façon…

Elle sanglotait.

— Je pensais que l'homme incroyable que j'avais rencontré reviendrait. Celui qui m'avait séduite, celui qui me protégeait, celui dont j'étais folle. J'ai cru que tout cela, sa… méchanceté… ne durerait pas. Que c'était à cause de son boulot. Puis de la retraite. Il avait toujours une bonne excuse.

— Vous voulez un thé ? un café ? Boire vous ferait du bien.

— J'ai si chaud ! Un verre d'eau. Merci.

Pénélope but une gorgée puis balbutia en reniflant :

— Quand il a commencé à m'écraser de recommandations que je devais suivre à la lettre, à critiquer tout ce que je faisais, j'ai cru qu'il voulait me bonifier, m'aider à progresser. Il m'avait sortie de l'impasse dans laquelle je me trouvais, vous comprenez, je lui devais tant… Et je me reprochais sans cesse de ne pas être assez bien, assez parfaite, assez comme il voulait.

Je laissai le torrent couler. Son débit s'affolait, ses mots l'emportaient, elle ne pouvait plus s'arrêter. Cette femme superbe, plus âgée que ma mère, isolée, effondrée dans mes bras… J'en avais le cœur brisé. Ainsi, elle aussi, elle partirait. Comme Elvire avant elle. Qui reprendrait le flambeau ? Jean était très âgé, sans doute ne trouverait-il personne d'autre à martyriser dans ses vieux jours.

Je lui caressai les cheveux et lui tendis une boîte de Kleenex. Pénélope se moucha bruyamment. Un sourire triste étira ses lèvres.

— Nuit et jour j'ai attendu, pendant toutes ces années. Je brodais des illusions d'amour. Je croyais qu'il me reviendrait, je ne voyais pas que j'étais devenue son jouet. L'attente, Alice, n'est qu'une interminable souffrance, et plus elle dure, plus elle est tranchante. Surtout quand on attend en vain…

Je lui tapotai le dos. Elle se redressa d'un coup.

— Il faut que je lui dise ! Il faut que je lui dise que je ne compte pas revenir !

— Vous voulez le quitter ?

— Mais Alice, cela fait tant de temps que j'attendais cette décharge qui me réveillerait ! Elvire m'a sauvée, elle que je haïssais.

— Mais vous voulez aller chez vous ? Maintenant ?

— Il doit savoir pourquoi je m'en vais. Et je veux prendre mes affaires. Venez avec moi, Alice, je vous en prie… J'ai peur.

— Mais ensuite, que comptez-vous faire ?

Elle me regarda, désespérée. Ses épaules se voûtèrent. Et les sanglots reprirent de plus belle.

— Je n'ai nulle part où aller.

— Eh bien, restez ici. Au moins le temps de réfléchir un peu.

— Mais vous ?

— Ne vous en faites pas.

À cet instant, on toqua doucement à la porte.

— Charles, tu ne travailles pas ?

— C'est samedi, tu as oublié ?

Charles proposa de nous accompagner. J'en eus des fourmis dans le cœur, mon imaginaire chevaleresque se sentait enfin comblé. Charles était revenu, pour de bon. En journée, l'impasse riait dans la lumière.

Pénélope respira un grand coup et poussa le portail d'un air faussement assuré.

Le jardin nous salua avec indolence, Pénélope lui jeta un regard amer et poussa la porte-fenêtre. Tout était silencieux. J'aperçus Jean de dos, assis sur le canapé. Il ne se retourna pas en l'entendant entrer ; elle resta immobile. Le mur de miroirs ne renvoyait à cette heure aucun rayon de soleil. Nous les observions en silence depuis le jardin.

— Merci d'être venu, soufflai-je à Charles.

Puis Jean se retourna enfin, lentement. Son visage était lisse mais ses yeux trahissaient sa colère. Un sourire victorieux se dessina au coin de ses lèvres fines.

— Je savais que tu reviendrais. Sans moi, tu n'es plus rien.

Pénélope tint bon.

— Tu te trompes, Jean. Je suis venue te dire que je m'en vais.

Un instant stupéfié, il se leva, puis se ressaisit dans un éclat de rire feint.

— Toi, tu t'en vas ? Tu abandonnes un homme de plus de quatre-vingts ans ? Mais, ma pauvre Pénélope, où iras-tu ? Tu n'as rien construit d'autre dans ta vie que ton jardin !

Pénélope sortit la lettre d'Alice de son sac et l'agita sous son nez.

— Notre vie n'est qu'un leurre, comme celle d'Elvire et ton pseudo-amour pour ta fille ! Tu es un monstre ! Tu as détruit Aurore et ton épouse avec ! Tu sais ce que c'est, le cœur d'une mère ?

— Sans doute mieux que toi qui n'as jamais eu

d'enfant. Qu'est-ce qui te fait dire, mon amour, que je lui ai caché cette lettre ?

— Mais parce que je l'ai lu dans le carnet qu'Elvire a écrit à sa sœur ! Tu avais caché cette lettre ici, derrière un miroir, et elle a fini par la trouver ! Je comprends mieux pourquoi tu te précipitais pour vider sa chambre. Tu voulais la récupérer !

— Et alors ?

Il lui lança un regard perçant. Pas un trait de son visage ne bougeait ; il restait d'un calme olympien alors que Pénélope perdait contenance. Il fit quelques pas vers elle, saisit la lettre et la déchira.

Pétrifiée, elle balbutia :

— Pourquoi as-tu fait ça ?

— Laisse le passé où il est, Pénélope, il ne te regarde pas. Elvire était une sotte et Aurore ne nous a apporté que des problèmes. Elle a fait son overdose toute seule comme une grande. Je n'y suis pour rien !

Pénélope explosa.

— Tu l'as chassée ! Tu as chassé ta fille et tu as menti à ta femme ! Tu l'as écrasée toute sa vie, tu lui as fait croire que c'était sa faute alors que tu... alors que tu...

— Aurore était une junkie. Accident ou suicide, quelle différence ? Avec ou sans moi, cela n'aurait rien changé. Je n'ai rien à me reprocher. Quand on prend de la drogue, on sait à quoi s'attendre !

— Mais c'est une différence colossale pour un cœur brisé !

Pénélope sanglotait frénétiquement, le visage de Jean restait de marbre.

— Je ne peux plus t'aimer, Jean. Je ne peux même plus vivre dans l'illusion que tu m'aimes. Je n'y crois plus. Tu me critiques en permanence, tu prends plaisir à me faire mal, je ne suis jamais assez bien pour toi. Je comprends tout maintenant. Ce n'est pas moi, le problème… Tu ne sais pas aimer. Tu ne sais que blesser. J'y ai pourtant cru, mais maintenant, je m'en vais. Je ne veux pas finir dans des toilettes sordides ou sous les roues d'un scooter.

Elle s'engouffra dans un couloir. Jean lui cria :

— Eh bien va-t'en ! Je te donne quinze jours pour revenir ! Tu ne sais rien faire ! Rien ! Et l'argent, tu crois qu'il tombe du ciel ? Tu vivras de quoi ? Tu vas retourner épiler des maillots ? À ton âge ! Mais ma pauvre fille, personne ne voudra de toi ! Tu n'es qu'une sotte !

Il se retourna et se figea en me découvrant dans l'embrasure de la porte. Charles était dissimulé derrière le mur. Il se fendit d'un sourire et me parla très calmement.

— Ah tiens, quelle surprise ! Tu étais là, Alice. Eh bien, tu peux te féliciter d'avoir mis un joli bazar dans ma vie.

Il s'approcha, je reculai.

— Je t'avais dit de cesser de fouiner. Je porterai plainte pour abus de faiblesse sur personnes âgées. Tu récupères l'héritage d'une cliente de ton café, tu convaincs mon épouse de partir. Que cherches-tu ? Tu vas ensuite l'obliger à faire un testament en ta faveur et la renverser d'un coup de scooter ?

Il fit un nouveau pas en avant et me tira par le

poignet pour me faire entrer. Charles tendit le bras et me dégagea.

— Ne la touchez pas.

Ils se toisèrent sans un mot. Jean n'avait bien sûr aucune chance face à un homme de cet âge. Ce fut lui qui brisa le silence.

— Ah tiens, vous êtes là, vous aussi ? Le preux chevalier qui se pique de fourrer son nez partout ? Bonjour tout de même, c'est le minimum quand vous entrez chez moi.

Charles l'ignora et reprit :

— Vous ne porterez pas plainte, Jean, car ce serait inutile et vous le savez. Alice était de fait l'héritière d'Elvire, elle n'a rien détourné. Quant à Pénélope, les témoignages de médecins des urgences qui l'ont accueillie à plusieurs reprises, comme elle nous l'a avoué, dans un état psychologique lamentable, vous accableront. Sans parler de celui de la pharmacienne à laquelle elle achète des antidépresseurs depuis tant d'années. Et je n'ai même pas besoin d'évoquer le carnet d'Elvire ou, pire encore, la lettre de votre fille.

Jean haussa les épaules avec dédain. Charles poursuivit :

— Vous imaginez les gros titres ? LA FIN DE L'EMPIRE LEFÈVRE ou encore L'HOMME QUI AVAIT TUÉ SA FILLE ? Vous ne porterez pas plainte, Jean, car vous avez trop peur d'écorner votre image, de ne plus être cet homme formidable que vous donnez à voir. Vous ne souhaitez pas devenir un petit vieux bilieux abandonné de tous car vous ne vivez que dans le regard des autres. Vous ne porterez pas plainte et vous le savez bien. Vous préférerez jouer la victime jusqu'au bout et jeter en pâture autour de vous la réputation de vos épouses et fille, dépressives, junkies, anorexiques, faibles ou que sais-je encore, plutôt que de vous demander comment elles le sont devenues…

— Mais enfin, je n'y suis pour rien !

— Mais bien sûr ! Vous vous persuaderez que vous êtes une victime et qu'elles sont vos bourreaux. Mais vous vous montrerez fort, parce que c'est cela, le plus important, n'est-ce pas ? Voilà pourquoi vous ne prendrez pas la peine de vous déplacer dans un commissariat bondé où l'on vous rira au nez. Votre femme est partie, la belle affaire ! Demain vous serez seul et rien n'aura changé. Vous vous lèverez, vous vous admirerez dans l'un de vos nombreux miroirs, vous vous enivrerez de votre propre beauté, vous n'y verrez qu'un homme sans reproche, abandonné par des ingrats. Vous ne verrez pas tout ce que vous avez piétiné sur votre passage. Rien ne vous changera, Jean, ni aujourd'hui, ni demain. Vous resterez vous-même, avec ou sans Pénélope. Et nous perdrons notre temps à chercher à vous éclairer.

À cet instant, Pénélope réapparut tout essoufflée, tirant de sa main gauche une valise mal fermée et serrant de la main droite une paire de grandes chaussettes de laine et un vieil ours en peluche. Jean se servit un verre de whisky et la dévisagea.

— Alors, c'est ainsi que tu me trahis ?

— Adieu, Jean.

— Tu ne peux pas prendre l'ours d'Aurore.

— Pourquoi ? Cela fait tant d'années qu'il traîne au grenier ! Après tout ce temps à croire que tu avais souffert, j'ai besoin de sortir ta fille de cette maison sordide. Nous sommes en communauté de biens. Tout ce qui est à toi est à moi. Je prends l'ours.

Et elle sortit, ses chaussettes et son ours sous le bras. Nous nous sommes écartés pour la laisser passer, les roulettes crissèrent sur le gravier. Elle jeta un dernier regard aux fleurs qui se balançaient joyeusement puis s'éloigna sans se retourner.

48

Et je laissai cavaler l'été, doucement, suavement, rayon après rayon. Il s'étira aussi mollement qu'un fruit trop mûr qui refuse de tomber. J'avais donné ma clé à Pénélope qui avait besoin d'un endroit où dormir. Pour moi, je savais bien sûr qui m'hébergerait. J'acceptai enfin le trousseau de Charles.

Il m'emmena en Italie. Les *Cinque Terre*, comme un bout de Bretagne sous le soleil du Midi, les falaises léchées par la Méditerranée, les chemins grimpants, la chaleur écrasante, nos sentiments brûlants. Nous avons cuit à l'étouffée en sillonnant les sentiers, nos peaux ont bruni, nos amours ont blondi, les courses de Valmont nous ont enlacés de poussière. Mes angoisses s'évaporèrent dans les gouttes portées par la mer. Charles n'avait jamais reparlé de l'écrin. Mais il m'avait accompagnée jusqu'au bout, il méritait mieux que cette attente dans laquelle je le maintenais, et cela, je le savais.

Puis il y eut cette journée qui déchira le bleu céruléen des cieux italiens. Nous étions dans un de ces villages en hauteur, agrippés de toutes leurs couleurs au flanc rose de la roche. Nous nous étions perdus au fil des ruelles dans l'espoir de trouver un café où nous rafraîchir. Sur une place ombragée, nous nous étions réfugiés sur une terrasse. Et ce fut là que je la vis… Elle était là, devant moi, sa devanture indigo m'invitant à la danse. Une librairie gourmande comme un sucre d'orge et tentante comme une glace *fior di latte*. Ma peau se graina malgré moi. Je frétillai à l'idée que j'avais encore tant de livres à lire. Je me levai, fascinée, et j'entrai, réveillant les clochettes de la porte de leur torpeur estivale. L'odeur de papier me donna le vertige, j'aurais tant aimé m'y rouler ! Le notaire m'avait appelée, la succession allait être bouclée, je recevrais bientôt sur mon compte une petite somme d'argent, rien d'extravagant évidemment, mais qui me permettrait de me projeter dans l'avenir. Alors pourquoi pas ? Pourquoi ne pas me lancer au lieu de m'obstiner à passer un concours qui ne m'enthousiasmait plus ? Ma tête tournait, je fermais les yeux et vis le petit local vide à côté du Lapin Blanc. Je le peindrais en bleu, j'y inscrirais *Vent d'est*, parce que, en Provence, il annonce la pluie et que sur nos terres arides, elle est toujours synonyme d'énergie.

— Alice, tu vas bien ?

Charles était entré dans la librairie. Je sursautai, la main posée sur la couverture d'un roman. J'étais perdue dans les étoiles. Je fourrai rapidement mes rêves dans ma poche.

— Oui, ça va, oui…

— Je t'attends dehors !

Je restai encore un instant à contempler les étagères

remplies de livres, puis je ressortis, éblouie par le soleil de fin d'après-midi.

Notre tapis volant nous ramena à Aix, Charles reprit son boulot, je laissai grandir mon projet en silence, fis des recherches, passai quelques entretiens. Avant toute chose, je devais me former et me faire embaucher dans une librairie.

Fin août, les marrons les plus pressés se mirent à tomber. J'ai toujours aimé ouvrir les bogues, ramasser leurs fruits froids, les faire glisser sur ma peau. Septembre se leva doucement. L'automne sonnerait bientôt la fin de cet été qui m'avait régénérée, mais pour écrire une nouvelle page, je devais en finir avec toute cette histoire. Et il me fallait de l'argent.

« Et toi, Alice, viendras-tu me porter un bouquet de houx vert et de bruyère en fleur ? »

Je revoyais Elvire penchée sur le poème qu'elle recopiait. J'avais fait de mon mieux pour oublier cette phrase. J'avais toujours détesté la mort, à quoi bon en parler ? Il était temps d'affronter Elvire, mais où la trouver ? J'ignorais où elle avait été enterrée, à Aix, j'en étais persuadée, mais certainement pas dans le caveau familial de Jean. Dolores m'éclaira.

— Aurore est enterrée au cimetière du Grand-Saint-Jean, avec la famille de son père. Elvire ne supportait pas l'idée d'être réunie à Jean après la mort, mais elle ne voulait pas être loin de sa fille. Elle a eu de la chance, pour sûr, elle a réussi à acheter la parcelle d'à côté. C'est là que tu les trouveras toutes les deux. C'est c'qu'elle avait toujours voulu.

Cette idée me bouleversa. Je me rendis au cimetière un matin de septembre, flanquée de Valmont que je fis entrer dans un panier, au nez et à la barbe du panneau interdisant les chiens dans l'enceinte. Je ne pouvais me passer de lui pour rendre visite à Elvire. Dans ma main, je serrais un bouquet de thym et de lavandes en fleur, variante estivale du poème de Hugo. Tentant vainement de démêler les explications confuses de Dolores, j'errai dans ce havre de sérénité. Je n'avais encore jamais vu de cimetière paysager. Les pins et les chênes se balançaient au gré du vent, l'herbe était bien verte, même en cette fin d'été qui jaunissait tout. L'endroit était si paisible qu'il me réconciliait avec la mort. Je me promenai en silence dans les allées, entre les îlots verdoyants qui n'avaient rien de la raideur de pierre des cimetières que j'avais connus, et je les ai trouvées. AURORE LEFÈVRE. ELVIRE PHILIPPE. Chacune de son côté, ensemble pour l'éternité.

Je libérai Valmont. Le cimetière était grand, nous ne risquions guère d'être pris en flagrant délit. Le chien sentit quand même qu'il valait mieux se faire petit et se blottit contre mes jambes. Je restai là quelques instants, caressée par le vent, à lire et relire ces prénoms séparés par la vie mais réunis dans la nuit. Elvire aurait aimé que je prie mais je n'aurais pas su comment m'y prendre. J'avais tant de choses à lui raconter ! J'aurais voulu lui dire à quel point je la remerciais. Je lui en avais tant voulu d'avoir eu le culot de mourir dans mes bras, de m'avoir torpillé mon année, ma relation avec Charles, ma place au Lapin Blanc ! Je l'avais accusée de tous les maux qui s'étaient abattus sur moi sans voir ce qu'ils pouvaient m'apporter.

— Vous savez, Elvire, je suis fière de vous. Vous avez réussi à pardonner, à vous reconstruire envers et contre tout. Je ne vous en veux pas, ne vous en faites pas. Je vous ai bien détestée un peu, à cause du chien, et du CAPES aussi, beaucoup même, mais tout cela est fini. Je crois que, grâce à vous, je vais enfin aller au bout d'un rêve. Il m'aura fallu une bonne gifle pour y réfléchir. C'était ce que vous vouliez, non ?

Le vent décoiffait les branches des pins, me renvoyant un puissant parfum de résine. Il murmurait ses secrets à chacune des personnes qui se recueillaient ici. Je tendis l'oreille à mon tour. Il ne me dit rien.

— Vous auriez été fière de moi, Elvire, et de Charles aussi. Nous avons mis Pénélope à l'abri. Et vous ne devinerez jamais ? Elle a repris mon travail au Lapin Blanc. Elle a la rage au ventre, elle sera bien avec Christine. Et si vous la voyiez avec les jumeaux ! Elle en est gaga. Je pense qu'elle l'aidera beaucoup. Et puis, vous auriez pu me dire tout de même que vous étiez de ma famille ! Au moins on se tutoierait. J'ai compris maintenant, j'ai fini votre carnet. Cela n'aurait rien changé, vous savez, je vous aurais aimée quand même.

Il était temps. Je m'agenouillai. Devant les tombes, à même l'herbe, il y avait des bandes de terre où l'on pouvait planter quelques fleurs. J'avais apporté deux petits pieds de mûrier. Avec une petite pelle, j'en plantai un à l'extrême gauche de la bande d'Elvire, et le second à droite de celle d'Aurore. Il n'y a rien de plus volubile qu'un mûrier. J'avais bon espoir que ces deux-là se retrouveraient et s'enlaceraient pour l'éternité. Comme dans *Tristan et Iseult*. Valmont renifla les arbustes en battant la queue d'un air affectueux. Je le remis dans son panier. Le vent soufflait toujours. Je fermai les yeux, et cette fois, j'eus l'impression d'entendre Elvire me murmurer de sa voix grave :

— Et ce Charles, ma petiote, il a l'air bien, finalement ! N'attends pas qu'il soit lassé pour te rendre compte que tu l'aimais.

— Ne vous en faites pas, Elvire, j'ai accepté ses clés. Et j'ai plein de projets, mais ils doivent prendre le temps de mûrir... Je vous en reparlerai.

Je jetai un dernier regard sur les deux tombes et leurs petits mûriers, puis je ne pus m'empêcher de lâcher en pouffant :

— Et il y a autre chose dont je vous parlerai aussi… C'est au sujet de Rosie. Mais attendons de voir un peu.

Je la laissai sur ce commérage et repartis en gambadant, le cœur léger.

49

En rentrant du cimetière, je fis un crochet par un immeuble bien connu. Je montai les escaliers en courant et sonnai le cœur battant. Ma grand-mère clopina, demanda qui était là, m'ouvrit, je lui offris un dernier pied de mûrier que j'avais gardé pour elle.

— Allez mamie, mets un gilet, je t'emmène prendre l'air.

Elle arbora l'air hésitant des gens dont le carnet de rendez-vous est bien rempli, puis acquiesça, se rappelant qu'il était vide. Nous nous sommes promenées sur les rives de la Torse entre les saules pleureurs et les oliviers. Quelques bougainvillées peignaient notre route en rose. Eugénie marchait lentement, étonnée de ce moment qui nous réunissait après tant d'années. Elle se penchait de temps en temps pour caresser Valmont, je voyais bien qu'elle le trouvait mignon.

— Alors, pour ton CAPES, tu ne souhaites toujours pas recommencer ?

— Non.

J'ignorai son air choqué.

— Mais on ne reste pas comme ça sur un échec !

Que vas-tu faire ? À quoi mènent les études de lettres si ce n'est à enseigner ?

— J'ai mon idée... J'aimerais ouvrir une librairie.

— Une librairie ! Tu veux vraiment être vendeuse ? Mais tu n'y connais rien, il te faudrait beaucoup d'argent ! Tu ne vas jamais y arriver, ma pauvre enfant, c'est trop risqué. Deviens professeur, ton image et ton boulot seront assurés.

— Je n'en doute pas, répondis-je sèchement, mais même si je m'éloigne du chemin tout tracé, un autre vaut peut-être le détour ?

Je soupirai. À l'évidence, je n'aurais pas dû attendre le moindre soutien de ma grand-mère. Mais ce n'était pas la raison pour laquelle j'étais venue. Et cette fois, j'étais décidée à aller jusqu'au bout. Je lui montrai un banc à l'ombre d'un grand saule. Elle était trop loin pour rentrer seule chez elle et je la sentais déjà fatiguée d'avoir trottiné. Je l'aidai à s'asseoir, puis je sortis de mon sac le petit carnet bleu.

— Qu'est-ce que c'est ?

— Quelque chose que je voudrais te lire. Tu dois écouter jusqu'au bout. Je ne te lirai pas tout, juste l'essentiel, mais de toute façon, tu n'as rien de prévu, n'est-ce pas ? Tu en feras ce que tu veux, je te demande seulement de l'écouter en silence.

Eugénie me lança un regard plein de doute puis confirma d'une voix hésitante :

— C'est promis.

Elle était ferrée. Doucement, je commençai, d'une voix claire et posée. J'avais attendu ce moment, ce moment où je lui lirais enfin la vérité sur cette sœur qui avait tout fait pour renouer leurs liens.

Eugénie, ma petiote,
voici tout ce que j'aurais voulu te dire.
Je ne voulais pas t'enquiquiner, juste t'expliquer.
Si tu ne veux pas me parler, accepte au moins de me lire. Fais-le pour Aurore, si ce n'est pour moi.
Elvire

Dès les premiers mots, elle se cabra.

— Tu veux vraiment que j'écoute cela ?

— Oui, mamie, tu as promis. Jusqu'au bout.

Elle soupira en se voyant prise au piège, bien incapable de rentrer chez elle.

— Eh bien, vas-y, si tu as du temps à perdre avec ces niaiseries.

Je ne fléchis pas ; elle eut la décence de ne pas se boucher les oreilles ni de tenter de se lever. Elle fixa les coureurs qui tournaient devant elle, sans bouger, les lèvres serrées. Ma voix invoquait pour elle des fantômes du passé, une Aurore qu'elle avait peut-être aimée, une Elvire qu'elle avait dédaignée. Quand je parlai de la lettre, ses traits se figèrent, elle eut l'air surprise. Quand Elvire évoqua Blanche et sa dureté à son égard, une branche du saule vint pleurer sur sa joue et essuyer une larme. Pas un mot ne franchit ses mâchoires contractées.

Puis je me tus et laissai le silence nous envelopper. Je n'avais aucune idée de ce que ses pensées tricotaient dans son cœur ridé. Les enfants autour de nous pépiaient, les pies discutaient, la vie exultait avec insolence, nous laissant à l'écart de la gaieté ambiante. Elle ne disait rien.

— Attends, je ne t'ai pas tout lu, repris-je après un moment. Il y a un dernier passage important. Il a été ajouté plus tard.

Ma Gigi,

Aujourd'hui que j'avais le cœur en berne, le ciel m'a tendu la main. J'étais allée prier, tu dirais que je suis devenue une vraie grenouille de bénitier ! En sortant de l'église, j'étais bien fatiguée, alors je suis entrée dans un petit café tout coloré qui avait le bon goût d'être juste à côté. Une jeune fille m'a offert son plus joli sourire. Je l'ai pris. Quand elle est venue m'apporter mon thé, j'ai cru à une mauvaise blague. Aurore était dans ses yeux. Un regard comme ça, je le reconnaîtrais entre mille. Celui de ma petiote à moi. Ça m'a fait un coup, je me suis sentie bien ici, j'ai sorti mon tricot et me suis dit que j'allais rester un peu. La serveuse était gentille et s'occupait bien de moi. J'en ai eu des picots partout. Je ne gênais pas, il n'y avait pas grand monde, juste deux vieilles folles à chapeau complètement encanaillées. J'ai appelé la jeune fille et on a papoté un peu. Elle s'appelait Alice. Mon cœur s'est figé. Ce prénom, ce regard, j'ai demandé benoîtement son nom de famille, prétextant qu'elle me rappelait quelqu'un. Je te laisse deviner…

Je sais maintenant où je passerai mes vieux jours. J'irai prendre au Lapin Blanc un petit thé tous les matins. Ta petite-fille est un ange. Je crève d'envie de la connaître davantage. Je ne lui dirai rien, je compte simplement profiter du plaisir d'être près elle. Comme dans une vraie famille.

La vie peut nous jouer de jolis tours parfois, tu ne crois pas ?

Je t'embrasse,

Elvire

Je refermai le carnet. Nous sommes restées silencieuses sur notre banc un très long moment. J'espérais un mot, quelque chose. Rien ne vint. Ma grand-mère était devenue une statue de marbre. Puis elle murmura :

— Je voudrais rentrer.

Nous avons cheminé sans échanger une parole, Eugénie suspendue à mon bras comme un paquet. J'étais déçue, mais après tout, je l'avais simplement priée d'écouter. Nous avons remonté l'escalier, toujours en silence.

— Je suis fatiguée, Alice. Peux-tu m'aider à me mettre au lit ?

— Oui.

Je la bordai, je fis un effort pour l'embrasser en dépit de mon chagrin, de ma déception, de ma colère larvée. Toute sa vie et même après, Elvire avait donc été écoutée mais jamais entendue. Parce que les préjugés étaient trop ancrés, parce qu'Eugénie avait eu le cerveau rincé à grande eau par une mère venimeuse. J'ouvris la fenêtre pour faire entrer de l'air et emporter d'un coup de vent mon amertume. Dans la cour, un enfant pleurait. Son ballon de baudruche était parti chatouiller les nuages à tire-d'aile.

Alors que je quittai la pièce, Eugénie me rappela.

— Alice, ma chérie, peux-tu laisser le carnet sur ma table de nuit ?

Je ravalai un sourire et vins déposer le carnet. J'avais accompli ma mission. Je me penchai sur le front ridé de ma grand-mère et lui donnai un baiser sincère. Je sortis. Le froissement des draps m'apprit qu'elle venait de tendre le bras. Comme quoi les naufragés ont raison. Quand il n'y a plus d'espoir, cela ne coûte rien de jeter une bouteille à la mer.

50

Octobre arriva et rit de se voir si jaune. Mes parents revinrent le temps d'un week-end doré. Ils me proposèrent une promenade dans la campagne aixoise, tout près des grands barrages. Mon enthousiasme battit de l'aile quand j'aperçus ma grand-mère sanglée dans la voiture. Je ne l'avais pas revue depuis notre lecture. Valmont sauta à ses pieds sans y avoir été invité. Elle lui caressa le museau.

— C'était le chien d'Elvire, n'est-ce pas ?

— Oui.

— C'est vrai qu'il est mignon. J'ai réfléchi, tu sais… Je n'aurais rien contre un compagnon à quatre pattes pour égayer mes vieux jours, enfin, si tu ne souhaites pas le garder, bien sûr.

Elle me jeta un regard éploré. Je retenais mon souffle. Je m'étais attachée à Valmont, mais après tout, Eugénie avait plus de temps à lui consacrer, et sans nul doute beaucoup d'amour à donner. Je promis d'y réfléchir. Notre silence fut comblé par le bavardage joyeux de mes parents, ravis d'être réunis pour ce bel après-midi. Au barrage, Eugénie se plaignit d'être trop fatiguée et s'effondra sur un banc pour admirer la vue. Ma mère s'assit à côté d'elle. Les eaux émeraude étaient à couper le souffle, la vue sur la Sainte-Victoire sortait tout droit d'une peinture de Cézanne. Mon père et moi avons gravi ensemble le chemin qui serpentait entre les pins, Valmont batifolant entre les plantes et les lézards.

— Papa, j'ai trouvé un emploi dans une librairie. Je dois me laisser du temps pour apprendre le métier.

Son regard resta rivé à la Sainte-Victoire.

— C'est une très belle nouvelle, Alice. Je suis fier de toi.

Puis il se retourna.

— Ta grand-mère m'a raconté pour le carnet.

Je tressaillis malgré moi.

— Et alors ?

— C'est dur. Il faut lui laisser le temps. On ne gomme pas toute une vie d'amertume en quelques lignes. Elle a pleuré, tu sais, je ne l'ai pas vue, mais je l'ai entendue au téléphone. Elle m'a parlé de Blanche pour la première fois depuis bien longtemps.

— Qu'a-t-elle dit ?

— Elle voulait tellement être aimée, elle l'admirait tant ! Elle a pris conscience bien tard qu'elle n'était qu'un faire-valoir. Elle voulait être la plus jolie, la plus gentille, la plus brillante pour glaner un regard de cette mère qui l'exhibait comme un trophée. Blanche n'avait que faire d'Elvire et de son frère. Ils n'étaient pas ses enfants. C'est un immense gâchis.

— Et à propos d'Elvire, de la lettre, d'Aurore ?

— Elle m'a raconté. Dans les grandes lignes. Elle accuse le coup. Tout comme moi d'ailleurs. J'aurais aimé que tu m'en parles directement, que tu me fasses confiance.

Je baissai les yeux. Nous sommes restés un peu à admirer la vue. Je finis par m'approcher et par lui prendre la main. Il la serra doucement. Nous sommes redescendus dans un silence apaisé. Depuis le banc, ma grand-mère me demanda de la rejoindre.

— Alice, ma petite, j'ai parlé à ton père. Pour ta librairie. Je vais te faire un don pour t'aider à l'ouvrir. Je n'ai pas besoin d'argent. Et ton père non plus. Ce sera mieux comme ça.

Elle se releva et clopina vers la voiture, le chien sur les talons. Il semblait avoir choisi son camp.

51

Un mariage en décembre !

Je serrai la main de Charles très fort en acclamant les mariés rayonnants. Dolores s'était fendue d'une robe de couleur et Valmont sautillait autour des convives. Rosie épousait Marcel, le jardinier jovial. Ils s'étaient rencontrés au cœur de l'été, un jour où elle m'avait accompagnée faire un tour. Le chien lui manquait trop, elle voulait le revoir. Je l'avais emmenée au Pavillon Vendôme et nous étions tombées nez à nez avec cet homme. Ils avaient échangé un regard électrique. Je ne sais ni quand ni comment ils s'étaient revus, mais ils n'avaient pas perdu de temps. Au café, Rosie s'était confiée à Pénélope qui m'avait envoyé un message pour m'annoncer la nouvelle. L'intéressée me l'avait vite confirmée.

— Tu comprends, Alice, Marcel et moi, nous ne pouvons plus nous permettre d'attendre ! Nous ferons une grande fête et en profiterons pour célébrer cette joie retrouvée ! Et Elvire, n'oublions pas Elvire, il faut qu'elle soit là d'une manière ou d'une autre ! Tu peux y réfléchir ? Au final, c'est un peu grâce à elle que Marcel et moi nous sommes rencontrés.

J'avais ma petite idée. Les tourtereaux avaient réservé un restaurant au Tholonet, dans la campagne, au pied de la Sainte-Victoire. J'avais pris l'initiative, avec l'accord de la mariée, d'envoyer quelques cartons supplémentaires. Eugénie avait observé le sien avec un étonnement.

— Que veux-tu que j'aille faire à ce déjeuner ?

— Ce sont mes amies, mamie, cela me ferait plaisir que tu y sois. Et puis, depuis combien de temps n'es-tu pas allée à un mariage ? Ça change des enterrements ! Et bien sûr, Valmont sera de la partie, tu l'emmènes !

Elle finit par se prendre au jeu, et je vins la récupérer chapeautée et pomponnée, prête à aller au bal, le chien sur les talons. Il avait forci depuis qu'il était chez elle.

La fête battait son plein, les mariés riaient, Éliane cachait du mieux qu'elle pouvait ses larmes sous son grand chapeau. Rosie vint la prendre dans ses bras.

— Ma chère, cela ne change rien à nos parties de thé ! Elles resteront toujours aussi endiablées !

Nous étions tous sur la terrasse quand un accordéoniste lança le bal. Rosie attrapa son Marcel et cria d'une voix aiguë :

— Dansons, et que la joie demeure !

Charles m'entraîna dans une valse endiablée, une valse ou autre chose d'ailleurs, ce n'était pas très clair. Nous tournions, nous riions, un petit diamant scintillait à mon doigt.

— Les prochains mariés, c'est vous ! glapit Éliane pour se consoler.

J'en rougis de plaisir. Mais nous, nous attendrions l'été.

Et je le vis entrer. Il m'avait prévenu que son vol avait du retard. L'air perdu, il chercha dans la foule une tête connue. Je lui avais vendu une petite fête en l'honneur d'Elvire, il ne s'attendait pas à se retrouver nez à nez avec une mariée à cheveux blancs. Je lâchai la main de Charles pour aller à sa rencontre.

— Claude, je suis tellement heureuse de vous voir !

Je le menai vers Eugénie qui sirotait un thé glacé sous la verrière.

— Claude, voici Eugénie, Eugénie, voici Claude. Mieux vaut faire les présentations, je crois que cela fait bien longtemps que vous ne vous êtes pas vus.

Elle leva les yeux vers lui. Il se figea. Elle posa son verre sans un mot, ses lèvres se mirent à trembler. Il s'assit. Je m'esquivai. Le temps sembla les mettre sous cloche, seuls tous deux dans le tumulte de la fête. Je n'étais pas sûre qu'Eugénie eût accepté de revoir Claude sans ma petite ruse. Elle maîtrisait l'art de la fuite à la perfection. J'avais été surprise que Claude accepte de se déplacer. L'ambiance était propice, personne ne les regardait, ils pouvaient choisir de s'ignorer ou de se parler.

Je jetais un œil de temps à autre dans leur direction. Ils semblaient pétrifiés. Je me rapprochai discrètement. Au bout d'un instant, j'entendis Eugénie marmonner :

— Puisque tu es ici, invite-moi donc à danser. Ça

fait un bail que je ne me suis pas trémoussée… Tu n'as quand même pas fait tout ce trajet pour boire une tasse de thé !

Il sourit et se leva. Sa sœur lui tendit la main et ils entamèrent ensemble une valse timide.

Elvire aurait aimé la fin que j'écrivais pour elle.

52

Quand j'étais petite, j'adorais les marionnettes. Le gag de Guignol qui se fait bastonner par-derrière, ça marche à tous les coups. Ce que je n'avais pas compris, c'est que la vie est un polichinelle : elle marche toute seule jusqu'à ce qu'une main coupe un fil. Et là, tout s'effondre.

Le fil s'était coupé dix jours après la soirée en boîte de nuit. Je ressens encore la joie que j'avais éprouvée en voyant Elvire entrer au café. J'avais été inquiète, si inquiète, sans vraiment savoir pourquoi. Et puis j'avais tergiversé, sans oser la questionner, tant et si bien qu'elle allait repartir. Je m'étais alors précipitée pour l'aider à traverser la rue. Elle allait à l'église, bien sûr, une vraie grenouille de bénitier !

— Petite, si tu me cherches un jour, tu sais où me trouver. Au pied du Delacroix, dans la chapelle latérale. Je m'y sens si bien !

Elle m'avait serré le bras et avait susurré tout bas :

— Tu devrais y entrer, tu sais. C'est si bon de se sentir protégé ! Dans ma vie, Dieu m'a peu donné mais m'a beaucoup aidée. Et c'est déjà pas mal, tu ne crois pas ?

Perdues dans nos pensées, nous n'avons pas entendu le scooter arriver. Tout bascula en un battement de cils. Je me souviens de ses yeux d'écureuil plantés dans les miens, des yeux d'une douceur folle, qui n'avaient rien besoin de dire tant ils semblaient m'aimer.

— Alice, ma petiote… Si seulement tu savais… Je t'aime tant… Merci d'avoir été là… pour moi… Ne… me laisse pas…

Je lui avais caressé les cheveux, mes larmes trempaient ses mains, je tremblais de tout mon corps, je hoquetais :

— Tenez bon, Elvire, tout va bien se passer, les pompiers vont arriver… Je suis là.

Mais elle était déjà partie, le dos brisé contre un poteau sans âme. Sa voix était devenue un écho lointain. J'avais dû m'approcher pour l'entendre.

— Tu es si belle, Aurore, si belle…

— Elvire, c'est Alice… Tout va bien se passer...

— Aurore, petiote, pourquoi m'as-tu abandonnée ?… Aurore… Pardonne-lui, ma chérie, il ne sait pas… ce qu'il fait… Il est comme ça… Les autres non plus, Aurore… Il faut… tout pardonner… sinon… on ne vit pas…

Oui, tout peut basculer en un claquement de doigts. Cette année-là, j'ai cru tout perdre. Mais, avec Charles, nous avons tout reconstruit sur les ruines du passé.

Nous nous sommes mariés par une jolie journée d'été et je contemple avec joie mon ventre qui grossit.

La vie est comme une balançoire : quand elle te tire en arrière, tends les jambes vers l'avant.

REMERCIEMENTS

On imagine souvent le romancier tout seul derrière son clavier. En fait, il est très accompagné. Je tiens à remercier tous ceux qui sont à mes côtés depuis le début, et en particulier François, encore et toujours, pour ta confiance sans faille. Merci de me pousser, de relire tout mille fois, patiemment et sans jamais te lasser, et merci pour ce beau titre que tu as trouvé. Sans doute te reconnais-tu un peu dans Charles… Merci à Corentin, Clément et Martin pour leur bouillonnement d'idées, à mes parents, mon frère, ma sœur pour leur enthousiasme et leur fierté.

Un roman est un bien long voyage, nombreux sont ceux qui sont venus faire un bout de chemin avec moi. Merci à ceux qui sont toujours prêts à lire pour mieux construire : maman, papa, Annabelle, Aurélie, Marie-Odile et Thierry.

Et puis il y a eu cette rencontre qui a changé ma vie : merci à Marabout de m'avoir accueillie, à Hélène et Christine, mes éditrices de choc, bienveillantes, encourageantes, enthousiastes, et qui me mettent en confiance. Merci de croire en moi. À Anne, Réjane et Émilie à la communication, à Lauriane et Léa pour vos merveilleuses couvertures, à Clémence pour la presse, à Colette pour sa plume affûtée, merci à toute l'équipe de m'avoir bichonnée, pouponnée, d'y avoir cru comme moi et parfois même plus que moi. Voir *Peindre la pluie en couleurs* fleurir en librairie a été une grande vague d'émotion. Je ne remercierai jamais assez les libraires qui ont su donner une aussi belle visibilité au roman d'une inconnue, parfois aux côtés des plus grandes plumes. Je garderai en moi le souvenir de cette étincelle de fierté dans les yeux de mes fils le jour où, en entrant à la FNAC, nous sommes tombés sur un mur entièrement à nos couleurs. Merci à Gérard Collard d'avoir pris mon roman sous son aile, un rêve incroyable devenu réalité. Le jour où l'émission est passée, j'accompagnais mon fils chez le dentiste. Une amie m'a envoyé un message : « Aurélie, tu passes à la télé ! » Et nous riions tant et plus dans la salle d'attente sous le regard effaré des poissons de l'aquarium. Comme quoi on peut rire chez le dentiste. Il y a eu aussi cette page sublime dans *La Provence* que je garde précieusement. Merci également à Hodder & Stoughton et en particulier à Selin et Deniz pour la version anglaise. Je ne peux même pas dire que c'est un rêve devenu réalité, je n'étais jamais allée aussi loin. Imaginer que Morgane, Eliott et Léa sont lus au bout du monde me fait chaud dans le cœur. Et puis, chaque jour, je ne cesse de remercier la personne qui dès la première rencontre a misé sur moi parmi tant d'autres. Merci Béatrice, du fond du cœur, pour tout.

Au sein de mes lecteurs, on compte beaucoup d'Aixois, grâce au soutien infatigable de ma famille. Les consultations de mon père prennent un tour très littéraire et les patientes repartent toutes avec des conseils de lecture. Je compte aussi de nombreux Munichois et j'ai bien conscience de tout ce que je leur dois. C'est bon de se sentir soutenue. Merci également à tous ceux, connus et inconnus, qui ont pris le temps de m'envoyer un message pour me dire que

Peindre la pluie en couleurs les avaient touchés. Cela n'a pas de prix. Et merci enfin aux blogueurs qui me relaient avec autant de ferveur.

J'ai mêlé dans ce roman beaucoup d'inspirations. Merci à Jean de La Fontaine qui a eu la gentillesse de me prêter sa fable, « Le Fou qui vend la sagesse », pour que j'en fasse le personnage de Simon, à Lewis Carroll qui a bien sûr inspiré Alice, le Lièvre de Mars et le Chapelier fou, à Blanche-Neige et à sa marâtre, et à Valmont, alias Pépito, qui a été source d'inspiration aimable et sans jugement.

Ce roman est une fiction, aucun des personnages n'est réel et, pour ma plus grande tristesse, le Lapin Blanc n'existe pas. Il est inspiré d'un petit café qui se trouvait à Munich, en bas de chez moi, et qui a fermé depuis. J'ai eu beaucoup de plaisir à retrouver les personnages et le cadre de mon premier roman, Aix, cette ville que j'aime tant. Et si vous passez en Provence, allez faire un tour du côté de Saint-Jean-de-Malte et de son Delacroix, puis poussez votre promenade jusqu'aux Quatre-Dauphins.

J'ai beaucoup d'admiration pour ceux et celles qui ont vécu un destin comme celui d'Elvire, et qui s'en sont relevés.

Chers lecteurs, je vous confie ce livre. J'espère qu'il vous plaira. Vous pouvez me contacter *via* ma page Facebook (@aurelietramier.auteur), sur Instagram (aurelietramier_auteur) ou sur mon site Internet : aurelie-tramier.fr.

Aurélie

DE LA MÊME AUTRICE :

Vous reprendrez bien un petit chou ?, autoédité, 2017.

Peindre la pluie en couleurs, Marabout, coll. « La Belle Étoile », 2020, et Le Livre de Poche, 2022.

Bien-aimée, Marabout, 2024.

RETROUVEZ
AURÉLIE TRAMIER
AU LIVRE DE POCHE

PAPIER À BASE DE FIBRES CERTIFIÉES

Le Livre de Poche s'engage pour l'environnement en réduisant l'empreinte carbone de ses livres. Celle de cet exemplaire est de :
200 g éq. CO_2
Rendez-vous sur www.livredepoche-durable.fr

Composition réalisée par Nord Compo

Achevé d'imprimer en France par
CPI BRODARD & TAUPIN (72200 La Flèche)
en janvier 2024
N° d'impression : 3055304
Dépôt légal 1re publication : février 2024
LIBRAIRIE GÉNÉRALE FRANÇAISE
21, rue du Montparnasse – 75298 Paris Cedex 06

41/9326/8